新潮文庫

眩 くらら

朝井まかて著

新潮社版

10997

目次

眩

くらら

この世は、円と線でできている。

眠りこけてる猫なんぞ尻と背中、それから頭もだ。

ほれ。こうして、円が重なってるだろう。

男は大きな胡坐の中に幼い娘を坐らせて、絵を描いていた。遊んでやっているのではない。まだ五つの我が子を相手に、真剣に「画法」を説いているのである。

「尾っぽも丸く、尻に巻きつけている。これも円だ」

娘を見下ろして「な」と言うが、「なるほど」と得心の声を洩らすのは弟子らだ。

父娘が坐るその後ろをずらりと取り囲み、皆、前屈みになって男の手許を見つめている。古畳の上には反故紙が数十も散らばっていて、達磨がぎょろりと彼方を睨み、獅子が吠え、鳥や虫が蠢いている。魚が水面を飛び出て、飛沫を上げる。

男は娘が好みそうな、たとえば愛らしい人形や薬玉を描いてやる気持ちはとんと持ち合わせていないらしく、ただひたすら円と線を描き続けている。

やがて自身が夢中になってか、紙の上にぐいと半身を乗り出した。広い胸を娘の背中に押しつける格好になったので、娘は少し窮屈そうに短い手足を泳がせる。が、胡坐から出ようとはしない。紙の上に描き出されるものから目を逸(そ)らさず、固唾(かたず)を呑(の)んで見つめている。

男は娘の肩を左手で抱きながら、また腕を動かした。

「でもって、頭に耳の三角をふたぁつばかしのっけてみる。どうでい、猫の寝言が聞こえるだろう」

娘は目瞬(まばた)きをゆっくりと繰り返した。

寝言どころか、紙に描かれた猫はたちまち両の耳を立て、顔を上げ、欠伸(あくび)を漏らしてから前足を踏ん張ったのである。背中が盛り上がって身の向きを変えたかと思うと、咽喉(のど)を後ろ足でかいてから悠々と板ノ間に向かった。尻の穴を見せて土間に飛び降り、ぴちぴちと音を立てて水を呑むさままで目に泛(うか)ぶ。

それが不思議で、娘はいつしか手を伸ばしていた。

父親が右手に持つ物に向かって、小さな掌(てのひら)を差し出す。指先が触れ、黒い汁が指の腹についた。少し冷たい。けれど父親は気づかぬまま、それを立てたり寝かしたりしながら描き続ける。

苛立(いらだ)って、娘は父親を見上げた。

「おやじどの」

父親は「ん」と手を止めた。ほんの束の間、時を措いてから背後の皆が「わッ」と笑う。

「滅多と喋らねぇのに、親父どのとはねえ」

「皆がそう呼ぶもんだから、お栄ちゃん、それを憶えちまった」

娘の父親は絵師である。号は北斎、そして弟子や板元からは葛飾親爺と呼ばれている。

「お栄ちゃん、お父っつぁんと呼びねえ。お、父っ、つぁん」

誰かが面白がって教えたが、娘は胡坐の中で身をよじり、己の手を懸命に伸ばす。

「お前ぇ、まさか……筆が握りてぇのか」

父親はただでさえ大きな目を瞠って、娘を見下ろした。

娘はこくりとうなずく。

破れ障子から、午下がりの陽射しが降るように入ってきた。父親の顔も頭も光に紛れ、やがて何もかもが白く朧になる。

娘はただ、己の掌の中に初めて置かれた筆が嬉しかった。

眩々した。

第一章　悪玉踊り

一

今日は静かだ。窓の外では、子供らが蟬捕(せみと)りをして遊ぶ声だけが聞こえる。

おまけに亭主が留守だ。茶を淹(い)れろ、飯はどうしたとせっつかれない分、筆が進む。

「お暑うございます。姐(ねえ)さん、今、よろしいですか」

お栄は手を止めずに、首だけで戸口を見返った。遣いの小僧が開け放した油障子の陰から、顔だけを覗(のぞ)かせている。

「佐分利堂(さぶりどう)にございます」

「うん、あと少し。すぐに仕上がるから、上がって」

「よろしいんで」

小僧は片足だけを土間に入れ、奥をうかがう。

「うちの人は朝から出てるよ。夕刻まで帰らない」

「さいですか。じゃ、お邪魔します」

安堵する様子も露わに、いそいそと入ってくる。

亭主の吉之助は、お栄がつきあいのある板元の者がこの家に出入りすることに、いい顔をしないのだ。お栄がちょっと買物に出た間に訪ねてこようものなら、「何の用だ」とあからさまに不機嫌になって追い返すのだという。

吉之助はここ東神田橋本町で水油屋を営む家の次男で、南沢等明という画号を持つ町絵師である。お栄が嫁いできたのは二十二の歳、文政二年（一八一九）だった。冬になればもう三年になる。

吉之助が師事していた絵師がお栄の父とつきあいがあって、といってもこの江戸で親父どのと交流のない絵師なんぞいないに等しいのだが、それで吉之助の女房になった。母の小兎がお栄を嫁がせようと何年も前から躍起になっていたからで、親父どのも根負けしたようだった。

親父どのの今の画号は、為一という。その前は戴斗を名乗っていたが、世間ではいまだに北斎の通りが良いので、落款にも「北斎改為一筆」などと記している。ならば号など他人に譲らねばいいものを、請われれば「おう、持ってきな」とばかりに気前良く売ってしまうのだ。当人にとっては、名だの号だの、どうでもよいことなのだろう。実のところ、貧乏所帯にはなかなかの小遣い稼ぎでもある。

小兎は初め、絵師ではない家に嫁がせたがった。ただでさえ浮き沈みの激しい稼業（かぎょう）で、いかに腕があっても出板（しゅっぱん）した物が当たりを取らなければ板元は注文を寄越さないようになる。腹違いの姉であるお美与（みよ）も親父どのの門人であった絵師に嫁いでいたが、派手に見えても内情は貧乏と縁が切れないようだった。

ゆえに小兎は手堅い生業（なりわい）の商家か、職人の家にお栄をやりたいと考えたようだ。ところが向こうがことごとく、縁談を断ってきたのである。

「いずれ様も尻込（しりご）みなさるんだよ。女だてらに工房に入り浸って、絵筆しか持たない変わり者だ、平気で枕絵（まくらえ）も描いてるって、もう知れ渡ってるみたいで。このまんまじゃ、あの子、ほんに嫁（い）き遅（おく）れちまうよ。お前さん、甘い顔ばかりしてないで、お針や煮炊（にた）きもおっ母（か）さんに習えって諭（さと）しておくんなさいな。あの子は弟子じゃない、娘なんだから」

お栄は物心がついた頃から親父どのの絵に埋もれ、気がつけば他の弟子と肩を並べて修業をしていた。

工房仕事では、弟子が手分けをして絵を仕上げる。絵本（えほん）の板下（はんした）絵であれば師匠が顔姿を描くが、髷（まげ）に挿す簪（かんざし）や櫛（くし）、半襟や小袖（こそで）の柄などは弟子の仕事だ。細部を仕上げながら、師匠の画風や筆遣いを眼に刻み込むのである。猪牙舟から身を乗り出して川波に手拭を浸す女の仕草や、吉原の大門口を潜る遊客のちょっと気負ったような背中を後で懸命に思い出しながら、己の画帖に写し取る。

お栄はそうやって、親父どのの工房でずっと絵だけを描いていたかった。

ところが小兎は縁談を断られるたび、愚痴まじりの小言だ。それが面倒だった。

そしてどういうわけか、縁談を断ってこなかった相手がいた。それが吉之助だった。

小兎は稼業を選り好みしていたことなど振り捨てて、「先様の気の変わらぬうちに」と驚くほどの素早さで祝言の日取りを決めてきた。

何が何でも嫁がねばならないのなら絵師の女房がいいかと、お栄も思った。

亭主の画業を手伝いながら、あたしも絵筆を手放さずに済む。

それが、とんだ料簡違いだった。

「あたしには、あたしのやり方があるんでね。構わないどくれ」

女みたいな言いようをして、描いている最中の絵をお栄が眺めるのも嫌がったのだ。

「それより、あたしの煙草入れはどこだい。ああ、何で、お前の腰巻の下から見つかるんだ。たまには片づけたらどうなんだ。いつだって足の踏み場がないじゃないか」

「親父どのの工房に比べたら、随分と綺麗なもんだけど」

「あんな掃溜めと一緒にするんじゃない。思い出すだけで痒くなる」

お栄と一緒になれば、絵師として葛飾一門に名を連ねられる。吉之助にはもしかしたらそんな期待があったのかもしれないと気づいたのは、嫁いで半年も経たない時分のことだ。どこかの席画会で親父どのと偶然会ったらしく、だが娘婿だからといって親父どのは格別、吉之助を引き立てたわけでもないらしい。

それが当たり前だ。身内であろうが他人であろうが、いい絵はいいし、拙いものは拙い。まして親父どのは己の絵の出来にも、いつだって満足していない。ゆえに六十を過ぎても『北斎漫画』を出し続け、近頃は漢画摺物にも挑んでいるのだ。

ところが吉之助は半日と絵筆を握ることがなく、板元や絵師仲間とのつきあいにばかり時を費やす。そして家の中を見回しては、「あれができていない」「ここも不手際だ」と、粗を探すのだけは滅法、熱心なのだ。

これでもまだ、やっている方だ。掃除や買物なんぞに時を費やしていたら日などあっという間に暮れて、絵筆を持つ時間が減ってしまう。それを渋々でもこらえ、己なりに整えているつもりであるのに、亭主は口を開けば文句を吐く。

だったら、手前ぇでやりな。

土瓶みたいな色の顔を横目で見ながら、お栄は肚の中でいつもそう言い返していた。

そして今年に入ってからは、自身の仕事を受けるようになったのである。昔から親父どのの工房に出入りしていた小さな板元で、枕絵に読本の挿絵、料理屋の引札など細々とした注文を途切れずに出してくれている。

面相筆に持ち替えて、お栄は女の足指に爪を描き入れていく。いつものように、爪の生え際の横線は入れずに鉤形で留める。すると人の目は自ずと、そこにある甘皮を読み取るのだ。

描き過ぎちゃあ、野暮になる。

親父どのはよくそう言っていた。

墨が乾くのを見定めてから、お栄は膝を回した。

「待たせたね」

小僧は上がり框に腰を掛けたまま、手にしていた風呂敷を広げる。

「あいよ。今日は五枚だ」

小僧はそれを受け取って包んでいく。十五になるやならずのその子は、枕絵など見慣れていると言わぬばかりの平静さである。

お栄は懐に手を入れ、巾着からあるだけの銭を摑んで出した。

「帰りに何か、好きな物をお買い」

茶の一杯を出すのも面倒なので、いつも駄賃を渡すことにしている。小僧は礼を言い、けれどまだぐずぐずとして、去ろうとしない。

「何だい。あ、この間の色指(いろさ)しかえ。あれはまだ先の約束だっただろ」

板下絵は墨だけで描き、彫師(ほりし)はそれを板木(はんぎ)に貼(は)ってその上から彫刀を使う。どこに何の色を使うかは主板(おもはん)から取った摺りが十枚ほど絵師の許(もと)に届けられるので、それに指図して戻す。

小僧は「いえ、そうじゃないんで」と頭を横に振る。しばし黙してから、「あのう」と掌(てのひら)を差し出した。

「姐さん、今どき、これじゃあ団子だって買えやしません」

掌には一文銭が三枚きり。あとは糸屑(いとくず)と朝顔の種だった。

二

しくじったなあ。蒔(ま)くのを忘れちまうとは。

お栄は文机(ふづくえ)に頰杖(ほおづえ)をついたまま、左手の指先で種をはじいた。

夏に草市で買ったものの、種袋ごと失(な)くしてそのまま忘れていたらしい。何で巾着(きんちゃく)

袋に一粒だけ残っていたのか、己でもよくわからないのである。

朝顔の種を、がりりと奥歯で噛んでみた。木屑よりも味気ない。

障子窓から冬陽が差し込んで、文机の上が明るくなる。広げた紙の奥には文鎮や紙束、絵具皿を積んであり、茶碗だけが白い。お栄はそれを手に取って中をのぞいた。筆洗に用いている物なので内側にいろんな色が、胡粉の白や黄土、岩桃が輪を描いてこびりついている。台所の水場で洗おうかと片膝を立てたが、机の脚元で丼を見つけた。茶碗の中の残り水をそのまま丼に空け、筆架の陰に置いてある徳利に手を伸ばす。

茶碗に徳利を傾け、お栄はそれを三口で呑み干した。ふうと声に出して息を吐き、手の甲で口を拭った。煙管に火をつけ、煙をゆっくりとくゆらす。

障子越しの光で、肩や腕が温もってくる。ぼんやりと煙管の吸口を咥えたまま、朝顔を眺める娘の、夏衣の柄を思案した。

水浅黄の内着に秋草文様の薄物。うん、帯は緑青に白抜きの松菱文様が映える。それとも大きな麻の葉を縦に描いてみようか。葉っぱは黄味を含んだ鶸色から黒味を持った緑青まで、一枚、一枚、異なる緑色にする。緑は一つじゃない。同じ葉でも、根元と葉先で色は違うのだ。

お栄は娘時分から、着物に頓着したことがない。何日も着通して垢じみてくれれば手近な物に着替え、寒ければ亭主の股引を下に穿く。それで用は足りる。髪を結うのも面倒なので洗い髪を一つに括ったままだ。滅多に櫛で梳かないから、首筋の辺りで毛玉になっている日もある。

「お前は不器量なんだから、もっと身をお構いな。そのうちご亭主どのに愛想尽かしされるよ」

小兎は近頃、頼みもしないのにここを訪れて、紙屑を拾いながらつけつけと難癖をつける。一昨日も芋の煮ころがしと到来物の海苔を持ってきて、その駄賃のように喋り散らしていた。あんまり煩いので仕事が進まない。退散してもらおうと思えば、結局、ぞんざいな物言いになる。

「この器量は誰に譲られたものか。ははかりさま」

小兎は親父どのの前の女房が亡くなった後に入った、後添えである。親父どのは彫りの深い顔貌で目も口も大きいが、小兎は鼻筋が曖昧でのっぺりとしている。しかも頬骨と顎が張っていて、目許にはほとんど睫毛らしきものが見当たらない。お栄が何もかも親父どのから受け継いでいないことに気づいたのは、いくつの時だったろう。ところが小兎は頑として、お栄の心がけが悪いのだと言い張る。

「髷を結って紅の一つもつけりゃあ、お前だって何とか見られるようになるんだよ。今はちいとばかり風変わりな顔立ちかもしんないけど、子供の頃はそりゃあ可愛かったものさ」

よくも、いけしゃあしゃあと。女の子なのに強情な顔だって、嘆いてたじゃないか。

「お父っつぁんなんぞ、こうも可愛いと神様に魅入られちまうんじゃないかってね。いつもお前を懐に入れて放さなかった」

「湯たんぽ代わりにしてたんだろ」

面映ゆくなって言い捨てると、小兎はねっとりと上目遣いになる。

「ねえ、まだなのかい」

「何が」

「赤ん坊に決まってんだろ。そろそろ産まないと、後がきついよ」

「馬鹿な節介」

「節介って、母親は皆、娘の行く末を案じるが稼業じゃないか。お前、まさか絵師で世渡りして行こうだなんて希み、まだ持ってるんじゃないだろうね。やめとくれよ。吉さんだって気の毒だ。だいたい、お父っつぁんがお前に甘過ぎたんだよ。お栄は自ら絵筆を持ちたがった、見所があるだなんて目尻を下げるから、すっかり本意気になっちまって。あれは子供に遣うおべっかだからね。今頃、そんなことを言ったことさえ、お父っつぁんは忘れてんだから」

平気で己の娘を腐しにかかる。

「聞いてんのかえ」

「聞いて、呆れてるよ」

お栄はちょうど枕絵の仕事の最中であったので、顔も上げずに答えたものだ。男と組み合う娘がよがって唇を半開きにする、その隙間から覗く歯を描いていた。

「笊耳だ。そんなとこだけ、お父っつぁんに似てるんだもの。……ああ、ここも埃だらけじゃないか」

小兎は雑巾で方々を拭きながらぼやく。手が濡れたままなのか雑巾の絞りが甘いのか、家の中が水っぽくなるのがお栄は厭でたまらない。板下絵に用いる紙は薄いので、ちょっと水に遭うだけで表面に波ができてしまう。ゆえに文机だけは頑として触らせない。小兎もそれはわかっているらしく、周囲を遠巻きに片づけて回る。

お栄が何を描いているのか、それも見えているはずなのだが、それはとやこう口にしない。長年、浮世絵師の女房をしているだけあって、見て見ぬ振りだけは身につけている。

お栄は徳利に手をかけ、もう一杯を注いだ。一気に呷る。

と、振り向いて耳を澄ました。戸口の向こうであの音がする。

半鐘だ。

跳ねるように立ち上がると、裾を捲って外に飛び出した。

ジャアンとまた一打があり、しばらくして一打が響く。この鳴り方は火元が遠いことを告げている。

無闇に駆け出したお栄は、どこだろうと通りを見回した。同じように家々から飛蝗のように飛んで出てきた者が口々に叫ぶ。

「瀬戸物町じゃねえか」

眉の上に掌をかざしながら誰かが察しをつけると、お栄は負けじと声を張り上げた。

「いや、そこまで南じゃないよ。西さ、西ッ」

辻まで出て掘割沿いに走った。皆、一斉についてくる。お栄はその先頭を走った。

暮れかかっていた群青に炎が上がる西空を目指して、ひた走る。

やがて額が熱くなった。人々の喧騒と鳶人足らの怒号が聞こえる。もう少し近づきたいが、前に進めなくなった。火事を逃れてきた者らが押し寄せてくるのだ。大八車に年寄りを乗せた夫婦や着の身着のままらしい親子もいて、皆、脇目（わきめ）も振らず、形相を崩している。

　お栄は町家の板塀にもたれて、人波をやり過ごした。

と、手に筆と茶碗を持ったままであることに気がついた。筆を懐に差し、茶碗の縁に吸いつく。ひどく咽喉（のど）が渇いていた。まっさかさまにして、やっと滴（しずく）の三つほどが舌を湿した。

　空になった茶碗を袂（たもと）に放り込むと、お栄はまた走り始めた。青貝色（あおがいいろ）に沈んでいた掘割の水面が時折、焼けた空を受けて光る。

「おう、ここんち、空家だぜ。上がんな、ここからだとよっく見えら」

誰かが上から叫んで寄越して、お栄の前にいた男が開け放した障子戸の中に身を入れた。

　ふん、なるほど。

　お栄もその後に続いて段梯子（だんばしご）を上る。二階の物干し台には野次馬が鈴なりになっていた。江戸者は、三度の飯より火事を見物するのが好きだ。そしてお栄も子供時分から、火事と聞けばどこまでも駆けてしまう性分である。

「さあ、消し口争いはどこが勝つか」

「は組だろ。若ぇ火消しが多い」

「いや、こないだの火事場じゃ、からきしだったじゃねえか。今日は、い組が行くぜ」

「賭けるか」

「当た棒よ。けどお前ぇ、負けたらきっと払えよ。具合が悪くなるってぇと、たちまち雲隠れだから始末に負えねえ」

物干し台が「おお」とどよめいた。纏持ちが屋根に上がったらしく、しかしここからでは何組かがよくわからない。賭けていた男らはもっと近場で確かめようと、階下に駆け降りて行った。

お栄は一番前に動いた。欄干に腕を置き、身を乗り出す。

類焼を防ぐために隣家を打ち壊したのだろう、その勢いに煽られるように炎が空に向かって伸びるのが見えた。喰いつくように見惚れる。

家も人も嘗めるように焼き尽くす、その途方もない炎の緋色に気が昂ぶった。

宵闇のところどころには、まだ昼空の紺青が残っている。黒い煙が雲となって、その青を追う。だんだん炎の色が強くなる。

お栄は絵組みを思案する際、色を一緒に思い泛べる癖があった。親父どのの絵はまず先に形がある。ゆえに墨の線だけで描いた鳥でも羽音を立てるし、剽げた男は手足を回して踊り出す。

ところがお栄の絵は線描だけであると、動かないのである。墨で引く線や形は描くたび、思うように行かずにうんざりする。が、色にはなぜか近しい気持ちがあった。

あの熱を帯びた緋色は何で作ると、己に問う。辰砂に鶏冠の朱だ。岩緋もちっとだけ添える。ああ、手許に銀泥があったら、火の粉に挿すのに。そしたら緋色が内側から光を帯びる。

お栄はいつも色に魅入られては、絵具でどう按配するかを考えてしまう。

板画は絵師が色の指図をするものの、絵具の盛り方は摺師の領分だ。色の強弱は摺師の腕にかかっている。

しかし一枚きりの肉筆画は自身で色を作る。どの岩絵具を選び、膠と水をどう混ぜて練るか、どのくらい温めるかで、色は折々の姿を見せるのだ。ちょっとした手の迷いで濁って暈けてしまうこともあれば、飛び切りの緋色が鮮やかに現れることもある。

だんだん炎の色が引いていく空を見つめながら、お栄は右手の親指と薬指をこすり合わせた。

帰って早く筆を持とうと身を返しかけると、肩を叩かれた。

「よッ」

振り向くと、この寒空に胸をはだけた男が、にやついている。目を凝らした途端、「あ」と我ながら間抜けな声を漏らしていた。

「何してんの、こんなとこで」

「お前ぇと同じ。酔狂さ」

雪駄をチャリチャリと鳴らしながら、善次郎は歩く。いいと言うのに、「送ってってやる」ときかない。昔から飄々としている男だが、こうと言い出したら梃子でも動かないところがある。

「けど、あたしの家、知らないだろうに」

「なに、お前ぇが知ってんだろう」

「……世話ぁない」

善次郎は渓斎英泉という号の浮世絵師で、秘画艶本の戯作者でもある。元は侍であったらしいが、お栄は詳しいことは知らない。まあ、近頃は侍の物書きなど珍しくもない。戯作者の曲亭馬琴も元は武家の出であるし、柳亭種彦は旗本である。

善次郎は幼い頃から狩野(かのう)派で絵を学んでいた縁で歌麿(うたまろ)師匠に私淑していたらしいが、十年ほど前、お栄が十四、五の頃から北斎工房に出入りするようになった。親父どのをやけに慕って、いつのまにか工房で寝起きしていたのである。仕事が混んでくると夜なべをして雑魚(ざこ)寝(ね)をすることも多かったので、そのまま居ついたに等しい。かと思えばふらりと出て行って、一月も顔を見せない風来坊である。

　お栄がたまに「野垂れ死にしてんじゃないかい」と案じると、親父どのは「なあに」と笑ったものだ。

「あらァ野良猫(のらねこ)だ。盛りがついたのよ」

　よくわからないが、善次郎は滅法、女に好かれる性質(たち)らしい。いつも素寒貧(すかんぴん)でむさい形(なり)をしているのに、ふだんは滅多に工房に顔を出さない小兎でさえ浮(ゆ)わついて、湯帷子(かたびら)を縫ってやったりしていた。

　善次郎と最後に会ったのはお栄が嫁ぐ前であったから、かれこれ三年ぶりか。

「相変わらず、描いてんのか」

　歩きながら訊(き)いてくるので、お栄は冗談めかして答える。

「描いてるよ。まだ、からっ下手(べた)だけど」

「俺も。とんと芽が出やがらねえ」

「善さんは、仕事を選り好みするからだ。親父どのが言ってただろう、下手な鉄砲でも数打ちゃ、そのうち何かには当たる。絵も戯作も、数をこなさねぇと物にはなんねえって」

　親父どのは教えることが嫌いで、門人に望まれればまず手本を示して本人に描かせ、「この線が悪い癖だ」「こんな足首じゃあ歩けねえ」などと短所を指すのみだ。

　ところがいつだったか、夜更けに二人で話していたのをお栄は耳にしたことがある。

　真夏のいつまでも蒸す日で、親父どのは安茶を啜りながら大福を喰っていた。江戸者にあるまじき下戸で、甘い物に目がないのである。煙草もやらないどころか煙という煙を嫌うので、蚊遣りの杉葉も焚けないほどだ。お栄はあの夜も肘枕の方々を蚊にやられて、なかなか寝つけなかった。

「浮世絵ってのは板元が思案を出して、絵師はそいつをどれだけ速く仕上げるかが腕よ。じっくり取り組みてえなんぞとほざいてる暇があったら、一つでも余分に描くことだ。手が速ぇ、仕事の数が多い、これが浮世絵師の才ってもんだ」

　その頃、善次郎は売れない絵師のくせに役者絵の注文を受けなかった。役者絵は決まり事があれこれとあって、新しい絵組みを試す余地がないのが不服であるらしかった。

――煮詰まっちまったもんに、今さら俺の出番なんぞねえでしょう。

それを親父どのは板元から聞かされて、「来た仕事は断るんじゃねえ」と諭していたのである。

とは言え、善次郎が描く遊女絵は認めていた。世の多くの絵師は役者絵の決まり事をそのまま遊女絵にも写して、背景がなければ区別がつかないほどであったが、善次郎は花魁一人ひとりの髷簪、襠、煙管の持ち方まで描き分けていた。妓楼によって異なるらしい言葉遣いや匂い、伝法か雅かといった気質の違いまで表わしている。いや、そんなことができる絵師ならいくらだっている。善次郎の絵には、独特の気があった。人によっては好き嫌いの分かれる、生々しいどぎつさだ。泥臭ささえ帯びている。けれどひとたび目にすれば、忘れられない。

こんな絵、描けない。あたしはこんなの、思いつきもしない、描こうと望んでも手が追いつかない。

胸がどきついて、妬心めいたものが疼いたこともある。

お栄は嫁ぐ前は栄女、嫁いでからは辰女という画号を持ってはいる。「辰」は親父どのが篤く信じている北辰妙見、つまり妙見菩薩のことで、ゆえに親父どのは一時、北斎辰政と名乗っていた。その辰の字をもらって号にしたのだが、それは絵にほとんど記したことがない。

北斎工房の仕事であるので、お栄だけでなく弟子らも同様である。板元から名指しで注文が来るようになって初めて師から独立し、画号も世間を渡り始めるのだ。

「そういえば昔、喧嘩したこと、あったな」

善次郎がふいに話を変えたので、横顔を見上げた。火事場の騒ぎは遠ざかり、掘割を行く水音だけが冴え返る。

「口争いなんぞ珍しくもない。朝昼晩だったじゃないか」

「いや、毛で喧嘩したんだ。お前ぇ、どうしても真っ直ぐでねぇとって、きかねぇのよ。それじゃあ絵が面白くねえって俺が返したら、かんかんになっちまって、あたしのはそんなに縮れてねえやって裾に手ぇかけた」

お栄は本当は、その顚末をくっきりと憶えている。

十七の時、初めて手掛けた艶本の挿絵だった。工房には親父どのが描いた男女の絡み方の種本が用意されていて、その種々を使って弟子らが手分けするのである。お栄はそれが初めてまかされた一枚で、気負い立っていた。善次郎は絵ではなく、文章の稿を受けていた。

「善さんがあれこれと絵に口出しするからだ。こんな足の上げ方じゃあ足りねえ、男は乳首に吸いつかせろ。なのに女はのけぞってなきゃなんねえって、無理難題尽くしだったろ」

「で、とうとう毛の縮れさせ方で揉めた」

「あれは、善さんが強情さ。この娘はおぼこを装っちゃいるが、その実は好き者って設定なんだ、スウスウ、ハアハア、気をやるんだぜ、そんな娘のここはこんな毛じゃねえって……まったく、こっちは知らないよ、ンなこと」

そうと楯突いたが、お栄は湯屋に行って、いろんな女の股をじっと眺めたものだ。まだ生え揃わぬ薄い土手もあれば三角が前に飛び出しているような剛毛も、白いのが混じってちぎれたようなのもあった。

絵が面白くなる毛って、どんな毛だろう。湯あたりするほど眺めたが、よくわからなかった。ただ、善次郎はお栄より遥かに女を知っていることはわかった。歳が七つ上であるので当たり前だったのかもしれないが、負けたみたいで矢鱈と口惜しかったものだ。

「俺、また艶本の稿、書いてるからよ。組もうぜ、昔みたいに」

「まだ、両刀使いかい」

「おうよ。絵も文も、何でもやってら。まあ、見てな。そのうち、この英泉の名が江戸じゅうに鳴り響く」

道連れのある帰り道は思ったより早く、家の近くに辿り着いた。通り沿いの表店はもうすっかりと戸仕舞いしているが軒提灯を掲げている家があって、辺りがぼんやりと明るい辻である。

「ここでいいよ」

「おう、またな」

嘘つき。

お栄は胸の中でそう呟きながら、素直に相槌を打つ。

「うん、また」

風来坊の善次郎は、昔から空約束が得意だ。三年前も「また」と言ったきり工房を出て、姿を見せなくなった。

お栄は少し歩いて振り返ってみた。まだそこに善次郎の姿は残っていて、のん気そうに腕を振っている。ふと訊いてみたくなって、お栄は少し引き返した。

「どしたい」

「善さん、お前ぇ、何のために頑張ってる」

すると善次郎は怪訝そうにお栄を見つめた。

「名か、それとも銭か」

提灯の灯を受けて、善次郎の顔は片影になる。と、切れ長の目の奥だけが動いた。

「いい女を抱くためだ。他に何がある」

三

土間で下駄(げた)を脱ぐと、台所で物音がする。

料亭での席画会に出ていたはずの亭主、吉之助がもう帰っているらしい。上がり框(かまち)から土間を見返ると、男にしては小さな草履(ぞうり)がちんと揃(そろ)えてある。

「お栄かい。まったく、どこもかしこも開けっ放しで、どこ、ほっつき歩いてたんだよ」

台所から出てきた吉之助は、手に皿と箸(はし)を持っている。

「疲れて帰ってきたというのに、炬燵(こたつ)に炭も入ってやしない。火鉢の熾火(おきび)でかじかんだ手を温めてさ、それから鉄瓶に水を入れたのだよ。ほんと情けなくって涙が出たよ。おお、冷える」

背を丸めた吉之助は両肘(りょうひじ)を上げたまま、炬燵に膝(ひざ)を滑り込ませた。

お栄も躰(からだ)が冷え切っていたが同じ炬燵で差し向かいになるのも気ぶっせいで、火鉢のそばに腰を下ろした。

「どうせ夕餉(ゆうげ)なんぞ用意してないだろうと思ってたら、あんのじょうだったね。もらっといてよかった」

風呂敷(ふろしき)包みをほどき、中の物をいそいそと取り出している。料理屋の折詰らしい。

お栄は黙ったまま火箸で炭を摘(つ)まみ、煙管(きせる)に火をつけた。

「あの家は八百善(やおぜん)みたく大した店構えじゃなかったが、ふん、この蒲鉾(かまぼこ)はなかなかのもんじゃないか。……お栄、水屋の中の煮豆、腐って糸を引いてたよ。あたしはお前みたいに悪食(あくじき)じゃないんだ。あんなもの口にしたらすぐにお腹(なか)を下しちまう。やれやれ、明日の朝は漬物しかないのか。いや、この折詰をちっと残しておこうか。夏場じゃないんだから保(も)つだろう」

喰うことが何より大事な吉之助は前の晩から明日のお菜(さい)の心配をして、お栄が煮売り屋で適当に見繕ってきたものを出せば必ず文句を垂れる。

「また買ってきたのか。たまには味噌汁(おつけ)でも作ろうってぇ料簡(りょうけん)はないのかい。仮にもお前は女房だよ。所帯に余裕があるわけじゃなし、こうも三度三度、見ず知らずの他人が作った物を出されてる亭主がどこにいる」

「見ず知らずじゃないだろ。大黒屋の夫婦はお前さんも見知りじゃないか」

外では至って愛想のよい男なのだ。家内でだけあれこれと偉そうに女房に指図する、炬燵弁慶なのである。今夜はまたひときわ粘い口のききようで、たぶんまた席画会でしくじったのだろうとお栄は察しをつけた。

「今日はどうだった」

「どうもこうもないよ。あんな目の利かない連中の会なんぞ二度と出るものか。この南沢等明、引きはいくらでもあるんだ」

やはり誰にも相手にされなかったのだろう。

大店の主や文人旗本が料理屋を借り切って催すのが、席画会である。集まった絵師にはその日の画題が出され、皆の目が集まる座敷で筆を遣わねばならない。師匠の手直しがきかないのでよほど腕に覚えがないと恥をかくばかりなのだが、吉之助はそういうところは図太いのか、足繁く出席している。

お栄は後の言葉が続かなくて、煙管の吸口をくわえ直した。と、畳の上に投げ出されたままになっている風呂敷包みが目につく。絵の端がはみ出している。

この男、折詰と一緒に自分の絵を包んで帰ってきたのか。

まったく、どうかしてる。

もそもそと咀嚼の音を立てている亭主を横目で盗み見て、お栄は煙管の雁首を火鉢の縁に力まかせに当てた。中の刻みが一気に灰の上に落ちる。上下を持ち替え、煙管の吸口で風呂敷の端をめくった。

竹林で遊ぶ唐子を描いているつもりらしいが、竹は薄のごとく頼りなく、唐子は手足がぎくしゃくとして顔にもまるで表情がない。しかも竹林の向こうに虎らしき物がいるが、まるで狛犬のように畏まっている。

思わず笑いがこみ上げて、肩に顔を伏せた。

「何が可笑しい」

見れば、吉之助が箸を持ったまま、目に角を立てていた。

「別に」

「い、今、あたしの絵を盗み見して、笑ったろう。馬鹿にした」

「さあ」

「お前という女は」

吉之助は血相を変えていた。飯粒が飛ぶ。

「あたしはこの目で見てたんだ。お前が家を飛び出していくのをね。半鐘を聞いてまた火事を見物しに行ったんだろう。女だてらに血も涙もない、とんだ火癖だ。お栄、わかってんのかい、火事ってのは火に呑まれて家を失うだけじゃない。焼け死ぬ人だっているんだよ」

そんなことは百も承知だ。でも、あの音を耳にしただけで胸が高鳴る。炎の色を確かめたくて、どうしようもなくなる。

「それを何だい、裾を蹴り上げるみたいに一目散に走って。ちっとはあたしの名も気にしてもらいたいね。ただでさえ、家のことを何もしないで絵ばかり描いてるって、仲間内でも噂になってるんだ。今日という今日は、きっちり聞かせてもらいたいね。何でお前は、女房の務めを果たさない」

その務めとやらにはたぶん、閨のことも含まれているのだろう。いざ筆を持てば食べることも寝ることもどうでもよくなるお栄は、この一年近く吉之助と枕を共にしていない。口煩いわりに小心な吉之助は何度か夜更けに起きてきて、お栄の肩や背に触れる。黙って払いのけると、すごすごと尻尾を巻いて寝間に戻るのである。

善次郎だったら、どんなことをしてでも女をその気にさせるだろうに。

ふとそんなことを考えて、お栄はたじろいだ。

幾度か目を瞬かせて、横ぞっぽうを向く。すると吉之助は半身をよじって、背後の水屋簞笥の扉を引いた。筒を取り出し、蓋を開けた途端、また声を荒らげた。

「茶葉も切れてるじゃないか」

「ああ……面倒くせえ」

お栄は長い溜息を吐き、立ち上がった。

「今、何て言った。な、何だ、その言い草は。お前、まさか北斎の娘だってことに胡坐をかいてるんじゃないだろうねっ」

この男は何もわかっちゃいない。同じ絵師でありながら、筆を持ったら放したくなくなる身の熱さを知らない。

吉之助を見下ろし、見据えた。

そうさ、あたしは北斎の娘さ。なのにその才を寸分も受け継がず、のたうち回っている。もう二十年近くも描いているのにいまだ線は弱々しく、色も思うようにならない。

だから描きたい、もっと描きたいんだ。

「あたしはね、区々たる事に構ってる暇はないんだよ」

言い捨てて障子を引き、戸口の土間に降りた。下駄に足を入れる。

「茶を淹れないか。真昼間から茶碗酒を喰らうくせに、亭主のために茶の一杯も淹れられないのか。お前なんぞ、女の屑だ」

わめき散らす声が外にまで聞こえる。

お栄は夜道を歩き始めた。遠くの火事はもうおさまったか、道も家々も静まり返っている。綿入れも引っかけずに出て来たので、首筋がすうすうする。

夜空を振り仰ぐと、冬空に星が瞬いていた。葛飾北斎辰政の「辰」は、いつ見上げても同じ位置で輝く北極星のことでもある。

お栄はその星の下を、ただ歩き続けた。

女の屑だって。上等じゃないか。

おっしゃる通り、筆以外に持ちたい物なんぞ、ありゃしませんとも。

あの家から遠ざかるほどに胸が空く。清々しくなる。そのまま膝を曲げ、半身を屈めて両腕を左右に広げる。右手には扇子を持った気を作って、両肘を曲げた。

「とんびィィ」

唄いながら、足を揃えて横に跳ぶ。鳶を気取って軽く三歩、手も翼のつもりで上下に動かす。「から」で腰を落とし、身を右によじった。「ア」で足を運びながら今度は左を向く。

「すゥ、にィィ、なら、ア、アア、るゥ、るゥゥ、ならァ、アアバ、飛んゥでェ行きたァやァ、きたァやァ、ぬしィのォ、そォば」

お栄は両腕を振り上げ、足を左右に蹴り出しては引く。

「チリチンチリチン、トッツルテン……」

いつだったか、親父(おやじ)どのの絵本(えぼん)『踊独稽古(おどりひとりげいこ)』を見て、その通りに動いてみたことがあるのだ。「悪玉踊(あくだま)り」と題された絵は、鳶や烏(からす)の所作から突如、「悪」と描いた面をつけ、いきなり激しい振りに入る。

「チリチツ、ツン、チャンッ」

左手を突き出して右の手と入れ替え、拍子と共に右足を前に大きく蹴り上げる。また拍子をつけて後ろに引く。

「ぬしィとォ、ふたァりでェ、暮らァすゥなァらァ、さけェでェ、苦労をもォ、沖ィなァがァし」

お前と二人で暮らすなら、避けられぬ苦労も沖に流せるだろう。

そんな歌を口ずさみながら、お栄は踊る。

もう、亭主の許(もと)に引き返すつもりは無かった。

第二章　カナアリア

一

潮が引いた干潟に降り立つと、お栄は裾を持ち上げて帯にはさんだ。古下駄を脱いで合切袋に放り込み、素足で濡れた砂の浜を歩く。時折、頭と尾をばたつかせている小さな魚に出会う。逃げ遅れた魚は難なく、前の男の手桶に放り込まれた。

静かな波音に、春の草木の匂いが混じる。女や子供がさざめく声も風に紛れて、お栄の肩を行き過ぎる。

一年のうちで満干の差が最も大きいのが、三月も雛の節句を越えた今時分だ。深川の南端、洲崎でも早朝から舟が出て、沖合まで漕ぎ出す。干上がった浜に降りた人々は、貝や小魚を採って遊ぶのである。女房、子の伴で連れ出されたらしき男らは、「舟ん中に七輪があったぜ、獲り立てを焼いて一杯やろう」と、示し合わせている。

行手の向こうでは、若い娘らが何かを見つけたらしい。

「それは毒貝だよ。触っただけで指が腫れちまうよ」

「やだ、嘘」

手桶ごと放り出した娘を他の者が「引っ掛かった」と指を差し、「すぐ信じる」と皆で囃し立てた。輪の中心になっている娘も「やだぁ」と身をくの字に曲げながら笑っている。歳は十四、五だろうか。他愛もないやりとりで身を躍らせる娘らの無邪気さに、お栄は己の頰が緩むのを感じる。近場で嬌声を立てられるのはかなわないが、間遠に眺めていると、娘らの景を描きたくなるのだ。

袖を短く仕立てた潮干小袖を着て、集めた額は春の陽気で透き通るように明るい。遥か沖を行き交う船帆は白、洲崎弁天社には松の深い緑を添える。

そんな絵を胸の裡に描く。画帳と矢立はいつも懐に入れてあるが、筆を執るのはいつも家に帰ってからだ。目前の景を見ながら筆を遣うと、刻々と変わるそのさまに首根を摑まれて振り回されるような気がする。

砂の合間に光る白を見つけて、お栄は身を屈めた。掌にのせて見れば蛤の貝殻である。

うん、これだ。この揺るぎのない白だ。

独りで合点して、手籠に入れた。また見つけて、手を伸ばす。

「お栄、そんなの拾ったって身も蓋もないじゃないか」

背後から咎めるのは、母の小兎だ。

「出がけに言っただろう。あたしは潮干狩りをしに行くんじゃないよって」

「じゃあ、何なのさ」

どうしてこうも、ひとの話をちゃんと聞かないのかと溜息が出る。

「だから、貝殻が要るんだよ。……あたしに構ってないで、おっ母さんと時坊とで、好きなだけ拾ったら。もっと中ほどに行ったら、旨い浅蜊がわんさといようさ」

干潟は二十余町もある。小兎が持参した手桶のいくつかも、瞬く間に一杯になるだろう。

「けど、お前。手に余るよ、あたしだけじゃ」

小兎は背後にちらと目をやって、低い鼻の穴を横に広げた。一間ほど離れた所で、時太郎が浜にしゃがみ込んでいた。なぜかいつも木の枝を手にしていて、今も砂を無闇に突いている。

「おとなしく遊んでるじゃないか」

すると小兎は眉根を寄せて、小声になった。

「海星をいたぶってんのさ。およしと止めたら束の間、手を止めるんだけど、またああして続ける。気味が悪いよ」

時太郎はお栄の腹違いの姉である、お美与の倅だ。

「時坊、およしったら。そういう無体な遊び方をしたら、おちんこが腫れちまうよっ」

小兎が叱りつけるのを耳にしてか、近くの者がくすくすと忍び笑いを洩らした。時太郎はようやっと顔を上げ、不思議そうに股を触っている。

「時坊、貝殻拾いを手伝っとくれ」

仕方なく手招きしてやると、時太郎は渋々と木の枝をひきずりながら近づいてくる。

お美与が時太郎の手を引いて本所緑町の家に帰ってきたのは、お栄が亭主と別れた去年、文政六年（一八二三）の早春だった。

「年明け早々、姉妹揃って夫婦別れかえ」

小兎はこめかみを指の節で押さえながら嘆いたけれど、親父どのは妙に得心した風に腕組みをした。

「道理で。重信の絵が変わったわけだ」

たしかにと、お栄も腑に落ちるものがあった。

お美与は浮世絵師である柳川重信と一緒になっていて、親父どのは婿の才を見込んで養子にさえしたのだが、うまく行っていたのは初めのうちだけであったらしい。それでも子を生して、親父どのは自らの幼名であった時太郎を孫の名につけた。

お栄には腹違いの長兄もいるが、大叔父である公儀御用鏡師の家に養子に出ている。同腹の弟も御家人の養子となっているので、時太郎は親父どのにとって初めての内孫であった。

重信は義父である北斎風の絵を描く絵師で、ことに馬琴師匠の『南総里見八犬伝』が当たってからはその挿絵で名を知られていた。ところが数年前から、急に歌川派の画風に傾いていたのである。

姉夫婦の間に何があったのか、実のところはお栄は知らぬままだ。というより、小兎のように今さら夫婦仲を頓着して何になると思っていた。お栄が松の内に南沢等明の許を去って帰った折も、難儀したのだ。

「勝手気儘をするからだ。いつかご亭主どのに愛想を尽かされるんじゃないかと思ってたよ」

小兎は「それ見たことか」と、お栄の不出来を責めた。

本当は、愛想尽かしをしたのは双方だ。女房の務めを果たさぬお栄に亭主は嫌気が差し、お栄は「絵師を女房にした」と思えぬ亭主に根が果てた。

お栄はそう思いながらも、小兎の説教を聞き流していた。口ごたえをしようものなら、かえって長引く。

ああ、酒を買ってくんの、忘れたなあ。

肚の中で悔いたのは、それだけである。親父どのは一切、酒を口にしない下戸なので、昔から酒屋の掛帳がない家だった。

小兎はお美与にも、近所の婆さんから仕入れたらしい言いようで諭していた。

「世間には反りの合わない組み合わせなんぞ、五万とあるよ。そこをこらえてこその夫婦だろう。不仲じゃない。不熟なんだよ、近頃の夫婦は」

口数の少ないお美与は義理の母親の言にも静かに耳を傾けていたが、やはり重信の許には戻らなかった。小兎は夫婦別れの理由をあれこれと詮索したが、その後まもなくお美与が癪に悩まされるようになったので、聞けず仕舞いだったようだ。

顔色が悪く、酸いような息を吐くと小兎が案じていたら梅雨から寝つき、秋にはもういけなくなった。時太郎は重信が引き取った。

ところが今年の節分頃だったか、重信が「大坂に居を移す」と言って時太郎を預けに来たのだ。以前から大坂に縁があったらしく、此度は腰を据えて難波の名所を描きたいという心組みだと打ち明けたらしい。画業を口にされれば、親父どのに「否」はない。

といっても親父どのとお栄は工房で寝起きする日が多いので、時太郎の面倒を見るのは小兎である。

「何をしてやっても嬉しいのか厭なのか、さっぱりわかりゃしない。あんなに精がない子は初めてだ」

手を焼いた小兎は近くの手習塾に通わせることにした。ところが時太郎は年頃の近い子らにも馴染めないでいるらしい。

「お美与は何をしつけていたのやら。しじゅう寝小便をするし、手習に行ってるかと思っていたら、掘割の端で一人でいるのを見たという人がいる。問いただしたら、ちゃんと行ったたって言い張るんだから。嘘はいけないって叱ったら、今度はだんまりですよ」

工房でくどくどと愚痴るので、つい父娘揃って言い返していた。

「おっ母さん、まだ七つの子に説教なんぞ無駄な軽業、骨折り損」

「そうとも。子供時分の分別が過ぎりゃ、嘘臭い顔の大人にならあ。放っといてやれ。

お前ぇは大抵、人を揉み過ぎるのよ。下手な按摩だ」

お栄は緻々とした柄の描き込みに小筆を使っていたし、親父どのも揃物の板下絵の指図に追われていたので、たぶん顔を上げもせずに諫めたのだろう。

小兎の声がしなくなったのでやれやれ、帰ったかと振り向けば、土間にまだ突っ立っていた。ただでさえ目立つ頬骨を強張らせ、一皮目の尻を吊り上げている。

「あたしの苦労も知らずに、祖父さんと叔母ちゃんが庇い立てとは、いい気なもんさねえ。何さ、偉そうに。ええ、わかりましたよ。子供のことはそちらさんがよっく呑み込んでおいでのようだ。これからはお前様もお栄も精々、頼みますよっ」

それからである。小兎は毎日、時太郎を工房に連れてきて、お栄が家まで送って行かねば迎えにも来ない。親父どのは近所を一緒に散歩したり絵を描いて遊んでやっていたが、すぐに音を上げた。時太郎は何をしてやっても眉一つ動かさず、木の枝だけをひしと握り締めて俯く子供だった。取り上げてもすぐにどこかで拾ってきて、手放そうとしない。

それから弟子とお栄が交代で面倒を見ることにしたが、まるで仕事が進まない。結句、親父どのが白旗を上げた。

親父どのは、こと絵にかけては誰を相手にとっても頑として、一歩も引かない肝を持っている。若い時分は津軽の殿様から屏風絵を所望されたが「注文の仕方が気に入らねえ」と一蹴し、頭に血を昇らせた家来に危うく手討ちにされかかったという。名のある歌舞伎役者がわざわざ訪ねてきて絵を注文した折も、何かで腹を立てて追い返してしまったという顚末もあった。

　ところが不思議なことに、女房には我を押し通せないのである。

「男は所詮、女の出涸らしだぁな。逆らうまい」

溜飲を下げた小兎は時太郎の世話に戻ったが、今度は何かにつけてお栄を巻き込もうとする。ゆうべもうっかりと「明日は朝から洲崎だ」と話したら、こうして一緒に付いて来た。

やっと亭主から解き放たれて画業に専念できると思ったらそれも束の間、粘っこい母親に可愛げのない甥っ子までご登場だ。

どうしてこうも、ままならないんだろう。

時太郎は海星をいたぶるのに飽きたのか、今度は爪先で砂を蹴っている。

「時坊、ほれ、こんな白いのを見つけてごらん。これを干して粉にしたら絵具になるのさ」

蛤の白い貝殻を示しても、時太郎は年寄りのような溜息を吐き、木の枝を握ったまま砂の上に屈み込む。

「また絵具かえ。まったくもう、石や泥をいじってるかと思や、今度は貝の殻。たまには食べられる物のことを考えられないのかねえ。時坊、拾うのは生きた浅蜊におしよ。そしたら明日の味噌汁の実になる」

小兎が中腰になって言い聞かせているが、時太郎はただ砂を凝視するだけだ。その痩せた横顔は鼻筋の通っていたお美与にはあまり似ておらず、産毛の濃い口許が微かに重信譲りに思える。

「それそれ、それが浅蜊だよ。偉いねえ、時坊は」

小兎が大袈裟に褒めている。ほっと安堵してお栄は膝をつき、腕を動かした。五つ、六つと拾い集めては歩き回る。

遠くで花嫁行列の長持歌が聞こえた。

二

三月も末に近づいた日の昼下がり、善次郎がふいに現れた。

「へえ、こいつがカナアリア鳥かあ」

懐手をしたまま、小庭に面した軒先に吊るした籠の中をのぞき込んだ。親父どのの川柳仲間や絵の贔屓筋、板元の手代までが皆、同じ一言を口にする。そこで親父どのは安茶を啜りながら頃合いを見計らい、次の一手を差す。

「馬琴がくれたのよ」

すると誰もが後ろから衣紋を抜かれたように、ひょっと目を丸くする。そして掌を顔の前に掲げ、ひらひらと横に振るのだ。

「またまた。公方様からの下され物の方がまだ真らしい」

善次郎も同じように取り合わない。が、お栄に目を合わせてきたので「ほんとさ」と口を動かしてやると、半身をのけぞらせた。

「こいつぁ、驚き山の爺さん婆さんだ。竹の腹から姫が生まれる」

「しかも、己の足でここに訪ねて来たんだぜ。あの出不精が」

「どんな風が吹いて運ばれてきたものやら」

善次郎はまだ信じられないような面持ちで親父どののかたわらに腰を下ろすと、大きく胡坐を組んでまた首をひねった。

曲亭馬琴はこの江戸で知らぬ者のない戯作者で、親父どのが言うには潤筆料だけで生計を立てているのは他に十返舎一九しかいないだろうとの大立者だ。が、ひどい客嫌いで、自身も滅多に外に出ない御仁であるためか、板元の小僧の中には馬琴がこの世に実在するとは思っていない者もあるらしい。

親父どのがそれを話してやると、善次郎は膝を両手で持ち上げるようにして「そいつぁ、無理もねえ」と笑った。

「板元でも顔を合わせたことがある者は限られてるし、それにあの書きっぷりは神か物の怪かってぇ代物だ」

「お前ぇも会ったこと、ねえのか」

「ありませんや。挿画についちゃあ、板元が指示を預かってきやす」

善次郎は二年前、思わぬ仕事にありついていた。馬琴の『南総里見八犬伝』の挿画である。その仕事を受けていた重信が大坂に旅をしている最中に、第五輯の稿が上がったらしい。一刻も早く売り出したい板元は重信の帰りを待ちきれず、渓斎英泉、つまり善次郎に白羽の矢を立てたのだ。

「馬琴の野郎、まだ挿画に口を出してやがんのか」

親父どのが大きな目をぎょろりと剝いた。

読本の仕事で親父どのは幾度か馬琴と組んだことがあるのだが、そのつど揉めているのだ。挿画の構想を巡って互いの思惑が異なり、二人とも仕事を降りてしまったこともある。そして十数年前、『占夢南柯後記(ゆめあわせなんかこうき)』という仕事で、またも大衝突した。馬琴がどうでも登場人物に草履(ぞうり)をくわえさせねばならぬと強弁したので、親父どのは尻(しり)をまくったのだという。

「誰がそんな汚ねぇ図を見て喜ぶってんだ。そうも言うなら、まず手前(てめ)ぇが口にくわえてみやがれ。そしたら描いてやらあっ」

馬琴も激怒して、二人は何度目かの絶交をした。

馬琴は父より七つほど年若であるが旗本の用人(ようにん)の家に生まれた氏素性を誇ってか大層気位が高く、高慢病だと眉(まゆ)を顰(ひそ)める者もいる。若い頃は山東京伝(さんとうきょうでん)の伝手(つて)で当時、有力な板元であった蔦屋(つたや)の手代奉公をしていたこともあったらしいのに、絵師をどこかしら見下げる風であるのが皆、気に喰わないらしい。

「師匠の気持ちはわからないでも、ねぇんでさ。書き手としちゃあ、己がこつこつと刻んだ物語に絵が意趣違いを起こしちゃたまらねえ。読み手は良くも悪くも、絵を手掛かりに人物や情景を思い泛(うか)べやすから」

自身も戯作をやる善次郎が馬琴の肩を持った。珍しいことだと、お栄は少し振り向く。馬琴を悪く言わない者がいることに、少なからず驚かされていた。

「いや、馬琴は挿画を物語の添え物だと思ってやがる。読本の隅から隅まで、己が主だとな。そいつがとんでもねえ料簡違えだと、俺は言うのよ。餅は餅屋でござい、挿画はその道の絵師に任すがいい。こちとら、そのために稿を夜っぴて読み込んで絵の想を練るんだ」

「そこまでやる絵師ばかりじゃねえってことです。己が描きやすいものを漫然と描いて、それが物語の山場であろうがなかろうが頓着しねえで茶を濁す奴もいる」

「馬琴はそれに懲りてるってのか」

すると善次郎は「はて」と首を傾げ、また立ち上がった。カナアリア鳥の籠に近づき、竹ひごの合間に人差し指を入れて「ちちち」と鳴き真似をする。

「そいつぁわかりやせん。ただ、他人を信じていねえのかもしれやせんね。校合摺りの校正もそりゃあ綿密周到で、どこまでも己でやらねぇと気が済まねえお人らしいから。それこそ鼻血を噴きそうになりながら、校正するそうですよ」

善次郎は、読本の板下書きの筆耕者は作者の稿をそのまま写すのだが、その際に誤字脱字を起こしやすいのだと話した。馬琴はそれを一々、字引で照合して正し、摺り上がりでまた校正する。そこで間違いを見つけたらまた朱を入れるので、指示通りに修正されたかどうかを摺りで確かめねばならない。

「時には五校、六校までもつれ込むって、聞いたことがあります。馬琴師匠は下書きなしのぶっつけ書きらしいんで、稿を書いてる時間より校正してる時間の方が長ぇんじゃねえかって」

「鼻血を出してんのは板元だぁな。出したら売れる本だとわかっちゃいても、五校、六校までやらされたらたまらねえ。一文字直すのにどんだけ手間がかかると思う。板木を削って木片を埋めて、彫り直すんだぜ。なに、あいつは読み手に誤謬を指摘されて、己の学を疑われるのが厭で目を皿にしてんのよ。学者じゃあるめえに、侮られまいと躍起になりゃあがって。……売れても売れても、あいつぁ、まだ筆一本の稼業だってことを誇れねぇんだろう。高尚って奴に取り憑かれてやがる」

鳥が澄んだ声でいきなり鳴き始めた。

「それにしても、まだ解せねぇ。あの馬琴師匠が何で小鳥をここに持って来なさったんだろう」

「飼ってるらしいぜ。己で巣引きまでするとよ」

「へえ。師匠が鳥好きとはねえ」

親父どのは鼻を鳴らしながら立ち上がって、縁に向かう。

「珍しく晴れ晴れとして、口上みてぇに一方的に述べてやがった。何でも、飯田町の家を引き払って医者をしてる倅と同居するんだとよ。で、鳥籠ごと俺に押しつけたのよ。進呈致すって戸口の前に突っ立ったまま、四角四面に」

　と、善次郎が「なるほど」と笑った。

「いつになくめでてぇ気分を、親爺どのと分かち合いたかったってことか」

「馬鹿を言え。俺らは顔を合わすたび吠え合う仲だ」

　お栄はちょうど小兎と時太郎と共に洲崎に出掛けていた日のことで、馬琴に直には会えていない。癇性でも有名なだけあって、もちろん工房の中には一歩たりとも足を踏み入れなかったらしい。

　カナアリア鳥は何を思ったか高く低く調子を変え、囀り続ける。

　お栄も傍に寄りたくなって、筆を持ったまま膝を立てた。三人で籠の鳥を囲む。

「いつ見ても、目が覚めるような黄色だね」

　お栄が溜息を洩らすと、竹ひごの向こうで善次郎が「ああ」と目を細めた。

「こうも鮮やかな黄は滅多にねぇな。いい雄鳥だ」

「また法螺口を。雄か雌か、わかりはしまいに」

「わかるさ、鳥の綺麗なのは皆、雄だ」

「そうなの」

「雌の気を引くために着飾ってんのは、雄鳥だぜ。雌より遥かに綺麗だ」

「じゃあ、人だけか。出涸らしは」

「何でえ、それ」

善次郎が不思議そうに首を傾げたので、親父どのが笑い出した。

「お前ぇなんぞ、まさにそれだぁな」

五人の弟子らも手を動かしながら聞き耳を立てていたのだろう、皆、眉を下げ、口許を緩めている。

「え、俺が何だってんだ」

善次郎の問いに、誰も取り合わない。親父どのは籠の前を離れて、よっと腰を屈め、庭に向かって胡坐を組んだ。

「おぉい、誰か茶を淹れつくれ。出涸らしをな」

とうとうお栄まで噴き出すと、善次郎はなお首をひねる。

カナアリア鳥の尾羽が山吹色に艶を帯びるのを目の端で捉えながら、善次郎の頬に一筋の髪が掛かっているのに気がついた。

あたしがめでたい気分になったら、誰と分かち合いたいと思うのだろう。

ふとそんなことを考える。

善次郎が急に横顔を見せて、身を動かした。

ていた。

「あれ、どこの子だ」

路地から木戸を押して入って来たのか、時太郎がぽつねんと立ってこっちを見上げ

三

「ちょいと、一服しようか」

お栄が声を掛けると、「へい」と五人が一斉に応えた。銘々が己の仕事に切りをつけ、茶を淹れたり菓子鉢を取り出したりと、動き出す。

今日は親父どのが川柳仲間の集まりで、留守にしている。が、頭が工房にいなくても、手を緩める弟子は一人もいない。受けている仕事は相変わらず数も種類も多いのだが、ことに大量に摺る錦絵の板下絵は気が抜けないのだ。いかに北斎為一という名があっても、売行きがはかばかしくなければ板元は即刻、刊行を打ち切る。いったん彫られた板木は鉋で表面を削られ、他の絵師の手になる板下絵に回されるのだ。

その容赦のなさをお栄も皆も、思い知っている。ゆえに誰もが総身の毛を逆立てるようにして、紙に向かう。ある者は開いた傘の縦線をまるで定規を当てたかのように

輪状に引き、ある者は橋の向こうに並ぶ家々の屋根を描き入れていく。墨や膠の匂いが工房に満ち、黙々と皆が筆を揮う、その息遣いまで聞こえるような気がする。

お栄はこの春、文政九年（一八二六）から、『新形小紋帳』の仕事にも加わっている。小紋帳は板元の発案で、染職人が反物の柄を思案するよりも絵師が描いた手本があれば手間要らず、呉服商と客の間で柄違いなどの揉め事も減るだろうとの目論見であるらしい。

桜花をつないだ桜割文様や割菱文様など、線描の積み重ねにお栄は飽くことがなかった。真っ直ぐな線と弧、円をものにしなければ、一歩も前に進めないような気がする。だが新柄がどうにも泛ばない。板元からは古典柄だけでなく、江戸市中の流行になるような新規の柄をとも注文されていたのである。

お栄が文机の前で呻吟していると、親父どのが楊枝を遣いながら呟いた。

「空の頭ん中を探ったって、屁もひねり出せねぇぞ。ふんぞり返ってねぇで、膝の下を見ねえ。手前ぇの目で」

そしてお栄は藺草を編んだ「畳の目文様」を作ろうと思い立った。だが工房に敷いてある畳は破れがあっても、編目など消え失せている。何度も畳屋に通って畳表を凝視したので、しまいには怪しまれて水を撒かれた。

「親父どの、たまには畳を替えとくれよ」

頼んでみたが、「けっ」と一蹴された。

親父どのは住まう場というものにおよそ執着がないだけでなく、とくに工房にしている部屋は掃除の手が入るのを断じて拒む。壁や畳が腐れても平気の平左、軒に蜘蛛の巣が張ればそれを喜んで眺めるので、「このままじゃ根太からやられる」と家主に追い出されたこともあった。

家の事に細々と構いつけるのが嫌いなお栄が呆れるほど、親父どのは混沌を好むのだ。

「地味に見えるが、染め色によっちゃあ、かえって垢抜ける」

畳の目文様が親父どのの「よし」をもらったのは、昨日のことだ。

父、北斎為一はことほどさように、ものを見る目が広い。蟻の頭の擡げ方を地べたから見上げるかと思えば、東海道の名所を鳥のごとく上空から見晴るかす。どうやったらそんな眼差しが持てるのか、お栄には及びもつかない。途方もなさすぎる。

「善さん、休んどくれ」

「ああ、うん」

筆を止めにくい要所に差し掛かっているのか、善次郎は生返事をする。やや時を置いてから大きく伸びをして、片膝を立てた。ひょいと軽い身ごなしで立ち上がり、鉄瓶から湯呑に白湯を注いで飲み干す。

と思えば、小僧の五助に声を掛けている。

「六ちゃんに餌、やったか」

「へい。今、水を替えてやろうと思って」

庭の手水鉢の前に下り立っていた五助がしゃがみながら、答える。どうやら兄弟子らにカナアリア鳥の世話を押しつけられたらしいのだが、己の名にちなんだ名までつけて可愛がっている。

「じゃ、餌は俺がやろう」

「いえ、六の係はあたしなんです」

五助は慌てて頭を横に振り、善次郎に餌皿を奪われまいとする。馬琴から親父どのが教わった通り、荏胡麻や大根葉の刻んだものなどを与えているようだ。善次郎が五助と共に籠をのぞき込み、いくつか戯言を交わして笑う。弟子らもそれに乗って、一気に騒々しくなる。

と、木戸の向こうに小さな人影が立った。

「何だ、そんなとこで突っ立ってねえで、へぇんな」

善次郎が顎（あご）で招くと、時太郎は素直に入ってくる。

「皆にこんちは、だろう」

「……こんちは」

いったい何が気に入ったものやら、時太郎は二年前、善次郎と初めて会った日から口をきき、こうして一人で工房を訪れるようになった。皆が仕事をしている間は六ちゃんを眺めたり、時には善次郎の背中に己の背をもたれさせて坐（すわ）り、辺りに散らばった紙屑（かみくず）を弄（もてあそ）んでいる。

夕餉（ゆうげ）ともなれば善次郎は小兎の住む長屋に出向き、襷（たすき）がけで料理を手伝って煮〆（にしめ）の鍋（なべ）をここまで運んできたりする。その後ろに時太郎が漬物皿を持って従っているので、親父どのは夏に雪を見たかのごとき顔になった。

善次郎は五助も誘って路地に出て、時太郎と相撲を取らせる。自らも相手になる。お栄はそれを眺めながら、時太郎がひどく負けず嫌いであることを知った。そして片時も放さないかに見えた木の枝を、いつのまにか手にしなくなっていた。

小兎は時太郎が手習に行っている間に工房にやってきて、カナアリア鳥を見物したものだ。

「前はお地蔵に物を言ってるみたいで手ごたえのない子だったけどさ、ゆうべ、時坊が六ちゃんの話をしたよ。そうかえ、この鳥かえ。見事に綺麗だねえ」

大事な打ち明け話を披露するかのような声音で、親父どのと善次郎に話していた。お栄は一服つけたくなって身を返し、土間に下りて戸口の外に出た。路地には年じゅう出し放しにしてある縁台があって、そこに腰掛ける。煙管(きせる)の吸口をくわえ、軽く口の中でくゆらした。

善次郎も外に出てきて、かたわらに腰を下ろした。欠伸(あくび)をしながら煙を吐いている。

「小鳥ってのはいいもんだな」

「善さんも飼やぁいい。宿を構えたんだろ」

善次郎は妙な具合で転がり込んだ『八犬伝』の挿画で、見事に星を突き当てた。仲間や女の家を転々と泊まり歩く身であったのに、「居どころが知れぬと困る」と板元が懇願して、新橋は惣十郎町(そうじゅうろうちょう)に居を定めたらしい。

「誰が世話する。他人(ひと)んちのを可愛がる方が気楽でいい」

「けど、留守にし通しでいいのかい。板元が今頃、難儀してるだろうに」

「なぁに。今は仕事の狭間(はざま)だ。どうってことねえ。けどもう七日か、厄介になって」

「十日さ。まあ、うちは一向に構わないし、仕事を助(す)けてもらって有難いほどだけど」

　すると善次郎は肩をすくめた。

「定まった家ってのはどうも、いけねえや。古馴染みの女みてぇにしんねりと待たれてるかと思や、足が向かねぇのよ」

「わかる。あたしもおっ母さんが待ってる家に帰るの、気つけに一杯、引っ掛けてからだ」

　お栄が思わず小膝を打つと、善次郎の目尻が下がっている。

「何が可笑しい」

「いや、おっ母さんに手ぇ焼いてんのか」

「向こうがもっとだろうけどね。世間の娘らしいことは何一つできないから」

　そして姉の子である時太郎もどう扱っていいのかがわからなくて、お栄は途方に暮れている。

「あたしさ、時太郎を見るたび、別れ話の最中に亭主に投げつけられた言葉を思い出すんだよね」

「ふん。別れた亭主が何と吐かした」

「お前は女の屑だ。情の欠片も持ち合わせちゃいない」

善次郎は「ほう」と、軽く受け流す。

「いや、その通りさ。あたしは人の心に疎い」

こんなことを口に出すつもりはなかったのに、我知らず吐き出していた。

「知っての通り、時太郎は母親に死なれて、父親に厄介払いされた子だろう。こんなあたしだって気に懸ってるよ、さすがに。明日こそ早起きして散歩につれてってやろう、寝る前はそう心に決めるんだ。けどあたし、寝酒を過ごすだろ。起きたらもう仕事を始める刻限になってて。日暮れ前もそうだ。ああやってじっと六ちゃんを眺めてんのを目にしたら、あともう少し、もう少しだけ捗ったら声を掛けてやろう、甘い物でも買いに連れ出してやろうと心組む。けど筆を止められない。ところが善さんはきっちりと仕事をしてさ、時太郎とも難なく遊んでやれる。親父どのの孫だからちゃんと扱った方がいいってぇ欲もなけりゃ、不憫な子だってぇ妙な憐れみも持ってなくて、己が遊びたいから誘ってる。いや、実のところは知らないよ。けどそんな気がするし、それが時坊にも伝わってんだろう。だからあんなに懐いてるんだ」

すると善次郎は右脛を持ち上げて、左の腿の上に置く。

「あれで懐いてんのか」

「懐いてるさ。滅法界だ」

「で、お前ぇはそれが気に入らねぇか」

「そうじゃないよ」

善次郎が目を合わせてきたので、お栄は頭を振る。

「いや、やっぱ気に入らないのかな。お前ぇはあっという間に人気の浮世絵師になって、今じゃ仕事も手に余るほど抱えてるだろうにこうしてうちを手伝いに来てさ。親父どのやおっ母さんも、時坊でさえ手懐けちまって。出来過ぎじゃないか」

そしてお栄はいつまでも足踏みをしている己を持て余して、善次郎がずんずんと先に行くのを見送るだけだ。

「褒められてる気がしねぇなあ」

善次郎は煙を吐きながら、小さく笑った。

「俺、今、何て言われてるか知ってっか。英泉は北斎の再来か、だぜ」

お栄は黙ってうなずいて屋根の向こうに目を投げる。

出板された『八犬伝』の挿画で、「渓斎英泉の画風は、若い頃の北斎によく似ている」と世間の評判を取っているのだ。善次郎は親父どのの読本挿絵を徹底して模倣して来ており、さらに若々しさが充実しているのがお栄にはよくわかった。

師と仰ぐ者の筆致を真似るのは、絵師としてごく当たり前の道である。親父どのの自身、大和絵の土佐派と住吉派に線描と着彩法を学び、俵屋宗理の二代目を継承したこともある。後に琳派でも平面図法を習得し、お栄が若い時分は異国の蘭画まで写していた。

「豪儀じゃないか」

平気な声で返したけれど、胸の裡で小さく波打つものがある。善次郎にまた水をあけられたような気がする。

「ああ、嬉しかったよ。親爺どのはよく言い暮らしてたからな。描く技を磨きてぇなら真似て真似て、躰の中に叩き込め。技もねぇのに我風がどうのと余所見をすりゃあ、先は行き止まりだ」

「今も弟子らにそう言ってるよ」

「けど。俺はいつまで、北斎の再来なんだ」

善次郎が声を低くした。心なしか、伏せた目許に翳が落ちている。

「重信さんの穴埋めみてぇな仕事で馬琴師匠に気に入られたのも、俺がまだ親爺どのみてぇに己の想を持たねえからだ。相手と取っ組み合いするほどの力を持ってねぇから、こうこうこんな絵組みで、この登場人物にはこんな身振りをさせてくれ、顔つきはこうだと指図されたら、それに汲々としちまう。己ならではの味を滲ませてみてぇと肚の中では願いながら、手はきっかりと親爺どのの画風をなぞっちまうんだ。……まあ、そんなこんなで行き詰まっちまってよ、ここに逃げ込んだってぇわけよ。今、親爺どのに近づいたらまた模倣の腕だけが上がっちまう、今は近づいちゃなんねぇって己を引き留めたのに、どうしようもなくここに戻りたかった」

「どうだった、うちに来て」

「良かった」

「そうか。なら良かったさ」

「違ぇよ。良かったのは、お前ぇのあれを見たからだ」

「あれって」

「屋根の上に干してんだろ。貝殻やら草の根やらをよ」

「あれは、思うがままに絵具を揃えられないからさ。あたしはまだ、お前ぇみてぇな一本立ちじゃない。いや、これは皮肉じゃないよ」

お栄にとって、いや、工房にとっても肉筆画に用いる絵具は高価なものだ。欲しい色、使いたい色があっても、そう易々と購えない。まして岩絵具は鉱石が材であるので、互いの色は決して混じり合うことがない。青に白を混ぜたら薄まって水色になるわけではないので、濃青と水色、それぞれを用意せねばならない。

それでお栄は近頃、仕事の合間を縫って絵具作りに腐心している。他に何の取柄もないが、石や土、木の実や草の根、野花を集めて干したり煮たりするのは苦にならない。貝殻もまた絵具の材になるもので、白く光るような胡粉は蛤の殻を数年もかけて天日に晒し、それを砕いて水に溶いたものだ。画材屋の手代が言うにはさらにまだ年数と手数がかかるらしいが、ともかく己でやってみたかった。

何年かかっても己で作って、思うがままに色を差配してみたい。

その欲は描画の修業とはまた少し異なるものだ。色はただただ、好きだとしか言いようがない。思うように使えぬ色であればこそ、お栄は憧れてやまない。

「けど、銭金だけじゃねえだろ。お前ぇは描きたい絵をずっと胸ん中で温めてるだろう。己の手で己の色を作ってやるってのも、お前ぇの野心だろうよ」

黙っていると、善次郎は拳で鼻の頭を擦る。

「はん、図星じゃねぇか。言っとくが、俺相手に白は切れねえぜ。こちとら、ちゃあんと尻尾を摑んでんだ。朝顔と若い娘、裁縫したり茶を淹れてる娘、相撲を取る子供、芍薬にカナアリア鳥……随分と下絵を描き込んでるじゃねえか」

「ぬ、盗み見したのか」

「文机の上に帳面を放り出したまま朝寝をすりゃあ、いやでも目につく。お前ぇが迂闊さ」

「ひどい。見損なった」

お栄は声を荒らげたが、憤りよりも違う気持ちが勝ってくる。

「で、どうだった」

訊ねながら、あたしは善次郎に見てもらいたかったのかもしれないと思った。まだ思いつきの、想だけの下絵だが師である親父どのではなく、修業仲間であるこの男に。

けれど善次郎の名はもう、世に出た。手の届かない所に行ってしまったような気がして、無性に心細くなっていた。

「妬けた」

お栄は思わず腰を浮かせた。

「誠に恐れ煎り豆、山椒味噌」

「露骨に嬉しがるんじゃねえ。ちっとは遠慮しろい、俺、落ち込んだのによ」

「そうか、落ち込んだか」

平静を装いながら、嬉しくて泣きそうになる。

「おい、言っとくが、絵の腕はまだ俺の方が上だからな。これは己惚れじゃねえぞ。はっきり言っとくが、お前ぇの美人画には艶がねえ。線が硬い」

最も気にしていたことを指されて、鼻白(はなじら)んだ。

「上げたり下げたり、凧揚(たこあ)げかよ。じゃあ、何で妬けたなんて言った」

「お前ぇが目指すべきものを持ってるってことに、妬けた。それだけだ」

お栄は「ち」と舌打ちをして、煙管を煙草盆(たばこぼん)に放った。

「つまらねえの」

「ほざいてろ。無い物ねだりだ」

「互いさま」

すると、善次郎が縁台から立ち上がった。お栄の膝の前に足を広げて構えたかと思うと、ぐいと手首を摑んで引っ張る。

「いいとこに連れてってやる」

「藪(やぶ)から棒に何だよ」

「いいから、ついて来ねえ」

「けど、仕事が」

「たまには打っちゃるもんだ。仕事なんぞ」

善次郎は口の片端をくいと上げた。

立ち上がった拍子に前のめりになり、お栄は数歩、踏み出す。と、カナアリアの囀(さえず)

りが聞こえた。
善次郎に手を引かれながら、いつしか路地を駆け抜けていた。

第三章　揚羽

一

善次郎は黒塗りの冠木門を潜り、左に向かって「よッ」と手を上げた。

面番所の中に坐る羽織の役人が、格子越しに目だけを動かしてお栄を見た。薄暗いその背後にも数人いるようだ。

「珍しいじゃねぇか。おぬしがおなご連れとは、また何を企んでんだ」

伝法な口をきくのは、同心侍であるからだろう。

「いえ、こいつぁ、あたしが若ぇ頃から世話んなってる家の女衆でね。奉公の年季が明けて在所に帰ることとんなったんだが、江戸の土産話にここだけは見物しておきてぇと拝まれたんでさ」

おい、その女衆って、あたしのことか。

お栄は横目で善次郎を睨みつけたが、当人は素知らぬ顔をしてまた役人に何やら話しかけている。

——いいとこに連れてってやる。

善次郎はそう言ってお栄の手を引き、本所緑町の工房から連れ出したのである。猪牙舟に飛び乗って大川を上った時は胸が躍った。夏空の中に己が入っていくかと思うほど川面は広く、青かったのだ。

誰にも何も告げずに善次郎と二人で仕事を放り出してきたので、今頃、手が足りなくなって、てんやわんやだろう。その様子を想像するだけで独り笑いが湧いてくる。光る白雲も遠くの富士も、川岸の木々の緑までがいつもと違うような、初めて眺めるもののような気がした。そういえば途中から、善次郎が自分をどこへ連れて行こうとしているのかにさえ頓着していなかったのだ。

ところが思いの外、早く、川行きは終わった。舟が入ったのは山谷堀だったのである。善次郎は衣紋坂を下り、両脇に編笠茶屋が並ぶ五十間道を進んだ。

よほどここに出入りしているのか、その同心は善次郎に心安い口をきいた。

「花見の時分は女客も珍しくねぇが、仲之町の桜はとうに植木屋が引き上げちまってるぞ。何を見物する」

「そりゃあ、花魁の道中でさ。それだけは一目、見て帰らねぇと心残りだよな。な、お栄ちゃん」

善次郎め。いきなりお鉢を回してくるんじゃないよ。

「なっ」

「ん、んだ。父っちゃんも母ちゃんも、おらが天下のお江戸で奉公してるってのが、たった一つの自慢だったでの。冥途の土産に、花魁道中のさまを語って聞かせてやりてぇずら」

内心で舌打ちをしながら、何とか調子を合わせた。女衆ってどんな仕草をするんだったかと懸命に思い返しながら、小腰を屈めてもみる。

もう一人の役人が立ち上がってじろりと目を這わせてきたが、善次郎は格子に近づいて懐から何かを出して渡している。

「馬鹿野郎。んな、無粋なことをするんじゃねえ。手札一枚くれぇ、出してやるわ」

女客はここを出る時に手札がないと、いろいろと面倒なことになるとはお栄も耳にしたことがあった。遊女が身形を変えて逃亡する可能性もあるからだ。

「違ぇよ、旦那。これは頼まれてた、ワ印だ」

ワ印とは笑い絵、春画のことである。

その途端、同心の周りに他の者が集まってきた。肩や額を寄せ、包みを開く手許に目を凝らしている。

「五枚もあるじゃねぇか。いいのか」

お栄は生まれた時から身の回りに笑い絵があって、尻を拭く反故紙にも親父どのが描いた男女があったものだが、武家はさすがに買い求めにくいものなのだろうか。皆、一斉に頬を緩めている。

「いつも世話んなってるから。まあ、納めといておくんなせえ。そいつぁ地女ものの中でも絶品ですぜ」

皆、俯いたまま「ひん」と妙な声を出して、早う行けとばかりに手だけを振った。

「なあ、さっきの訛り、どこの在所だ」

「知るもんか」

「お前ん、嘘が上手いずら」

「ちゃらを言うんじゃないよ。仕掛けてきたのは善さんだろうが。後で番所に叱られても、あたしは知らないからな」

「なあに。向こうも先刻承知の助だ。番人なんぞ暇だからな。わかってて乗ってきてる」

「へえ。馴染(なじ)みなんだ」

お栄は少し意外な気がしていた。善次郎は素人(しろうと)の女が相手だと思い込んでいたのだ。それこそ、どこかの大店(おおだな)の妾(めかけ)に入れ込まれて事の最中に旦那と鉢合わせになっただの、錦絵(にしきえ)にもなった有名な茶汲(ちゃく)み娘をとうとう口説き落としただのと吹聴(ふいちょう)している。が、吉原(なか)にも顔がきくとは口にしたことがなかった。

通りに面した茶屋の前を、半纏(はんてん)姿の男が竹箒(たけぼうき)で掃いている。見知りであるのか、「善さん」と呼んだ。

「今時分に珍しいな」

善次郎も手を上げ、「景気はどうだ」と返す。

「喰って呑(の)んだら仕舞(しめ)ぇだよ」

「なら上等だ」

「違いねえ」

中を歩いていても方々から声を掛けられ、言葉を交わしている。

扇子を手にした幇間(ほうかん)らしき男や卵売りに花売り、大きな風呂敷(ふろしき)包みを背負った男も愛想良く近づいてくる。

建ち並ぶ茶屋の入口には青簾(あおすだれ)と暖簾(のれん)が掛けられていて、風にそよぐたび、中の女たちの小袖の裾や袖が垣間見えた。その女たちが遊女なのか、それとも茶屋で働く者らなのかはお栄にはわからない。ただ、町場では滅多にお目にかかれない色と文様が続々と目に飛び込んでくる。通りに面した桟敷に浅く腰掛けて、貸本屋らしき男の前で読物を品定めしている女も見えた。

そうか。ここも一つの町なんだ。

お栄は辺りを再び見回した。

年季が明けるまで、あるいはどこかの殿様かお大尽に落籍されるまで、女たちはあの大門の外に一歩たりとも出ることができない。ゆえにこの中に何もかもが集められている。

「錦絵で見てるのとは、まるで違うだろ」

懐手をした善次郎が訊いてくる。

ここの図は昔からいろんな絵師が描いてきた。歌舞伎役者と遊女は江戸者なら誰もが憧れ、贔屓の一人や二人は持っているものだ。その絵姿や景色は、板元にとって必ず売り上げが見込める題材である。

「たしか親爺どのも、五枚続の大判錦絵をやっただろう」

「うん。まだ北斎号を使ってた時分だよ。十五年ほど前か」

「続絵は滅多にしねぇお人だから、俺、妙に憶えてる。吉原遊廓の図といやあ、花魁や振袖新造を中心に描くもんだが、あれは宴の用意をしてる様子なのが面白かった。納戸から黒塗膳を出して拭いてたり、楼主に女房、神棚までやけに克明でよ。一晩で千両、二千両が動く音が聞こえる気がしたもんだ。あれ、もういっぺん見てぇな。お前んち、残ってねぇか」

「あるわけ、ないだろう」

親父どのは何せ、号と住まいを替える癖が甚だしく、これまで何度、引き移ったことか、よく憶えていないほどだ。そのうち母の小兎は家移りを面倒がって本所緑町の長屋から動かなくなり、親父どのだけが弟子らをつれて転々と工房を替えた。

当の本人は筆一本を手に新家を目指せばいいが、弟子らにはいい迷惑だ。お栄も暑い日盛りに重い紙束と道具を担いで歩いた日には、さすがに親父どのの背中を恨めしく見上げたものだ。絵具の色を按配するのに材料を丸めて土中に埋めることもあるので、それを掘り返すだけでも大層な手間なのである。

まして、親父どのは世にいったん出した摺物を手許に取っておこうという料簡を持っていない。注文があって描いた屛風絵や軸絵などはむろん相手に納めるものなので、これも当然あるわけがない。

思いつくままに描く下絵もお栄のように綴じた帳面ではなく、膝の周りにある反故紙に描いては辺りに捨てる。それを弟子が拾って棚に仕舞っておくのが慣いで、だからこそ膨大な仕事量を皆で手分けしてこなせているのである。

お栄は歩きながら、言葉を継いだ。

「親父どのは川柳の集まりだと、機嫌よく出掛けるだろ」

「ああ。俺もたまにお供した」

「で、そこに新顔があって、親父どのが北斎だと知ったらば口にするお人があんのさ。師匠の昔の絵を持ってんですとか、何とか。まあ、そんな日にゃあ、臭いものを嗅がされたみたいな顔をして帰ってくるからすぐにわかる。己の躰からいったん出しちまった物なんぞ、糞と一緒だと思ってんじゃないのかな」

善次郎は「ふぅん」と鼻の下を動かした。

「俺なんぞ、手前ぇが描いたもん、いっち好きだけどなあ」

「善さん、まさか全部、持ってんのか」

「当たり前ぇよ。戯作を読んでても、絵を見てても一向に飽きねえ」

親父どのの画風に似ていることを気にしている風であったのに、抜け抜けとよくも言うものだ。

「俺ぁ、自惚れ大尽だからよ」

善次郎は肩をそびやかし、粒の揃った歯をにっと見せた。

二

お栄は皿に黒緑青の粉を茶匙で入れ、そこに膠水を落とした。指で練りながら、善次郎の背中を睨みつける。

「恩に着るよ。善さんのおかげで、ほんと楽しくてたまんないわ」

善次郎は畳の上に屈み、細判の紙に礬水を引いている。

「だろう。妓楼の襖絵なんぞ、滅多にできる仕事じゃねぇ」

「これのどこが襖絵なのか教えてもらいたいね。ただの破れ隠しじゃないか。……皮肉も通じないとは、付ける薬がねぇの」

仲之町を歩くうち、お栄はこれはひょっとしてと思ったのだ。小豆色に白く松葉を染め抜いた暖簾を潜って見世の中に入った善次郎はここも顔馴染みであるらしく、使用人らに「よッ」と声を掛けただけで奥に進み、二階にまで上がり始めた。

やっぱり。渓斎英泉として世に出た善次郎は井戸底みたいな貧乏から這い上がって、妓楼遊びを奢ってくれるつもりなのだと察した。吉原は紛うかたなき売色の町であるが、文人、画人が妙趣を極める社交場でもある。その優雅、華麗を直に味わえると想像するだけで、気持ちが浮き立った。

善次郎を見直すような気持ちさえ抱いて階段を上がったのだ。ところが、とんだ肩透かしをくらった。

「あたしの顔を見てたら急に破れ襖を思い出したって、あんまりだ。いいとこに連れてってやるなんて、お為ごかしな言いようをしてさ。何で端っから仕事を助けてくんないかって、頭を下げないんだよ」

いつから頼まれていたものか、善次郎は道具を帳場に預けたまま、仕事をうっかりと忘れていたようなのだ。

「お栄にしちゃあ、悪あがきだな。ぶつぶつ言ってねぇで観念しろよ、もう」

善次郎は両手で紙を持って立ち上がると、窓際に向かっている。絵具が滲むのを防ぐために紙に引く礬水は、風に当ててよく乾かさねばならない。軒先には風鈴や軒忍を吊るす鉤が下がっていて、そこに紐を渡し、墨ばさみで紙を吊るしている。

そのまま窓障子の桟に腰を下ろし、呑気に下の通りを見ながら鼻唄混じりだ。根がよほど図々しいのか、微塵も後ろめたさを持っている風がない。それがなおのこと、気に障る。

「だいいち、渓斎英泉ほどの男がこれっぱかりの絵を描くのに、何で助太刀が要る」

細判と呼ぶ紙は縦一尺、幅が五寸ほどで、二人掛かりで描くほどの大きさではない。するとと善次郎は顔だけでこっちを見返った。いつも隙だらけの口許を引き結んでいる。

「底光りするような色が欲しいんだよ」

「底光りって、何を描くつもりだ」

「揚羽だ。南蛮渡りのびろうどみてぇな黒で縁を描いた、揚羽蝶」

お栄は手許の皿に目を落とす。

「それで黒緑青を用意してたのか。けど、このまんまじゃあ内側から光る感じにはならないよ」

道具箱から筆と反故紙を出して、試しに線を引いてみた。善次郎が傍に来て、片膝をつく。

「やっぱお前ぇもそう思うか。いや、下地に薄く銀を刷こうかとも考えたんだが、それじゃあ目につき過ぎる」

破れは十二畳の二間続きを閉てている六枚の襖の、最も右端にある。ただ、そうと知っているから判じられるほどの小さなもので、日が暮れたら闇に紛れるような位置だ。

「まだ外に陽があるからだろう。蠟燭の灯だけになることを考えたら、銀を引いといてもいいと思うけど」

善次郎はそのまま胡坐を組んで思案顔になった。

「純黒朱は持ってないのかい。あれだとたぶん、びろうどみてぇな深い光が出せるはず」

お栄はそう呟きながら道具箱を探したが、ろくに絵具が入っていない。今、善次郎が引き受けている読物の挿画仕事は墨だけで描くものなので、色を揃えておく必要もないのだろう。

「そうか、純黒朱か」

「うちに少しあったと思う。取って来てやろうか」

「いや。そいつぁ筋違いってもんだ。今度、絵具屋から持って来させる」

「今さら、筋もないだろうよ」

つい笑い声になった。善次郎も「違ぇねえ」と膝を抱えた。

「いや、待てよ。そういやあ」

ふいに顔を上げる。

「ちょっと行っつくら」

もう腰を上げ、座敷を飛び出していた。


昼間の廓に、女が一人。

何だ、これ。

お栄は呆気に取られた後、鼻を鳴らした。改めて座敷を見回せば、あまりに静かに片づいていて、どうにも落ち着かない。身の置き所がないような心地がして、そのまま大の字になってみた。

格天井には狩野派らしき濃密な筆致で、桜に梅、牡丹に杜若、芍薬が描かれている。

下手じゃないが、巧くもないと思った。

こういうのが一番厄介だね。小器用だ。

絵を見ると、己の腕はさて置いて、ついそんなことを考えてしまう。

お栄はもう何も見まいと、目を閉じた。

すると階下で人声がする。窓の下の通りも賑やかだ。だから余計に、ここはしんとしている。

不思議な気がした。こんなふうに何もせずに、ただぼんやりと手足を伸ばしていることなど、滅多にないのである。

工房はいつも足の踏み場がなく、親父どのは弟子らに指図をしているか、客があれば声高に笑ったり怒ったりしている。そこに母が入ると小言が混じっていちだんと騒がしい。甥の時太郎は無口なのだが、そのぶん、しんねりとした気配を放って寄越す。そしてお栄自身、いつも筆を持っている。そうでなければ絵具の粉を乳鉢で擂り、指で練り、溶き下ろしている。上澄みと下澄みを分け、膠を混ぜる。

善次郎の奴、どこまで行ったんだろう。ほんに、行き当たりばったりの男だ。

お栄はこんな心持ちで誰かを待ったことなど、一度たりともなかったことに気がついた。亭主と別れる前は、帰ってくると思うだけでうんざりしたものだ。今は待ち遠しいような、けれどこのまま待つことをもう少し味わいたいような気もした。

瞼の奥がとろりとして、何とも心地がいい。寝ちまいそうだと思いながら、時折、柔らかい物の中に溶けるように落ちていることが己でわかる。

「ごめんなんし」

どこかで声がする。

顔だけを窓辺に向けると、空に茜色が混じり始めている。

もう暮れかかっているのか。

すると続き間の向こうで、再び訪いを問う声がした。はっとして半身を起こす。

静かに襖が動いた。色の白い、二十歳をまだいくつも過ぎていないだろう年頃の女が膝前に手をつかえていた。


幼い頃からしじゅう引越しを繰り返してきたせいで、お栄には同じ年頃の幼馴染みがいない。しかも物心がついた時分から絵ばかりを描いてきたので、娘らしい遊びをしたいとも願わなかった。そのゆえなのか、こうして若い娘を前にすると口ごもってしまう。何をどう話していいのかわからないのだ。

その女は遊女ではなく、女芸者なのだと言った。

芸者は三味線などの音曲や唄、舞などの芸によって立つ者を言い、花魁など格の高い遊女の酒宴に招かれて座を盛り上げるらしい。男も女もいることから、それぞれに男芸者、女芸者と呼ぶ。

今は春をひさがぬ稼業であるらしいが、その昔は遊女と変わらぬ生業であったと、これは別れた亭主から聞いたことである。見栄張りで外面はいいくせに他人の粗を見つけるのが大得意な男であったので、本当のところはどうか、お栄は知らない。

「葛飾の先生にもお栄さんにも、ほんに良くしていただいているそうで、有難う存じます。私、いちと申します」

「おいちさん」

はいとうなずくその所作には媚(こび)めいたものがまるでなく、けれど何とも品のいい艶(つや)がある。

――はっきり言っとくが、お前ぇの美人画には艶がねえ。

腑(ふ)に落ちて、我知らず首を縦に振っていた。

なるほど。善次郎の奴、そういうことか。このひとをあたしに会わせようと企(たくら)んだのか。

そしてなぜかわからないけれど、己の顔が急に硬くなったような気がした。まるで糊(のり)を刷いたかのように目と頬がごわついて、うまく舌が回らない。ろくすっぽ挨拶(あいさつ)ができないでいる。

いい歳(とし)をして情けないと思うけれど、どうにもならない。

「じゃあ、あたしはこれで」

お栄はもう退散することにした。立ち上がると、いちは「お待ちください」と止めてきた。

「もう、まもなく戻りましょう。でないと、私、叱られます」

あんたが叱られようが褒められようが、知ったこっちゃないよ。

胸の裡でそう言い返したが、口には出せない。尻尾を巻いた犬みたいで、なおのこと己が恥ずかしくなる。

廊下でやにわに騒がしい足音がして、善次郎が入ってきた。

「あった、あった。純黒朱。ここの御亭さんがちと絵をやるんでよ。持ってねぇかって、訊いてみたのよ。あんのじょう、素人のくせにえれぇ絵具を揃えてやがった」

すると、いちは善次郎に何も言わぬまま、その背後に向かって首を伸ばしている。

「あの子たちと行き逢いませんでしたかえ」

「ああ。遣手の婆さんと立ち話してたぜ。すぐ、上がっつくる。おっと、紙を干しっぱなしじゃねぇか。お栄、何で取り込んどいてくんねぇんだよお。夕風でしけっちまったら台無しだ」

善次郎は窓際に向かい、墨ばさみをはずしている。

廊下でまた声がして、お栄は振り向いた。若い娘が今度は二人、「ごめんなんし」と廊下で手をついてから入ってくる。裾を捌く音も立てずに続き間に入ると、いちの背後に腰を下ろして並んだ。

「ゆきにござります」

「なみにござります」

順に、名乗りを上げる。いちは二人を従えるようにして背筋を立てると、もう一度お栄に向かって頭を下げた。

「いつも兄がお世話になりまして、今日は一言、御礼を申し上げたく、罷り越しましてござります」

「あに……って。え」

二の句が継げなくなった。紙を持ったまま胡坐を組んだ善次郎を見て、また真正面の三人に目を戻す。

「お前ぇ、何をきょときょとしてんだ。鳩か」

「妹さんなの」

そう言えば、鼻筋の通り方や口許、いや目許まで、それぞれどことなく似ているような気がしてくる。

「いち、まだ話してなかったのかよ」

「これからお話し申そうと思ってたんだけど」

「のんびりしてやがんなあ。ま、いいや。お前ぇら、座敷があんだろ。もういいぜ。

行きな」

善次郎は手の甲を見せて払うような手つきをした。

「今、お邪魔したばかりなのに。もう追い出すのですか。顔を見せろとおっしゃったのは、兄上ではありませぬか」

後ろの左手に坐（すわ）っているゆきという名の妹は勝気らしく、ぷんと頬を膨らませた。その隣りでうなずいたなみという娘が末妹だろうか、肌に桜色がうっすらと浮かんで何とも愛らしい。

「それが、兄上。ここの御亭さんも女将（おかみ）さんも北斎先生の絵がそれはお好きで、花代はこっちで持つから先生のお嬢様にゆっくりとおくつろぎいただけとおっしゃってるんですよ」

姉のいちが兄に、そしてお栄にも眼差（まなざ）しを合わせて説明した。

「お嬢様って、もしかしたらあたしのこと」

「どうやら、そうらしい」

「いや、あたしは帰るよ。もてなしてもらったりしたら、ちと具合が悪い」

弟子が断りもなく誰かに世話になると、相手によってはそれを師匠に恩を懸けてくることがあるのだ。筆で一本立ちしている者は別にして、弟子が借りを作れば親父どのがそれを返さねばならなくなる。それは娘であるお栄でも同じことだ。

善次郎はそれに気づいたらしく、「いや、それは案じねぇでも、俺が後でちゃんとするが」と真顔になった。

「善さんのちゃんとなんぞ、お目にかかったことがないけどね」

するといちが「ほんに」と首を振り、後ろの妹らも揃えて「ほんに」と言う。その束(つか)の間(ま)の声が見事に揃っていることに、お栄は目を瞠(みは)った。

「唄ってるみたいだねえ」

「声が似ておりますから、高低が響き合うらしゅうございます。私が三味線を弾いて妹二人が唄うこともあれば、ゆきが琴を、なみが胡弓(こきゅう)をやることもございます」

「合奏……」

「お嫌いでなければ、お弾きしましょうか」

「ほんに」

「ええ、ほんに」

いちはよほど芯(しん)がしっかりしているのだろう。よくよく考えれば随分と歳が下であるのに、受け答えが頼もしい。こういう場に慣れていないお栄の気持ちをほぐし、肩(かた)肘(ひじ)を緩めてくれる。

「いや、ちょっと待て。こっちの絵が先だ。お栄、頼むわ。この色、作ってくれよ」

「善さんも絵師の端くれだろうに。自分でやんな」

「そうですよ。安請け合いしては忘れて、放っておくんだから。お姐さんにはゆるりと遊んでってもらいますゆえ、兄上はどうぞこちらにお構いなく」

いちは半身を少しよじって、小声で妹らに何かを言いつけている。ゆきとなみが立ち上がり、座敷を出て行った。

「さあ、どうぞこちらにお移りになって」

いちが膝をずらすと、二間はあろうかと思うほどの床の間が向こうに見えた。軸絵は掛かっておらず、壁には大きく羽根を広げた孔雀が描かれている。その脇の違い棚には房飾りのついた文箱や由緒のありそうな香炉、そしてさらにその手前にはお栄の胸の高さはありそうな松の鉢植えが据えられていた。

三

今日はやけに暑いと、お栄は庭で屈みながら額の汗を拭った。土中に埋めてあった胡粉の玉を掘り起こしているのである。

裏の木戸から母の小兎と時太郎が入ってきて、うっと手を口に当てた。

「ああ、えらいとこに来ちまった。時坊、帰ろ」

小兎はこの臭いを知っているので、途端に踵を返す。が、時太郎は顔を歪めて「臭ぇ、臭ぇ」と叫んだ。何度もえずいて地団太を踏む。

「腐ってる、腐ってるぅ」

「臭いのは当たり前だよ。これは腐れ胡粉と言うくらいで、粒の粗い胡粉を膠で練ってさ、土の中に埋めてわざわざ腐らせてるのさ」

膠は鹿や兎といった獣の皮や骨を煮てあるもので、岩絵具を紙や絹本に定着させるのに欠かせない剤である。これをわざわざ腐らせるのだから、鼻が曲がるほどの臭気になる。が、腐れ胡粉は通常の物より乾いてからの凹みや剝落が少ない。肉筆画は、その色がいつまで保つかも絵師の腕のうちなのだ。

だからよそでは下っ端の弟子がさせられるこの作業も、ずっとお栄が担っている。それが誇らしくもあって「臭いのは当たり前だ」と話してみたのだが、時太郎はただわめき散らすだけだ。

あんまり煩くて、心底、嫌気が差す。

「時坊、祖母ちゃんのうちに帰りな。皆の仕事の邪魔になる」

「臭ぇ、臭ぇ」

この子はどうしてこうも聞き分けがないのか。

「臭ぇことも痛ぇこともやるのが稼業なんだよっ」

ついきつい声を出すと、時太郎は顎がはずれたみたいに口の端を下げ、こっちを睨み返してくる。と、そのまくるりと背を向けて走り去る。小兎が「もう」と、お栄を非難がましい目で見た。

「子供相手に稼業がどうのと言ったって、通じるもんかね。どうしてくれるんだい。この後、手を焼くのはあたしなんだよ」

言い返すのも面倒で、お栄は縁側から中に入った。親父どの傍を通ると、目だけを上げて諭された。

「むきになるな」

「わかってる」

小兎にも時太郎にも、むきになればなるほどその数倍も、それこそ腐れ玉を投げ返されて、腸が煮えくり返る。そんな状態で筆を持てば線が怒ったように膨れ、色も濁るのだ。

「わかってるけど、何であの子はああなんだろう。誰の言うことも聞きやしない」

善次郎以外の者をとことん受けつけないのである。善次郎とは、半月前、吉原の大門の外で別れたきり、顔を合わせていない。向こうもこっちも仕事を抱えているのだ。それが尋常である。

ところが時太郎は毎日、工房を訪れては誰彼なしに捕まえ、「おじちゃんは」と訊(たず)ねる。皆、初めは「そのうちにまた来てくれるよ」と適当なことを言い、実際、いつ不意に訪ねてくるのかわからないのが善次郎なのだが、時太郎は執拗(しつよう)だった。

「いつって、何日。何日の朝かい、昼かい」

それでとうとう、小僧の五助が言い切ったらしいのだ。

「善さんはよそのお人なんだから。待ったって無駄だよ」

その時、お栄は親父どのと一緒に板元に出掛けていたので、その口調が果たして酷(むご)いものだったのかどうかはわからない。だがその日から工房の中の物が、絵具を溶く皿や筆が無くなるようになった。最初は皆、仕舞った場所を勘違いしたのかと思い、口に出さなかった。が、あまりに失(う)せ物が頻繁になって首を傾(かし)げた。

弟子の一人が遣いからの帰り道、蒼(あお)い顔をして帰ってきて事が知れた。

「時坊が川に石を投げてるのを見かけたんで声を掛けたら、いきなり逃げちまったんです。その足許(あしもと)にこれが落ちてて」

差し出したのは、朱を溶いた皿だった。岩絵具の中には口にすると毒である物も多く、ことに赤色の仲間は危ない。むろん、朱も毒である。

「こいつぁ、放っておけねぇな」

親父どのはそう呟(つぶや)いて、その日の夜、時太郎を湯屋に連れて行って話をしたようだった。

それから物が無くなることは止(や)んだが、今日のようにいきなり大声を出しては去っていく。ああして気を惹(ひ)いて構ってもらいたがっているのだろうと承知していながら、お栄は己が眉根(まゆね)を寄せているのがわかる。

文机(ふづくえ)の前に戻って腰を下ろし、首を回した。肩も回し、それからしばらく目を閉じる。

すると気が少しずつ静まる。硯(すずり)の海に少し水を入れてから、墨を斜めに立てて持った。海の水を丘に少し掬(すく)い上げては、ゆっくりと前後に動かす。

だんだんと濃く色が深まってくると、あの日の揚羽蝶(あげはちょう)が目の中に甦(よみがえ)ってくる。

男衆(おとこし)らが三味線と琴、胡弓(こきゅう)を座敷に運び込むと、善次郎の三人の妹はそれぞれの前に坐(すわ)り、音の調子を調え始めた。

いちは三味線、ゆきは琴、なみは胡弓の芸に秀でているらしい。いちは膝に三味線を抱え、左手で棹の先の糸巻を触りながら、時折、撥で弦を弾く。調弦の間も客を飽きさせないためか、白く細い手を動かしながらお栄に話しかけてきた。

善次郎とお栄のつきあいが古いこと、お栄が酒呑みであることも聞いているのか、まもなく徳利と盃が運ばれてきた。なみが胡弓をいったん置いて徳利を持ったので、一杯だけ受けて後は断った。

なみは素直に「さようですか」と引き下がった。

「それにしても、善さんとは歳が離れてるね」

「私どもの母は後添えでしたので、異母妹にございます」

いちが答えた。

「そう……」

お栄のきょうだいもしかりだ。異母兄とお栄の同母弟とでは、親子ほど歳が違う。

「父と母が相次いで亡くなった時、兄は二十歳で私は五つ、妹のゆきは三つで、なみはまだ一つの赤子にございましたから、ゆきとなみは両親のことをまるで憶えておりません。私ももはや朧げで、ごくたまに幼い頃の夢を見ますと、いつもあの頃の兄が出てくるのです。抱き上げてくれたり、手を引いてくれたりしまして」

「へえ。善さんがねえ」

お栄はわざと驚いてみせたものの、内心では善次郎らしいと思った。その姿はすぐに目に泛ぶ。が、よくよく考えれば、当時の善次郎はまだ二十歳の若者だったのだ。幼い妹を抱えて、いかほど途方に暮れたことだろう。

「お栄。おいちの言うことを真に受けてくれるなよ。俺は武家勤めを堪え切れずに致仕した身だぜ。挙句、妹らを養い切れずに一家離散よ。三人が揃ってここまでの売れっ妓になるまで、俺は何の役にも立っちゃいねぇのさ」

善次郎は俯いて絵具を指で練りながら、自嘲するように言った。

「兄上と呼ばれるたび、申し訳のなさが募るってもんよ。だから止めてくれっつってんのによ。おいちは何せ気丈者だ、わざと止めねぇんだ」

「いかにも。その通りです、兄上」

いちが三味線を膝の上に置き直しながら笑うと、ゆきとなみも笑った。また声が重なる。

おなごの声とはこんなにも柔らかく、よく通るものだったのかと、お栄は盃を膳の上に戻した。

酔ってしまいたくないような気がした。

うん、この子たちが奏でる音を聴いてから酔おう。

「いよッ」

いちが象牙の撥を揮って始まった。想像よりも遥かに、いちの三味線は明るく華やいだ音だった。ゆきが少し前屈みになったかと思うと、細く長い指が琴の弦を爪弾く。

二つの音は高く低くうねり、だんだん速くなる。

お栄は息をするのも忘れて音を追った。

と、急に二人の指が緩やかな動きになる。微かに風が鳴るような音が始まって、それはなみの胡弓だった。幅のある、ひろやかな音に気を惹かれ、お栄は目を閉じた。

草の匂いがする。赤子を背に負い、左右にも幼い女の子の手を引いている。ふと上の妹が何かを見つけて兄の手から離れ、歩き出す。蝶だ。蝶を見つけて、下の妹も姉を追う。

兄は転びやしないかと案じながら、妹たちの遊びを制しはしない。黙って見守っている。赤子をあやしながら。

それが池田善次郎、どこかの殿様に仕える家中だった。そして今は渓斎英泉、浮世絵師であり戯作者である。

三味線と琴がまた入って、三人の合奏になった。

お栄は胸が一杯になって、目を開いた。閉じたままでいると目尻(めじり)が濡(ぬ)れてしまいそうになる。けれど精一杯、目を見開いても、頬を伝うものがある。お栄はそれを拭いもせずに、ただただ座敷の中の三人を見ていた。

宴(うたげ)が果てても女四人で酒を酌(く)み交わし、善次郎もやがてそれに加わって舞い、唄(うた)った。

善次郎が描いた絵を見たのは夜が明けてからだ。いちはそれを目にした途端、お栄に耳打ちをした。

「池田家の家紋も揚羽にございました」

お栄は「いいのかい」と訊(き)き返した。

「家紋を、襖(ふすま)の破(や)れふさぎの絵になんぞ」

「よいのでしょう。もう絶えた家ですもの。兄上らしい」

何が善次郎らしいのか、お栄にはよくわからない。善次郎は二本差しであった頃のことをほとんど口にしたことがないからだ。

ただ、善次郎の描いた蝶は何かに向かって飛ぼうとしていた。家紋の輪の中に収まっているのではなく、翅(はね)を広げている。

「蝶ってあんなに小さいのに、随分と空高く飛べるそうですね」

いちはそう呟いた。

「御機嫌よう」

別れ際の三人の言葉がまた耳に甦った。あれからお栄は時々、無性にあの妹らに会いたくなる。

音曲にあれほど心を揺さぶられたのは、生まれて初めてだった。身の底から熱くなって目の前が滲んだ。絵のように手許に置いて眺めることができない、あの夜、あの時にしか得られぬ刹那のものであるからか。

それとも絵も、合奏のように誰かの心を激しく摑んで揺さぶることがあるのだろうか。

お栄はそんなことも近頃、考える。すぐに答えは見つからないとわかっている。けれどこれから時折、取り出しては考えてみるのだろう。

手許の硯の海には、底光りするような墨が生まれつつある。

「姐さん」

気がつくと、五助がかたわらで膝をついていた。

「お客さんです」

「誰だい」

「親爺どのを訪ねて来られたとおっしゃってんですが」

なら直(じか)に取り次げば良いものをと言いかけて、五助の肩越しに親父どのを見やった。

いつもの席にいない。縁側に目を移すと、手枕(てまくら)で昼寝をしている。

「昨夜も遅かったからねえ。あたしが出よう」

お栄は五助の肩に手を置くようにして、ひょいと立ち上がった。

客は土間に立っていて、お栄を見ると丁寧に辞儀をした。

「川原(かわはら)と申します」

四十歳くらいのその男には聞き慣れぬ訛(なま)りがあった。

「長崎の阿蘭陀(おらんだ)商館で奉公しとります、絵師にござります」

「長崎、ですか」

「はい。北斎先生にお取り次ぎ願えますか」

「私は娘の栄と申します。ご用向きを伺いましょう」

川原という男は一瞬、迷うような様子を見せたが、思い切ったように顔を上げた。

「阿蘭陀国から絵の注文です。この通り、向こうの紙をお持ちしましたけん」

川原はずっしりと重そうな風呂敷(ふろしき)包みを持ち上げて、板間に置いた。

第四章　花魁と禿図

一

お栄は茶店の桟敷に腰掛けたまま、また唸った。

目の前のものを正しく描き写すって、どういうことだ。

藤の花枝を担いだ男や女らが、境内を行き交う。亀戸天神社の藤は今が盛りで、花見に訪れているのだ。江戸の町人は何はともあれ、花の下で過ごしたがる。大人も子供も花がそこにあれば集まって、景色の中に身を浸す。笑いさざめく。

女が独りで桟敷に坐っているのはお栄ぐらいのものだ。しかもここは花の匂いが強過ぎる。桟敷は藤棚の下に拵えられているので、濃い香りが頭上からしたたってきそうなのだ。酒を頼む気にはなれなくて、煙管を持ったまま唸り続けている。

――何が違うかっていやあ、遠近と陰影だ。まあ、真の景に近い。異人らにとっては、目の前の物を正しく描き写したものが絵だ。

お栄は親父（おやじ）どののその言葉を、もう何度も思い返している。

三日前、本所の工房に訪れた男は川原慶賀（けいが）といい、長年、長崎の阿蘭陀（おらんだ）商館に雇われている絵師であるらしかった。

川原が運んできた注文は浮世絵ではなく、西洋の画法による西画（せいが）だった。

昼寝の邪魔をされたせいか、親父どのはひどく不機嫌だ。

工房の中は坐ってもらう場もないので、お栄は五助に命じて川原をいったん外へと案内させ、裏庭から入ってもらうことにした。その間に親父どのに声を掛けたのだが、起きようとしない。「阿蘭陀国から絵の注文だ」と告げると、ようやく片目だけを薄く開いた。

「商館の医者じゃあるめぇな」

「さあ、誰とは聞いてないよ。ともかく起きとくれ」

親父どのは舌打ちをしてから、大きな半身を渋々と起こした。面倒そうに胡坐（あぐら）を組み、工房の中に顔を向ける。

「おおい、誰か茶を持ってきてくんな。大福もあったろう、昨日の残りが」

五助に伴われて、風呂敷（ふろしき）包みを抱えた川原が木戸を押して入って来た。

　裏庭には、絵具を作るための壺や甕、割れ鍋が散らばっている。川原は目のやり場に困った風で、ふと眼差しを上げた。屋根の上を見ている。お栄が絵具を作るために草の束を干しているのである。来月はもう梅雨になるので、それまで精々、乾かしておかねばならない。

　縁側に腰掛けるように勧めると、川原はまず親父どのに頭を下げて自らを名乗った。人懐っこそうな笑みを泛べている。

　が、親父どのは客を見向きもしない。弟子が気を遣ってか、運んできた土瓶には湯呑が三つ添えられている。親父どのは自分だけ湯呑に注いで大福をくわえた。咀嚼の音を立て、口の周りが粉で白くなる。

　それでも川原はまるで気を損じた様子がない。顔も手足も浅黒い男で、睫毛まで矢鱈と濃い。

「江戸は良かですねえ。物売りも職人も、別嬪も男前も皆、さばさばとして、気風の良かです。先生の描いとらるる絵の通りでした。私のごたる田舎者には、夢んごたる東都ですばい」

　川原の物言いには世辞めいた嫌らしさがなく、しみじみとして穏やかだ。それでも親父どのはそっぽを向いて大福を喰っているので、お栄は代わりに訊ねてみた。

「いつ、江戸に着かれたんですか」

「昨日です。日本橋の本石町の宿に入りました」

川原が阿蘭陀商館長一行の出府に同行を許されたのは此度が初めてであるらしく、そう言い添えた時は少し誇らしげに睫毛を瞬かせた。

「宿は長崎屋さんですね」

「さようです」

一行が江戸に滞在する折は長崎屋が定宿と決まっていて、親父どのも昔、その店を絵にしたことがあったはずだ。紅毛碧眼の異人を一目、のぞき見んと、格子窓の外に見物が鈴なりになっている図である。子供は父親に肩車までしてもらっていて、好奇心の強い江戸者らしさが可笑しかった。

それにしても昨日、着いたばかりでさっそく絵の注文に訪れるとは、よほど急く仕事なのだろうか。お栄は川原がかたわらに置いた風呂敷包みに目をやった。すると川原は包みを解き、上の一枚を差し出す。

「阿蘭陀の紙です」

勧められるまま、蘭紙の一枚を手に取ってみた。大きさは大錦絵とほぼ同じで、厚みもある。表面の毛羽立ちが少なく、しかも透かし彫りが施されている。川原はそれをざっと見積もっても五十枚は風呂敷に包んできていた。

「こいで足りんやったら、またいくらでもお持ちしますけん」

すると親父どのが「おい」と大きな声を出した。その途端、口から白い粉がぶわりと噴き出す。

「こちとら、まだ注文を受けるとは言ってねぇぜ。阿蘭陀の仕事なら誰でもほくほく手揉みをするって思い込んでんなら、とんでもねぇ料簡違ぇだ。まして今は、御公儀も何かとうるせぇんでな。他を当たんな」

来た仕事は決して断らない親父どのだが、身分を笠に着たような依頼の仕方をされるとにべもない。それにしてもと、内心で首をひねった。御公儀を云々するとは、親父どのらしくない物言いだ。

と、川原が土の上に膝を折り、がばと頭を下げる。

「お許しください。ほ、北斎先生にお目にかかれたことがあんまい嬉しゅうて、のぼせ上がってしまいましたけん。とんだ順序違いばしとりました。すいまっしぇん」

「ちょいと、そんな真似、およしくださいよ。頭を上げて」

窘めたが、川原はますます背を丸めた。

「こいはおいの咎ですけん。シーボルト先生は決して日本人ば見下すごたるお人ではありませんけん。他ん蘭人とは違うとです、あんお方は。北斎先生ん絵がお好きで、手許にも仰山、集めておらるっとです」

そして川原は顔を上げ、声に力を籠めた。

「そいで、本国のお人らにも見せてやりたかとおっしゃったとです。日本の江戸ていう町には、こんげん凄か腕の絵師のおる。葛飾北斎翁は今、間違いなく世界一の絵師ばいと、言うとられますけん。私もそう思うとります。やっと北斎漫画も手に入れて、そいからは毎日、模写ばしとります。そいで、つい先生ば身近なお人て思い込んでしもうとりました。絵ばなぞるうちにだんだん息遣いん拍子までわかるごたる気がして、つい昨日も北斎先生と話ばしとったごたる感じで。すいまっしぇん、無礼なことでした」

籠の中のカナアリア鳥が囀った。

親父どのは指をねぶりながら、両の眉を下げる。

「這いつくばってねぇで、上がんな。他人を見下ろして物を言うたあ、心持ちが悪くていけねえ」

川原の面に喜色が戻って、何度も礼を言いながら立ち上がる。土にまみれた膝から下をさっと手で払ってから、「ごめんください」と縁側に尻を置き直した。お栄は土瓶の茶を注いで、差し出してやった。滅多にそんなことをしないので、盆の上にいくつも滴をこぼした。

「で、何を注文してぇ。また、町人の一生か」

川原が不思議そうに親父どのを見返した。

「いえ。シーボルト先生は江戸ん市中の、ごく当たり前の暮らしば描いた絵ば欲しておられるとです。二十枚でも三十枚でも、画題はお任せします。ただ、お願いしたかことの二つありまして、身分、稼業、場、季ばすべて違えていただきたかとです」

親父どのが胸の下で腕組みをした。

「で、もう一つは」

「西画です。西画でそれらば描いていただきたかとです」

親父どのが目をすがめて見返したので、川原はまた口ごもる。

「北斎先生の版画摺物、読本、絵手本、むろん肉筆画もご覧になって、北斎先生は他のどがん絵師よりも遠近ば正しく摑んどらるるとおっしゃっておりました。そいで、ぜひとも西洋の画法に挑んでいただけんやろかて思いつかれたとです」

「俺の腕を試そうってぇ寸法か」

「違うとです。そげんな料簡ではなくて、あのお方は世界のありとあらゆる事象に興味の尽きんお方ですけん、ただ、見てみたかっていう希(のぞ)みばお持ちになったとです。シーボルト先生はお医者ですが、学者でもありますけん」

すると親父どのは腕組みをほどき、脚の上にばんと音を立てて大きな手を置いた。

「いや、腕試しで結構だ」

相好(そうごう)を崩し、にやりと悪戯(いたずら)っ子のような笑みを泛べている。「え」と声を洩(も)らしたのは川原だけではない。お栄と、そして聞き耳を立てていたらしい弟子らも一斉に驚いた。

「面白(おもしれ)ぇじゃねえか。葛飾北斎改め、為一が西画を描く。これは俺だけの仕事じゃねえよ。日本の絵師がどれだけやれるか、異国にお披露目だ」

呆気(あっけ)に取られたまま、お栄は「腕試し」と呟(つぶや)いていた。

騒がしい気配がして顔を向けると、あっという間もなく十人ほどの客で藤棚の下が埋まった。

お栄の左右にも身形(みなり)のよい爺(じい)さんと婆(ばあ)さんが腰を下ろす。間にお栄が坐っていることにまるで頓着(とんじゃく)していない風で、杖(つえ)をついたまま前屈(まえかが)みになって言葉を交わし始めた。

「ごめんなさいよ」

お栄は膝の前に軽く右手を立てながら、やっと桟敷から腰を上げた。

歩きながら、またも辺りを見回す。

昼下がりのことで、陽射し（ひざ）は強い。境内を行き交う人は皆、己の影を引き連れて歩いていて、しかも頭の先から爪先（つまさき）までいろんな影を含んでいる。張り出した額や鼻梁（びりょう）は陽の光を浴びて肌色も白いが、咽喉許（のどもと）はわずかに肌色が濃く見える。

が、お栄がふだん描いているのは、生え際（はえぎわ）から首筋、手足まで同じひと色だ。着物の描写も同様で、その襞（ひだ）や皺（しわ）は線で表わすだけで、地色や柄に濃淡をつけることはしない。

けれど真の景は異なる。

お栄はまた唸って、足を止めた。

親父どのは十五題、つまり十五枚の絵を十日で仕上げて納めると川原に約束した。納品は四月の二十四日である。川原はもっと日数を掛けてくれていいと言ったが、こちらの具合が悪かった。ただでさえ手一杯のうえ、親父どのは板元とまた新しい錦絵を出す準備に入っている。

親父どのは川原が帰った後、「さあて」と工房の中を見回した。

「誰が何枚引き受けても構わねえ。やる気のある奴（やつ）は手を挙げな」

しんとして、皆、静まり返っていた。一番弟子の弥助(やすけ)が、「あのう」と切り出した。

「西画って、どう描くんですか」

すると親父どのは、「西画なんぞ今まで幾度も見てきたろう。わからねぇのか」と口をへの字にした。と、お栄に目を移す。

「何だ、そのしけた面(つら)は。ったく、お前(め)ぇもか。揃(そろ)いも揃って節穴か、北斎工房の目は。五助、その後ろの行李(こうり)の中に西画が入ってるだろう。出してみな」

と言いつつ、自らも身を返して背後の棚に頭を突っ込んだ。

「見(め)っかりません」

「なら、他も探せ。一枚や二枚はどこかにあるはずだ」

お栄がこの世で最も嫌いなのが、この探し物の時間だ。己の文机(ふづくえ)の周りはいかに汚く見えようが、自分なりにおよその見当をつけて物を仕舞ってある。が、親父どのの「どこか」などわかるはずもない。

縁側の隅に積み上げた書物の中から五助がその一枚を見つけ出したのは、もう日暮れ前だった。

奇妙な絵だった。それは裸の異人の子供で、背に純白の翼を生やしているのである。頭は黄色の巻毛におおわれ、ところどころが黄金色(こがねいろ)に輝いている。金泥(きんでい)を使っているわけでもないのに、確かに金色に見える。

しかも顔や躰(からだ)の肌色が一様でない。微細な濃淡があって、それがやけに生々しく迫ってくる。

「これ、まさか御禁制の絵じゃ」

誰かが恐ろしげな声を出したが、親父どのは呵々(かか)と笑い飛ばした。

「これは御仏(みほとけ)の使いってことになってる。そうなってるもんは、それでいいってことよ」

そして親父どのはその絵を示しながら、こう言ったのだ。

「何が違うかっていやあ、遠近と陰影だ。まあ、真の景に近い。異人らにとっては、目の前の物を正しく描き写したものが絵だ」

余計にわからなくなった。

お栄が引き受けたのは十五枚のうち、たった一枚である。画題は遊女で、これを下絵から彩色まですべて一人でやる。弥助は二枚を引き受け、画題は端午の節句と花見。あとの十二枚は親父どのが下絵を描いて弟子らが彩色することになったが、親父どのは一日で下絵を描きおおせ、色の指図まで済ませてしまった。

ところがお栄は下絵にまったく手がつけられず、今日、昼前に起きたら咽喉に気が詰まっていた。思い余って外に出ようと下駄(げた)に足を入れた途端、小僧の五助が目敏(めざと)く声を掛けてきた。

「姐(ねえ)さん、どちらへ」

「ん、ちょいと」

「あと七日しかありません」

「七日もありゃあ上等さ」

振り切るように工房を出た。あれこれ思案しながら竪川(たてかわ)沿いに歩き、気がつけば亀戸くんだりまで来ていたのである。

ざまァないな、あたし。遊女なんぞ描き慣れているはずなのに、西画だと考えた途端、手出しができなくなってる。

溜息(ためいき)を吐(つ)きながら、帰路につく。いつもは大股(おおまた)で駆けるように歩くのに、やけに歩幅が小さくなっているような気がした。

二

切羽詰まっている時を狙(ねら)いすましたかのように、二人はやってくる。

母の小兎と、甥の時太郎だ。

親父どのが板元に出掛けて留守なのをいいことに、小兎は反故や塵を拾って回っている。

「相変わらず汚いねえ、ここは。おや、この竹の皮、飯粒がついたままじゃないか。こんなの大事に置いといても黴しか生えてこないんだよ」

「反故は捨てないどくれ」

お栄は手を動かしながら注意した。皿に膠水を入れてその中に朱を溶き、指で練っている最中なのだ。さらに水で溶き下ろして、色が分離するのを待たねばならない。顔や手の肌色に用いる上澄みは別の皿に移し、皿の底に沈んだ濃い朱色は花魁の襠に使うつもりである。

今日は四月の二十二日で、納期は明後日に迫っている。だが彩色はこれからだ。お栄は下絵を何十枚も描いて、ようやく色の施し方を決めた。

が、お栄が言い終わらぬうちに小兎は「わかってるよ」とかぶせてくる。

「あたしが何年、絵師の女房をやってるとお思いだね。反故と屑の区別くらい一目でつくさ。時坊、ここに入ってきちゃいけない、足の裏が真黒になるからね。縁側で遊んでおいで。まあ、そこも大概だけど」

いつにも増して口数が多い。他の者は気づかないかもしれないが、小兎は上機嫌なのだ。理由はむろん、阿蘭陀から来た仕事にある。

いったい誰の口を割らせたものやら、お栄が久しぶりに家に帰るといきなり「百五十両だって」ときた。一昨日の晩のことである。

先方の言い値は一枚十両。まさに金に糸目をつけぬ注文絵で、親父どのに否やはなかった。それが入れば盆の払いをしても一息つけるし、懐を考えずに絵具や紙を仕入れられる。親父どのは江戸でも相当、稼いでいる浮世絵師の一人であるはずだが、質のよい絵具を見れば手に入れずにはいられないし、つきあいの古い板元の仕事は画料に頓着せずに引き受ける。

「百五十両って、久しぶりの大仕事じゃないか」

しまった。たまには家で酒を呑もうと思ったら、これだ。

小兎が小鼻をひくつかせているのを見ると踵を返しそうになったが、「自分の家じゃないか。まあ、お上がりよ」と袖を摑んで放してもらえなかった。仕事が混んでくると親父どのもお栄も帰るのが面倒になって、工房でそのまま寝泊まりするのもしじゅうだ。

仕方なく、徳利(とっくり)を抱えて上がった。

「時坊は」

「二階。さっきまでごてて拗(す)ねて、やっと寝かしつけたんだ。お前、ご飯は」

「済ませた」

本当は何も食べていなかったが、正直に話すと面倒だ。こんなに近いのに何で食べに帰らないとか、酒だけじゃ躰(からだ)に良くないとか、ここぞとばかりにつっき回される。親父どのに似たのか、お栄は食い物の味に頓着しないので、腹がくちくなれば何だっていいのである。まして酒の肴(さかな)なんぞ要らない。酒は酒だけで呑むのが、いっち旨(うま)い。

「けど、大丈夫かね。注文主は医者だって言うじゃないか。また値切られるんじゃないのかね」

「またって何だよ」

お栄は徳利から湯呑に注いで、ずっと啜(すす)った。小兎は茶簞笥(ちゃだんす)から壺(つぼ)を出して、掌(てのひら)に幾粒かを移している。

「だから、また、だよ。おや、この塩豆。値の割にいける。昔、お父(と)っつぁんが揉(も)めたの、お前、知らないのかえ」

初耳だった。

「江戸にやってきたカピタンからさ、注文が舞い込んだんだよ」

「かぴたんって何だよ」

「さあ、出島の偉い人だろ。で、町人の一生を絵巻物にしてくれってぇ注文だったのさ。生まれてから死ぬまでを男と女、それぞれ一巻ずつ」

「町人の一生……」

お栄は湯呑を持った手をふと、畳の上に戻した。親父どのがそんなことを口にしていたような気がする。

「で、一緒に江戸に来てた阿蘭陀の医者が自分も同じ物を欲しいって言ってきたもんで、あの人、四巻を五日で仕上げて長崎屋に納めに行った」

「男と女の一生を二巻ずつ、五日で仕上げたの」

凄さが過ぎて、迂闊に感心もできない。

「産湯を使ってるとこから宮参りだろ。帯解きに袴着、元服、仲人が来て縁組を申し込んでるとこや結納、道具運び、でもって祝言を挙げる。やがて歳を取って歳祝をするけど、そのうち病に臥せって死ぬ。湯灌をしてるとこや葬列の図もあったね。人の一生ってのも、ああやって巻物になっちまったら束の間だね。おぎゃあと生まれてから死んで焼かれるまで、ささっと見渡せちまうんだから。そういや、夫婦別れをして実家に帰ってくるってな図はなかったけどさ」

小兎は、ふへっと意地の悪い笑い方をした。息が豆臭い。お栄は取り合わずに、また酒を注ぐ。

それにしても。町人の一生に、今度は市中の暮らしか。蘭人ってのは、妙な物を注文してくる。

「でさ。いざ納めに行ったら、カピタンは約束通り払ってくれたんだけど、医者が半額にしろって言い出したのさ。自分はカピタンほど金持ちじゃない、そんな法外な値で約束してるとは知らなかったとか言い張ったらしい。で、揉めに揉めたんだよ」

「そりゃそうだろうね。注文絵は、相手の言う額に合わせて用意する紙も絵具も違うんだ。仕上げてから値切られたら、こっちは大損だ」

「だろう。でさ、結局、向こうが折れて、じゃあ一巻だけ正値で買おうってことになったんだよ。ところがあの人は二巻とも持って帰ってきちまったんだよ。あたしゃもう呆れて、叱ってやったさ。一巻だけ買うって言ってんだから素直に渡しゃあいいものを、何で二巻とも引き上げちまうのさ、丸損じゃないかって」

お栄の言いたいこととずれているが、小兎は細かな差異にこだわらない。

「そしたら、あの人、馬鹿野郎、こんな巻物、一巻だけ手許に残したって、日本人には屑同然じゃねぇか。町人の一生なんぞ皆、わかりきってることを誰が面白がって見る」

お栄は腑に落ちたような気がした。それが蘭人には珍しい、異国の習俗なのだ。たぶん、一生の儀式や暮らしを知ることに値打ちがある。

「だいいち、異人の無理に屈したら江戸絵師の恥だ。いや、日本の恥じゃねえかってね」

「それ、いつの話だい」

「号を宗理から北斎に変えて間もなかったから、四十頃か」

「二十八年も前じゃないか。あたしが知ってるわけないわ。あたしはまだ一つだ」

すると小兎は塩豆を指で摘まんだまま、お栄をまじまじと見つめた。

「お前、もう二十九かえ。来年、三十……後添えの話が来ないはずだ」

「おっ母さん、また話が逸れた」

「違うよ。お聞き。夫婦ってのはよく出来てるもんでね。このあたしらのやりとりが世間に広がって、で、そのカピタンが遣いを寄越したのさ。二巻とも買い取らせてもらう、すまなかったって」

「それは親父どのの意気地に蘭人が感服したんだろう。夫婦と何のかかわりがあんの」

「だから、女房のあたしが亭主に諭して聞かせたから、江戸絵師の恥がどうの、日本の恥がどうのって意気地が出てきたんだろうよ。ああ、さいですか、お前さん、二巻ともよく引き上げて来なすったってあたしが素直に受け入れてごらんよ。その二巻はとっくに屑屋行きだ」

よくわからない理屈だ。そもそも、夫婦の間の話が何で世間に広まったかと言えば、小兎が近所の誰彼なしに愚痴ったからに違いない。ということは本人が言うように、小兎の手柄もちっとはあるのかと、お栄は酒を呷（あお）った。目くらましに遭ったような気分で、妙な酔い方をした。

翌朝、時太郎はまた寝小便をしていて、小兎はきいきいと鵯（ひよどり）のように甲高い声でわめいた。

目だけを動かすと、時太郎は小兎が言いつけた通りに縁側に坐（すわ）っている。黙ってカナアリア鳥の籠（かご）を見上げているものの、相変わらず不満をぎゅうと袋に押し込んだような面持ちだ。

だが小兎は満足げに笑った。

「今日はやけに素直だねえ。さんざん善さんに遊んでもらったから、気が済んだのかねえ」

その名を聞いて、皿の中で指が止まった。

「善さん、来てたの。何しに」

「何しにって、近くまで来たから寄ったって言ってたけど。板元から噂を聞いたんじゃないのかえ。陣中見舞いに来たけど、外から覗いたら、皆、壁が膨れ上がりそうなほど熱を入れて取っ組んでるんで、声を掛けずに素通りしたってさ」

小兎は膝の上で丸まった反故を広げ、せっせと皺を伸ばしている。

「仕事の邪魔をしちゃいけないと思ったんだろ」

お栄はまた指を動かし始めた。

善次郎が訪れたら、今、手掛けている西画を見せたかった。ふだん当たり前だと思っている画法とはまるで異なるものに挑んで、苦しんで迷ってやっと形にし始めたのだ。お栄がその興奮を分け合いたいのは善次郎、ただ一人であった。

「まあ、女づれだったしね。ちと遠慮したんじゃないのかえ」

顔だけで見返ると、小兎は俯いたまま上目遣いをした。

「ほんに善さんは隅に置けないねえ。まあ、おなごを切らさないのが自慢だったけど、ああやってうちに連れてきたのは初めてだ。行儀のいい、おとなしげな女だったけど、あれは玄人だね。手がそれは綺麗だったもの」

小兎はわざとお栄の気持ちを掻き乱そうとしているような気がした。お栄と善次郎が親しいのを勘違いして、下司の勘繰りをしているのだ。が、「綺麗な手」と聞いて思い当たる節がある。

底意地の悪いおっ母さん、あたしは知ってるよ、その子のことを。

かれこれひと月は経つだろうか。お栄は善次郎の腹違いの妹らに引き合わされた。細く長い指が三味線と琴、胡弓を奏でた。

「善さんにちょっと似てたろ、その子。色が白くて、目許がきりっとしてる」

小兎が善次郎の女だと間違えたってことは、たぶん一番上の妹、いちだろうと察した。

会いたかったな、ちっとでも。

そう思いながら、お栄は色を作る。もう小兎と無駄話をする気はなかった。

「お前、見知りだったのかえ」

小兎は「ふうん」とつまらなそうな声を出して、お栄の傍を離れた。縁側に移っていく。時太郎にまた小言を言っているのがしばらく聞こえていたが、突然、大きな泣き声がした。

顔を動かすと、時太郎が地団駄を踏んでいる。

「何度ねだっても駄目なものは駄目。鳥はこの六ちゃんがいるじゃないか。このうえ駒鳥なんぞ、何で欲しがるの。いったい誰がその世話をするんだえ。もうっ、泣いたら言い分が通ると思ったら大間違いだよ」

小兎がきつい口調で叱りつけている。

「百五十両も儲けるんだろう。だったら駒鳥くらい買っとくれよ。買えよおっ」

時太郎は前屈みになって足を踏ん張り、火がついたように泣き続けた。

三

親父どのは十五枚の絵を並べさせると、立ったまま黙って見渡した。

いつものように月代は先がちぎれたような毛が不揃いに生え、顎は白混じりの無精髭でおおわれている。若い頃は彫りが深かった顔立ちは皺によって目尻が下がり、川柳仲間と戯言を交わしている時は好々爺に見えなくもない。

が、こうして絵を前にすると顔貌が変わるのだ。目の奥が鋭くなって、弟子らは息継ぎもできないほどすくみ上がる。お栄もいつになく身を硬くして、親父どのの斜向(はすむ)かいに立っていた。絵を挟んだ向こう側には一番弟子の弥助が、その並びに他の四人が並んでいる。

　お栄が手掛けたのは花魁(おいらん)と禿(かむろ)の図である。花魁の身をひねって顔は右を向かせ、足は一歩前に踏み出すことで、幾重にも重ねた小袖(こそで)と襠(うちかけ)を広く大きく描いた。同道する禿の女の子は画面の奥にやや小さく添わせることで、遠近を出した。顔と躰(からだ)の向きは真正面である。

　描線は墨を用いず、緋色(ひいろ)の襠は緋で、松葉色の帯は同じ緑の線を引いた。墨色で縁取られた物など、真の世界にはないからだ。顔も手足も着物も、すべては色の集まりなのだ。むろん、それはお栄が発見したことではなく絵師なら誰もが承知していることで、描線を色で塗り潰(つぶ)して埋没させてしまう手法も時折、用いる。一枚の絵の中でそれを混在させ、最も目を惹(ひ)きたい中心部にのみ墨色の線を残すこともあるほどだ。

　けれど、それは真じゃない。

　目を凝らせば、この世のどこもかしこもが色の濃淡で出来ていた。光が強く当たっているところは色が薄く、暗い場では色が沈む。

　そうか、光だ。光が物の色と形を作ってる。

一瞬、わかったような気になって意気込んだ。が、いざ手を動かそうとしたら二進(にっち)も三進(さっち)も行かない。呻吟(しんぎん)して外を出歩き、人を見、物を見た。それでも闇雲(やみくも)に下絵を描き続けるうち、目で見た通りの陰影は色の濃淡で表せるんじゃないかと考えついたのだ。

一番弟子の弥助も同じように苦しんでいたらしく、「吐きそうでさ」と蒼褪(あおざ)めていた。

「遠くの物は小さく、手前になるほど大きく描くってのは親爺(おやじ)どのが昔っからやってなすってたからあたしも躰でわかってやす。が、陰影ってのがどうにもわからねぇんで。……親爺どのが皆に指図をなすった十二枚をとっくりと見たら、ああ、なるほどと思うんですがね。けど、いざ、描こうと思うとどうにもならねえ。こんなの初めてだ」

それでお栄が考えを話すと、弥助も外に出てしばらく帰って来なかった。日が暮れる前に戻ってきた時、狐(きつね)につままれたような顔をしていた。

「よくよく考えたら、当たり前のことじゃねぇですか。陽の当たってるとこがあれば、陰もある。人の顔も躰も、光の当たり方で色が違う。ひと色じゃねえ。あっしらはこれまで、いったい何を描いてきたんでしょう」

「あたしにも、わかんないんだよ。けど、ともかく西画ってのは見たまんまを描くんだ。頭の先から爪先まで濃く薄く、時にはぼかしを入れて彩色する」

弥助もようやく得心したようで、それからは脇目も振らずに取っ組んでいた。

ところが今はひどく不安げな様子で目を伏せている。お栄も同じだった。

花魁と禿の絵は、ちゃんと遠近も陰影もついている。そこだけを見れば真の景に近い。けれどまるでコクがないのだ。こんなひどい代物、とてもじゃないが納められない。

親父どのはまだ何も口にせぬまま、腕を組んでいる。こらえ切れなくなって口を開きかけると、弥助が先に身を動かした。ふらりと肩だけを前に出す、そんな動き方だ。

「描き直させてもらえやせんか。お頼み申します」

縋るような声だ。が、親父どのはすっぱりと首を横に振る。

「それはならねえ。明日、納める」

「け、けど。こんな物を納めたら、親爺どのの名折れになりやす」

「それはお前が頓着することじゃねえ」

「日本の北斎が台無しだ」

と、親父どのが肩を持ち上げ、「弥助」と厳しい声を出した。

「なら、お前ぇはどれだけの日数があればできる。あと三日ありゃあ出来るのか、それとも三十日か、三年かけたらきっと出来ると言うか」

だんだん声が大きくなって、弥助も他の者も一様にうなだれる。

「いいか、俺たちゃ遊びじゃねぇんだぞ。これが稼業だ。限りある時でいかに描くか、その肚が括れねぇんなら素人に戻れ。その方がよっぽど気楽だ」

そして親父どのは皆を見回し、お栄にも顔を向けた。

「だが、たとえ三流の玄人でも、一流の素人に勝る。なぜだかわかるか。こうして恥をしのぶからだ。己が満足できねぇもんでも、歯ぁ喰いしばって世間の目に晒す。やっちまったもんをつべこべ悔いる暇があったら、次の仕事にとっとと掛かりやがれ」

お栄は己がごくりと咽喉を鳴らしたのが聞こえた。

「明日の納めはお栄、お前ぇが行って来い」

親父どのはそう命じた。

翌朝、弥助は同行を申し出てくれたが、お栄は断った。

「けど、この荷、かなりの重さがありやすよ」

紙が絵になると、重みが変わる。それは金子と引き換えられる値打ちだけではなく、礬水を引いてその上に絵具がのると、じつの重さも増すのである。

「何かあったら大変だ」

「なあに、あたしは昔っから力があるし身も軽い。怪我なんぞするもんか」

すると弥助は「違いやすよ」と眉根を寄せた。

「百五十両の絵に何かあったら大変ってことでさ」

そう言って、若い弟子を一人つけてくれた。

「行ってくるよ」

土間で下駄に足を入れながら声を掛けると、親父どのは「おう」とだけ答えた。

長崎屋を訪ねると噂通り、入口付近に見物人がたむろしていた。

「ちょいと、通しておくんなさい」

人だかりを掻き分けるようにして中に入り、川原慶賀を呼んでもらう。宿の者はすでに言いつけられていたのか、土間を入ってすぐの小間に案内してくれた。そこは脚のついた大きな円卓が置かれていて、土足のままでいいという。背のついた腰掛けを勧められたが、何とも身の置きようがわからない。

「お前は先にお帰り。ご苦労だったね」

荷物を円卓の上に置かせて、弟子を先に帰すことにした。駄賃をやり、「どこかで一服して帰りな」と言ってやると、「へえ」と頭を下げた。

「じゃあ、お先です。姐さん、頑張っておくんなさい」

「今さら、頑張りようもないよ」

肩をすくめると、弟子も眉を下げて出て行った。その入れ替わりに川原が入ってきた。

「お早うございます。出来ましたか」

初対面の日と変わらぬ穏やかな笑みで、しかも前より親しげに話しかけてくる。お栄は己の顔が曇りそうになるのをこらえて、「はい」とうなずいた。

「検分願います」

「私が検分ごと、とんでもなかことです。今日はちょうど先生もおられますけんが、いっときお待ちくださいますか。そいは楽しみにしておられたとですよ。お見せしてきます」

川原は風呂敷包みのまま持ち上げ、部屋を出て行った。

あまりにあっけなくて、お栄は気が抜けたように尻から腰掛けに坐り込んだ。しばらくすると女中が茶を運んできた。咽喉を湿すと少し落ち着いて、部屋の中を見回す。

足許は板間だが、壁にも腰の辺りまで濃い色の板が張り巡らせてあり、その上には襖のように白茶色の紙が張ってある。そこには草花の文様が微細に描き込まれていた。近づいて指先で触れてみる。それは間違いなく、お栄がふだん慣れ親しんでいる岩絵具だった。

と、お栄は何かに思い当たって、首を傾げた。

あの、翼を持つ子供の絵は何で描かれていたのだろう。もしかしたら異国は絵具が違うのかもしれない。

川原が戻ってきたらそれを訊ねてみようと思ったが、待てど暮らせど姿を見せない。だんだん不安になって、お栄は立ったり坐ったりを繰り返した。赤ら顔の異人が眉を弓なりにして怒っている姿が目に泛ぶ。川原は叱られているのではないかと案じ始めると、もしや絵を突き返されるのではないかとまで想像する。

そうなれば一大事だ。とてもあたしだけでは捌けない。親父どのに来てもらうしかないだろうか。いや、納品を任されたのだ。返すと言われても、それはきっぱりと断らねばならない。そして画料の百五十両を耳を揃えて払ってもらう。異国はいざ知らず、日本の注文絵はそういう約束で成り立っている。

いろんな文言を忙しなく揉んでいると、川原が戻ってきた。

「お待たせしました。今日は先生の外出ばなさらん日て、皆、知っとりますけんね。客の次から次へと引きも切らんで、なかなか見てもらうごとならんかったとです」

「それで。あの、どんな具合で」

口の中が乾いて、ひしゃげたような声が出た。

「しぬごと喜んどられました。先日、前金で五十両の為替ばお渡ししとりますけんが、残金の百両は明日じゅうにお届けするておっしゃってました。また為替でよろしかとですね」

そのことは何も言いつけられていなかったが、お栄は承諾した。

何も悶着は起きなかったのだ。ほっと胸を撫で下ろしながらも席を立てなくて、膝の上で両の掌を丸める。

川原はあの西画をどう見たのか、それを無性に聞きたかった。注文主が喜んでいたとしか触れなかったのも、何となく引っ掛かる。褒めてもらいたいわけではないが、言いようが素っ気ない。絵の出来について触れることを、川原があえて避けているような気さえする。

「川原さんもご覧になったんですか、あの西画」

「拝見しました」

「いかがでしたか」

思い切って訊ねると、川原はつと目を逸らして顎を上げた。やがてお栄に眼差しを戻したが、しばらくしてから遠慮がちに口を開く。

「私は、阿蘭陀商館に雇われとる絵師です。求められれば商館員の顔姿ば描き、出島の景色ば描き、野山に入って草木や鳥、虫も描きます。ことに三年前、シーボルト先生が長崎に来らしてからは、身の回りのありとあらゆる物ば正しく写すことば教えられました。魚も花も大工道具も、徹底して生写しばする。そいは何のためか、わかりますか、お栄さん」

「それが、真の景だから、ですか」

すると、川原は自嘲めいた笑みを頬に広げた。

「そん通りです。一切の心情ば脇に置いて、ひたすら目ん前にあるものば正しく写し取れて、先生にそげん教わりました。……でん、真の景に正しくあろうてする絵の果たして絵と言えるとか、私にはわからんとです。正しくあろうてすればすっほど、真から遠ざかる。近頃、そがんな気のして、そいで北斎漫画ば模写するごとなったとです。こげん姿態は実際には取られん、手足はここまで曲げられん、最初はそがんことにばかり気づいたばってん、やがて楽しゅうてたまらんごとなったとですよ。子供時分に夢中で筆ば遣うた、あん頃ん気持ちの甦ったとです」

　川原は深々と溜息を吐いた。

「正直に申して、あん西画はうもう行ったとは思えません。とくに端午の節句と花見の絵は肩に力の入り過ぎて、硬か。何の感興も催さんとです。いや、遠近法も陰影法もちゃんと取り入れられとりますけん、先生は本当に満足しとられました。ばってん、私はやっぱい日本の絵師ですけんね。己がふだんどげん物ば描いとろうが、日本の絵のありようの身に沁みついとるとでしょう。ただ、あん花魁と禿の絵はちょっと気んなりました」

　どきりと胸が鳴る。

「気に、なった」

「はい。あん絵も、想に手の追いついとりません。たぶん色ん濃淡にこだわるあまり、着物ん柄も大雑把になってしもうたとでしょう。花魁と禿ん配置も近過ぎて、広がりも動きもなか。息ばしとらん絵です」

　急に身の裡が冷えた。不出来を百も承知で問うてみたことなのに、同じ絵師の評は痛いほどこたえる。

「ばってん、何かば目指そうとした、そんことだけはわかりましたけん」

そして川原は頭を下げた。

「すんません。生意気なことば申しました。北斎先生とそのお弟子さんらがたった十日であれほどの西画ば仕上げられたていうことは、大変かことです。私にはしぬごとできる業じゃあ、なかとです」

拳を作って、脚や脇腹を叩きながら歩く。時折、向こうからやってくる者が奇妙な顔をしてこっちを見るが、それでも己を撲つのをやめられない。

あたしは失敗したのだ。

何かを目指そうとしたことが伝わったからと言って、それが何になる。素人じゃあるまいに。

己の腕が口惜しくて、腹が立つ。

工房に戻ったらもう忘れよう。忘れて、とっとと次の仕事にかかろう。だから今、精々、己を怒るのだ。

時々、わっとわめきそうになりながら、お栄は歩いた。

両国橋を渡ると、ようやく気が鎮まってきた。空も川面も憎らしいほど晴れている。

路地に入ると、工房の前で五助がしゃがみ込んでいた。

お栄はいつにも増して気楽な声を作る。

「帰ったよ」

顔を上げた五助は目を真っ赤にしていた。頬も腫(は)らしている。

「どうした、五助」

「六ちゃんが」

「六ちゃんがどうした」と訊ねてやったが、五助はひっと声を上げてまた泣き出した。

すると裏庭から別の者が出てきた。今朝、日本橋まで荷を運んでくれた弟子である。

「姐さん、お帰りなさい」

「こんなに泣いて、何事だえ」

「六ちゃんを逃がしちまったんですよ。籠(かご)を開けて」

「そんな。水の入れ替えも糞(ふん)の始末も、そりゃあ慎重にやってるじゃないか」

「違いますよ。五助じゃありません。時坊です。時坊がわざと籠の扉を引いて、逃がしちまった」

「何だって」

お栄は叫ぶなり、家に向かって駆け出していた。

第五章　手踊図

一

お栄は浮き浮きとして、手拍子を打った。

「いよッ」

善次郎が合いの手を入れると、屛風の前のいちが「はッ」と応えて撥を威勢よく動かす。やがてゆきが琴を爪弾き、しばらくしてなみが胡弓の音を合わせた。

三人は善次郎の異母妹で、ここ吉原の青楼では引く手あまたの姉妹芸者である。歌舞音曲ばかりか座持ちも上手いらしく、花魁や新造を立てて出過ぎず引き過ぎず、初見で硬くなっている客もやがて肩肘を緩め、高やかに打ち笑うらしい。

吉原の、ことに格式のある家では遊女が客を値踏みするのだ。上等の客は直に妓楼に登ることはなく、引手茶屋に上がって芸者を招き、酒宴を張る。昔は花魁がそこに迎えに行く習わしがあって、これが花魁道中の始まりである。絢爛な衣裳をまとった花魁が従者をつれて練り歩く姿は吉原を訪れた者にとって夢のごとき風景であり、多くの絵師もその図を描いてきた。

だが今はまだ昼日中のことで、お栄が招かれているのは吉原の廓内にある仕舞家だ。姉妹はこの家の二階に三人で住んでいて、さっきから芸者仲間や幇間、引手茶屋の男衆や女中らが現れては賑やかに祝を述べている。ゆきは明日、嫁ぐのである。

お栄と善次郎が坐る並びや前後にも仲間がぎゅう詰めになって呑み、歌い、手拍子を打つ。誰かが途中で退座してもすぐに何人かが梯子段を上がってきて、善次郎の前で膝を畳んだ。

「兄さん、おめでとうございやす」

「京橋の白粉屋だって。ゆきちゃん、果報者だ」

善次郎は「ありがとよ」とうなずき、

「大したもんはねぇけど、好きに呑んでってくんな」

背後を振り向き、「そこ、尻一つ、左に寄ってやってくれ」と指図する。男らは「すいやせんね」と身を屈めながら進み、隙間に身を落ち着けた。さっそく猪口が回されている。

「まいったなあ。こうも来てくれるんなら、どこか店ぇ借りるんだった」

六畳の二間によくもこう入ったと思うほど、人が集まっているのだ。

「皆、名残りを惜しんでんだね」

お栄は屏風前の姉妹を見ながら、呟いた。

ゆきの嫁ぎ先は商家で、つまり堅気の家である。明日の祝言には善次郎といち、なみの姉妹だけが出て、相手は再縁であるので、ごく内輪で済ます算段であるらしい。

「達者でね。きっと倖せにおなりよ」

さっき、背の曲がった遣手婆が訪ねてきて、今生の別れとばかりに泣き咽んでいた。

「大袈裟ねえ。あたし、白粉屋の女房になるんですよ。姐さんにたんと買ってもらいに、また大門を潜りますから」

ゆきは陽気に目をくりくりとさせて、婆さんの背中を撫でていた。

善次郎はその妹を見やりながら、また思案顔になる。

「まだ、気に懸かるの」

お栄がそっと訊ねると、善次郎は眉を上げて「さあな」とばかりに首を傾げた。そのまま、何とも言わなかった。ゆきが嫁ぐ相手はお産で女房を亡くした若主人であるらしく、妓楼の主夫婦の仲立ちで話が決まったようだ。

それは善次郎が五日前、ふらりと工房を訪れて話したことである。日脚が短くなり、秋の七草売りの声が路地を行き交う午下がりだった。

「色里で女芸者を見初めるたあ、なかなかの遊び人に違ぇねぇんだ」

善次郎が胡坐を組んだ脚を持ち上げて「ち」と舌を打ったので、お栄は親父どのと目を合わせた。女好きを看板にしているような善次郎がこういう物言いをするとは、少し意外だった。懸命に絵を描き、戯作に励むのも「いい女を抱くためだ」と言い暮らし、そのじつはどうかをお栄は知らないが、「俺が言い寄って落ちなかった女は、お栄だけだ」と言い放つ自惚れ屋だ。

お栄はいつ、どこで善次郎に言い寄られたのか、とんと覚えがない。話しぶりから察するとお栄が嫁ぐ前の、まだ十代の時分のことであるらしく、その頃、善次郎は工房に居候をしていて、共に枕絵の板下絵を描いていた。

「善次郎も妹のこととなると、己を棚に上げるか」

親父どのは安茶を啜りながら、冷やかした。

「けど、生さぬ仲の子供はまだ小っせぇし、舅姑に大姑まで達者なんですぜ。しかも吉原の女芸者なんぞとんでもねえ、身代を喰われちまうなんぞと、その大姑と姑が吐かしたらしいんでさ。俺の稼業もとうに調べをつけてて、ワ印描きの妹ってことで、なお下に見てきやがる。ゆきもなかなかの気丈者だが、無理して苦労を買うことはねえ、厭ならすっぱり断われ、御亭さんには俺が筋を通すと止めたんですがね。兄さんと姉さんが承知なら嫁がせてもらいてぇって、本人が言い張るもんで」

「なるほど。もう理ない仲ってわけか。その男と」

親父どのが湯呑を置くと、「まあ、そういうことみてぇでさ」と善次郎は首筋に手をやった。

「己が片付いて俺や姉を安堵させようってぇ料簡かと、まあ、こっちはそんな早呑み込みをしたんですが、これは色恋だって言われたら口出しできやせんからね」

珍しく、殊勝な口振りだった。

「で、向こうの婆ぁどもも二人の仲を知って、折れたってわけか」

「そうは易々と問屋が卸しませんや。間に入ってる御亭さん夫婦が、まあ、酸いも甘いも嚙み分けた二人なもんで、俺んちの素性をね、渓斎英泉は今は落ちぶれたりと言えど、元は水野壱岐守様に仕えた武家でございなんて、ぶっちまったんでさ」

お栄はそこまで詳しくは知らなかったが、善次郎が二本差しであったことは承知していた。何があったか致仕して流浪の末、食べるために秘画艶本の類に手を染めるようになったらしい。

が、親父どのは善次郎の手跡を見抜いていて、「あいつ、たぶん幼い時分から絵を習ってたはずだ。狩野派だな」と口にしていたことがある。狩野派と言えば御公儀の御用絵師で、武家が絵心のある子供に習わせる流派だ。

「ふん。武家の娘ってなると、途端に掌を返しやがったか。今どき、頭の遅れた奴らだな」

「そう、そこんとこが俺は気に入らねぇんだ。けど、当人が望んでんだからって、姉妹が一緒んなって俺を説きつけにかかるもんだから、まあ、仕方あるめぇって」

　両親を相次いで亡くした善次郎は、幼い妹らを抱えて途方に暮れた時分があったと、お栄は妹のいちから聞かされたことがあった。その事情を親父どのは知ってか知らずか、

「気持ちはわからねぇでもねえが、こうなりゃ、精々、祝ってやんな。添うてみねぇとわからねぇよ、夫婦ってもんは」

「そんなもんか」と善次郎が真顔でお栄に訊くので、「たぶん」とうなずいた。

　お栄は別れた亭主、南沢等明と初めて会った時、一瞬で「つまんなそうな男だ」と思ったのである。一緒に暮らせば、なおつまらない男だった。

が、それを口に出せばめでたさに水を差すようで、黙っていた。

「そうか、添うてみねぇとわかんねぇもんか」と、善次郎は己に言い聞かせるように呟いた。

お栄は正面のゆきの面差しを眺めながら、己も可愛い妹を嫁に出すような気分で手拍子を打つ。

ゆきは色白の頰をうっすらと染め、祝客に頭を下げている。背後の者らが「今日はひときわ綺麗だね」と感嘆の声を洩らした。

振り向くと、姉妹の姐さん格であるらしい女芸者らがずらりと並んでいる。お座敷ではないので白粉も刷いていないが、きりりと姿勢が良く、「よッ」と掛ける声にも華やいだ張りがある。

「そりゃ、そうさ。明日は花嫁御寮だもの」

「けど惜しいねえ、あの腕。おいちの三味線におゆきの琴、おなみの胡弓……吉原一の合奏がもう聞けないなんて、三園屋の花魁もめでたさ半分、残念半分の面持ちだったよ。見そめた旦那が、ちと憎らしゅうござんすわいってね」

「花魁の祝儀は凄かったらしいね。白絹七疋に山吹も七枚、衣装簞笥や化粧鏡まで誂えてやって、それがもう嫁ぎ先に届いてるってさ」

「それはあれだよ。花魁が善さんにほの字だからだろ。ほんに女たらしったら、ありゃしない」

誰かが後ろからこづいたらしく、善次郎が「痛ッ（いて）」と半身をお栄の方に倒した。そのまま背後を振り向くので、頬がお栄の顎先（あごさき）に来る。お栄はそれをよけるために咄嗟（とっさ）に顎を引き、右に向かって手をついた。腰をひねって半身を倒すと、膝前に置いた猪口が倒れそうになった。

「騒々しくてごめんなさいよ。濡（ぬ）れませんでしたかえ」

その中の一人がお栄に詫（わ）びて、袂（たもと）から手巾（しゅきん）を差し出した。五人の女芸者の中でも物腰の落ち着いた、何とも風情（ふぜい）のよい女である。口許（くちもと）の笑みと目許が涼やかで、手巾は純白だ。

「いえ、大丈夫ですよ」

と言いながら「善さん、ちょいと、まっすぐ坐んな」と腕を押し、お栄も尻を置き直す。

「お前（め）ぇら、さっきから雀（すずめ）みてぇに煩（うる）せぇんだよ」

善次郎は背後に向かって文句をつけている。

「お滝（たき）、何とかしろよ、お前ぇの乾分（こぶん）」

「じゃあ、ちょいと踊らせてもらいましょうか。この曲、そろそろ終いだから」

お滝という名の芸者は衣紋を繕いながら、小声で善次郎に訊ねる。

「ああ、そうしな。皆、喜ぶ」

お滝が朋輩を二人引き連れて前に出て、屏風の脇に控えた。いちはその様子を見て取ったか、三味線の音色を落とす。

するとゆきが背後に手をやって小太鼓を取り出し、なみも膝前に同じ物を据えた。その間、三味線の音は低く続いている。ゆきとなみが両手に桴を持つと、お滝が屏風の前に進み出た。腰を少し落とし、右肘を曲げて顔の前に手をかざす。左腕は帯のあたりだ。二人の芸者がその背後で、「はッ」と手拍子を打った。

タントト、トンツツと小太鼓が小気味よい音を立て、いちが三味線を掻き鳴らす。お滝はすっと左足を前に踏み出し、かと思うと瞬く間に背後に引いて両の掌を返す。三味線と小太鼓の音を導くようにお滝は踊り、背後の二人も寸分違わぬ振りで動き続ける。

お栄は自らも拍子を取って、まるで一緒に踊っているような心持ちだ。

「玄人の手踊りってのは、なかなかのもんだろ」

善次郎が顔を寄せて囁いてくるので、「うん、凄い」とお栄は前を見たまま答えた。

町の、秋祭で娘らがこぞって輪になる踊りとはまるで別物だ。

「ことに、あのお滝さんは躰の芯が通ってるね」

お滝と背後の二人は同じ振りであるにもかかわらず、目が慣れてくるとお滝の踊りが格段に練れていることがわかる。いかほど身を倒そうが爪先立ちになろうが、躰の芯棒がまっすぐ下りているのだ。三味線の音が激しくなってお滝の左腕の肘まで見えるが、見惚れるほどきびきびと歯切れがいい。

「よッ」

手拍子が高まって、振り向くと何人かが立ち上がって踊り出している。

善次郎が「おい、勘弁してくれよ」とわめいた。

「床が抜けちまわあ、ここ、滅法、安普請なんだぜ」

と、最後尾の年寄りが「安普請」と鸚鵡返しにした。

「おっと、家主さん」

善次郎は肩をすくめている。

「やあ、こないだは祝をどうも」

「礼はもう聞き飽きた」と家主は善次郎を睨みながら、懐から手拭いを取り出した。

ねじり鉢巻きをして腰を上げ、くいと顎をしゃくる。

「床が抜けたら、また張ってやる。行っちまえ」

「あっ、そう。家主さんのお墨付きってんなら。お栄も立ちな」

「あたしは、いいさ」

善次郎は飛び跳ねるように立ち、もう手足を粋に動かしている。三十人は超す廓者がこぞって踊り、ゆきの嫁入りを寿いでいた。

前を見やると、三味線を弾くいちが目を細めるようにして小太鼓を打つゆきを見ていた。互いにうなずいて笑み、末のなみも弾むように桴を揮う。

善次郎はこの妹らを養い切れずに、思い余って芸者の置屋に預けたのだと話したことがある。いちら姉妹はそれを怨みともせずに、こうして芸を身につけた。お栄の前では「兄上」と呼んで、善次郎をわざと閉口させる茶目っ気もある。

けれどここまで来るのに、幾度、瀬戸際に立ったことだろうとお栄は思うのだ。姉妹も、そして兄も。

いちが目配せを寄越すので脇を見上げると、善次郎は踊りながら洟を啜っていた。

ほんに、仕方のない兄上だねえ。

お栄はそろりと立ち上がった。お滝の身ごなしを真似て顔の前に手をかざし、腰を落としてみる。

亭主の家を出た夜からこっち、踊るのは数年ぶりだと気がついた。もっと、遠い昔のことのように思えた。

二

文政十一年(一八二八)の正月を迎え、二日の朝である。

お栄は台所の板間に置いた火鉢の前に坐り込み、燗をつけている。毎年、二日は年始の客が引きも切らず、門人や板元らが訪れるのである。

おかげで小兎は朝から、襷掛けをはずせない。といっても大晦日に用意したものを皿に盛り直して出すだけで、焼鯛は出入りの魚屋から届けさせ、黒豆もどうやら煮売り屋で買ってきたもののようだ。小兎が手ずから用意した品々は大して旨くもなく、伊達巻は焦げ臭いし、海老や里芋は塩っぱ過ぎる。

親父どのやあたしが味に無頓着なのは、きっとおっ母さんの料理のせいだ。

お栄は近頃、そう睨んでいる。それでも小兎はいつも得々として、大鍋一杯に切り干し大根やひじきを煮ては隣近所に配ったりするのだ。

しかも師走に入った途端に忙しがり、わざわざ玉杓子を持ったまま工房にやってきて「お栄が手伝わない」と親父どのに訴える。

「お栄には仕事があらあ。正月の用意が苦になるんなら、買やぁいいじゃねえか。今どき、何だって売ってるだろう」

軽くいなされると、小兎は余計にむきになる。

「仕事仕事って、お前さん、お栄は娘だよ。こうも台所ができないままじゃあ、婿(むこ)だって来手がありゃしない」

小兎はお栄を再嫁(さいか)させることをとうとう諦(あきら)めたのか、いつのまにか入り婿を取る企てに変えていた。

「時坊が一人前になるまで、まだ何年あると思ってんの。お前さん、もう七十の手前だよ。いつお迎えが来たっておかしくない歳(とし)なんだから、ちっとは先行きのこと手配りしとかないと。このまんまじゃあ、あたしらはいつまで経(た)っても楽隠居できないじゃないか」

小兎の本音が出た。お栄に婿を取って、自分たち夫婦は隠居をしようという肚(はら)である。

親父どのは、「隠居」と耳にした途端、眉(まゆ)を逆立てた。

「俺は隠居なんぞしねぇと言い渡してあんだろう。俺には描きたいものがまだ、山ほどある」

ふだん、「女房には逆らうまい」と言い暮らし、小兎に大きな声を出すこともない。ところが隠居云々を小兎が持ち出すと、様子が一変する。病除けの鍾馗のごとき形相になる。

それはもう承知しているはずだのに、小兎の繰言は年々、ひどくなる一方だ。挙句の果ては親父どのがぷいと筆を置いて出て行き、仕事が止まる。弟子らが溜息を吐く。お栄は湯を張った平鍋に入れた三本の徳利のうち一本の首を摘まみ上げ、ちと湯呑に移して味を見る。冷やが好きなので、妙に温もらないうちにと別の徳利からも注いだ。親父どのは下戸なので、屠蘇も形ばかり口をつけるだけだ。徳利の中身が少々足りなかろうが、気にも留めないだろう。

目だけを動かして小兎の様子をうかがうと、まだ煮〆を大皿に盛りつけていて、お栄の盗み酒にも気づいていないようだ。

えらく手間取ってんなあ、昔っからこうだったかと思うと、小兎の背中がやけに丸くなったような気までしてくる。

小兎は昨日、雑煮を喰いながら「あたしもとうとう、五十八になっちまった」と言っていた。

親父どのの十一歳年下なのかと、お栄は今さらながら頭の中で指を折る。六十九と五十八あたりの夫婦なら、たしかに小兎の言う通り、物見遊山や湯治の旅に出たり、芝居見物や花見月見でのんびりと過ごしていてもおかしくない。ところが小兎は江戸市中から一歩も外に出たことがなく、孫の時太郎の世話に追われている。

「うぅん、どうも彩りがうまく行かないねえ」

小兎は菜箸で人参を摘まみ、首をひねっている。皿の中のあちこちに置き直しては、

「正月なんぞ忙しいばかりだ」と愚痴る。

「おっ母さん、赤い色は最後に挿すもんだ。先に色の濃い蒟蒻や蓮根を盛ってしまいな」

「だったら、お前がしておくれよ」

菜箸を突き出すので火鉢の前から離れ、小兎の横に坐った。何ともひどい盛りようだ。里芋などいじり過ぎて、箸の穴がいくつも目につく。形や色を揃えて置き直していくと、皿の中に模様ができてくる。

「あんた、ほんとはその気になりゃあ、料理もできるようになるよ。昔っから手先は器用だったじゃないか」

小兎がおだてにかかるが、その手には乗らない。

「盛りつけは絵を描く要領と同じだから。あたしには塩や醤油（しょうゆ）の塩梅（あんばい）なんぞ、とてもできやしない」

「やろうとしないからさ」

だから料理をする暇があれば筆を持っていたいのだと、お栄は肚の中で返した。もう何度も何度も、飽くほど繰り返してきたやりとりだ。

「あれ、時坊は」

話の矛先を変えたくなって、わざと台所を見回した。

「外で遊んでんだろ。近頃は近所で遊び相手ができたみたいでね。ちょっと年上の子らだけど、よくしてくれてるみたいで助かるよ」

外に遊びに出たのは知っていたが、友達ができたというのは初耳だった。

「そりゃあ良かった。じゃあ、あれから駒鳥（こまどり）をねだったりしてないんだね」

「駒鳥なんて、正月から厭（いや）なこと思い出させないどくれよ。もう、やだよ」

「ごめん」

お栄も口にしたことをすぐに後悔した。

一昨年の夏の初め頃だったか、時太郎は五助が可愛（かわい）がっていたカナアリア鳥をわざと逃がしてしまったのである。

お栄は頭に血が昇って工房から家に走るなり、時太郎に摑みかかるようにして問いただした。

「お前、自分が何をしたのか、わかってんの」

時太郎はじぃとお栄を睨み返していたが、縫物をしていた小兎が「お待ちよ、いきなり何だえ」と諫めにかかる。時太郎はその背後に回って身を隠す。

「祖母ちゃん」

甘えるような声を出し、すると小兎は「ねえ、叔母ちゃん、怖い顔してるねえ」と眉を下げた。

「後で駒鳥、買いにつれてってあげるから、ちっと待ってて。繕いもの、仕上げちまうからね」

小兎が機嫌を取るように言う。

「おっ母さん、駒鳥買いに行くってどういうこと」

「何だね、その剣幕は。いや、あれだろ。五助がうっかり六ちゃんを逃がしちまったんだろ。だったらまあ、仕方がないじゃないか。うちで駒鳥を飼ってやろうと思ってね」

「五助じゃない、時坊だ。時太郎が、わざと逃がした」

「そんな、まさか」

　小兎は笑って取り合わない。時太郎はさらに小兎にへばりついて、目から上だけを出している。

「五助がそう言ってるんじゃない、他の者が見てたんだ」

　小兎が「え」と後ろを振り向くと、その拍子に時太郎は小兎の背中を拳で突き、横に向いて飛び出す。小兎が坐ったまま前につんのめった。お栄は時太郎の腕を後ろから摑んで、戸口の土間にひきずり下ろした。時太郎は尻餅をついたまま足をつっぱり、どうでも動こうとしない。

「立ちなっ。五助に詫びるまで、あたしは堪忍しないよ」

「祖母ちゃん」

　時太郎は小兎を呼び、堰を切ったように泣き声を上げる。小兎がおろおろとして、上がり框に膝をついた。

「お栄、子供相手に無茶をおしでないよ」

「おっ母さん、この子にさっき、何をされたのかわかってんの。盾にするみたいにおっ母さんの背中、突いたんだよ」

「違うだろ、そんなこと。膝が当たっただけさ。お前が脅すから、この子、怖がって。もういいじゃないか、鳥ごときで大事にしなくったって」

「よくもそんなことを。この子は他人が大切にしてるもんを平気で奪ったんだ。さあ、時太郎、立ちな」

どうでも五助に詫びを入れさせたいのに、小兎が取り成そうとするので、時太郎はわざとのように泣き声を上げる。

「ともかく堪忍してやっとくれよ。後でちゃんと言って聞かせて、五助には必ず詫びさせるから」

と、小兎が顔を上げ、その後の言葉を吸い込んだ。親父どのが戸口に仁王立ちになっていて、その後ろには五助が俯いて立っていた。

「後でっつうのは良くねえ。時太郎、今、きっかりと謝れ」

それでも時太郎は赤子のように顔を左右に振り、泣き続ける。

「立たねぇか、この馬鹿者っ」

親父どのが大音声で怒鳴ったので、小兎がまたも庇って時太郎を抱く。

「お前さんまでそんな、堪忍してやっとくれよ」

「ならねえ。五助に詫びるまで、承知しねえ」

親父どのは腕組みをして上がり框に腰を下ろし、お栄は五助の肩に手を置いて小兎と時太郎を見下ろしていた。

やっと時太郎が詫びを、しかも渋々と口にしたのは一刻も経ってからのことである。その間、外障子を引いたままであったので、近所の者が通り過ぎるたびに何事かと足を止め、首を傾げながら去っていった。


あれからというもの、時太郎は工房をまったく訪れなくなり、家でたまに顔を合わせてもお栄とは口をきこうとしない。親父どのに大目玉を喰って仕方なくであったにしろ、とにもかくにも五助に詫びたのだから、お栄はもう水に流しているつもりである。それこそ小兎が言うように相手は子供で、しかも亡くなった姉、お美与が遺した一粒種だ。いつまでも憎かろうはずがない。

ところが何を話しかけても時太郎は辛気臭い顔つきで、首を縦か横に振るだけである。取りつく島もなくて、もうお手上げだった。

「まあ、こんなもんか」

お栄は盛りつけを終えた途端、燗酒を思い出した。

「しまった、おっ母さん、酒が煮えてる」

が、小兎は己の肩を揉みながら、「大丈夫だろ」と腰を上げない。火鉢の前に戻り、徳利の首に触れてみた。熱くて、とても持ち上げられない。濡れ手拭いを持ってきて、ようよう盆の上に置いた。

「いくら何でも、こんなの、出せやしない」

「お栄、捨てるんじゃないよ。煮切った酒は煮炊きに使えるんだから」

「わかってるよ。ついでに、絵具に混ぜる分も置いとこう」

「酒なんぞ混ぜてどうすんの」

「艶を出したい時に混ぜるんだよ」

「本当かねえ。描きながら呑むんじゃないのかえ」

お栄は水屋簞笥から徳利を取り出して、新たに酒を注ぎ入れた。また湯を張った鍋の中に沈める。こうも立ったり坐ったりせねばならぬから、おさんどんが嫌いなのだ。乳鉢に岩絵具を入れて乳棒で潰し、水を入れては練る、そんなことは何の苦もなくできるのに、擂鉢で胡麻をあたれと擂粉木を渡されたらもう面倒になる。

小兎はやっと襷をほどいて、ぬる茶を啜った。

「善さんも毎年、二日に来るのに、今日は遅いね」

「そのうち来るだろ」

「ねえ、お栄。……善さん、来てくれないかねえ、うちに」

「だからそのうち、来るだろうよ。待ちかねてないで、ちと二階に上がって横になったら。おっ母さん、やけに疲れ顔だよ」

ちょっと早いかと思いながらも、徳利を鍋から引き上げて盆の上に置いた。膝をついて盆を持ち、立ち上がってから左の掌（てのひら）を差し出した。

「その皿、こっちに寄越して」

すると小兎は「違うよ、年始のことじゃなくて」と言いながら大皿を持ってくる。

「横着だねえ。一遍に持って、ひっくり返さないどくれよ。だからさ、善さん、うちに婿に入ってくんないかねえ」

お栄は皿を取り落としそうになった。

「ほら、ごらん、やっぱり横着だ」

「おっ母さんが妙なことをいきなり言うからだろ」

「あんたたち、何とかならないのかえ」

小兎は皿に手を添えながら、上目遣いでお栄を見る。

「ならないよ」

「お父（と）っつぁんから話してもらおうか。工房をいずれ継げるんだから、向こうにとっても悪い話じゃないと思うけどね」

「やめとくれ。善さんに気の毒だ。親父どのにそんな話、持ち出されたら、断り方に難渋する」

「難渋なんぞ、しないだろ。何ならあたしが話してもいい」

小兎は下唇をにゅうと突き出して、手前勝手に決めつける。

「善さんが来てくれたら、あたしも肩の荷が下ろせるわ。ほら、時太郎もあんなに懐いてるしさ、お前たち夫婦の養子にしたらいい」

「おっ母さん、図々しいにもほどがあるよ。勝手に妙な絵を描かないどくれ」

「そんな剣呑な声、お出しでないよ。奥に聞こえるじゃないか」

小兎は分が悪くなると自らが持ち出した話の腰を折り、「ほら、ぼやぼやしない」とせっついた。

うんざりしながら、盆と皿を持ち直す。己が情けないほどだ。日頃、小兎の相手はどうしても後回しになる。時太郎の世話ももう躰がきついかもしれない。だから正月くらいは小兎をねぎらおうと心組んでいたのだ。少々、気に入らないことを言われても、決して声を荒らげまいと思っていた。

けど、結局、こうなる。

と、板間に出た途端、善次郎と出くわした。障子の前で、「よぉ」と片手を上げている。

「来てたの」

「ん、ああ。たった今だ。今、親爺どのに挨拶を済ませたばかりで。おい、それ、寄越しな。皿の方だ。ちっ、何てぇ重さだ。お前ぇ、よく片手で運べるな。俺たちゃ、腕は商売道具だぜ。無茶するな」

善次郎は煮〆を盛った大皿をお栄の左手から己の手に移しながら、喋り通しだ。しかも埒もない無駄口である。

「西村屋の旦那も来てるぜ」と板元の名を口にしながら、六畳の障子を引く。

その背中から目を逸らして、お栄は天井を仰いだ。

さっきの話、間違いなく聞かれた。ああ、どの件から聞いていたんだろう。

どっちみち最悪だ。新年早々、最悪。

ますます気ぶっせいになって、のろのろと徳利を運び入れた。

三

空になった盆を下げてから、二階の四畳に上がって襟巻を探した。

おかしいな。昨日、使ったのにもう行方知れずだ。

弟子は皆、在所に帰っていて、五助だけが工房の裏にある長屋に残っている。正月を一人で過ごしているのが気になって、お栄は昨日、様子を見に行ったのだ。去年、五助はただ一人の身寄りであった母親を亡(な)くしていた。母親は品川宿(しながわじゅく)で飯盛り女をしていたのだが、荷を曳(ひ)く馬に蹴(け)られて、打ちどころが悪かったらしかった。

やっと襟巻を見つけて、手早く首に巻きつける。梯子段(はしごだん)を下りて台所をのぞき、小兎に声を掛けた。小兎は火鉢の前に陣取って、煙管(きせる)を遣っていた。

「ちょいと、出るから」

「出るってどこに」

「工房。下描きをしとかないと、間に合わないんだよ。美人画の肉筆画」

「そんなこと、一言も言ってなかったじゃないか。客の相手、どうすんだい」

小兎は改まった客のもてなしが苦手で、とくにこの数年は台所に引っ込んでお栄にまかせきりだ。

「善さんが適当にやってくれるだろ」

小兎は襟髪を捕まえるようにまだ何かを言って寄越したが、振り切るように外に出た。まさか小兎が追いかけてくるわけでもないのに小走りになって、工房に入る。中はさすがに冷え切っていて、陽射(ひざ)しがある分、いっそ外の方が凌(しの)ぎやすいほどだ。

お栄は下駄(げた)を脱いで板間に上がった。足の裏から冷えが這(は)い上がってきて、背筋がぞくりと波を打つ。火種を持ってくりゃあ良かったと首をすくめながら、親父(おやじ)どのの縕袍(どてら)でも引っ掛けようと中に進む。座布団(ざぶとん)の下になっているのをずっと引っ張り出して、さあ羽織ろうと腕を伸ばして手が止まった。

いつも五助が坐(すわ)っている隅の席がきちんと片づけられているのが目に入って、腕を下ろす。

昨日、火の気のない部屋の中で、五助は膝(ひざ)を抱えていた。

「五助、うちにおいで。親父どのもそう言ってるから」

ところが五助は「いえ、いいんです。お構いなく」などと言い、立ち上がろうとしない。

「こんなとこにじっとしてたら、風邪、ひいちまう。せめてうちで雑煮を食べて、あったまりなよ。長居しなくてもいいんだから。さっと喰って、さっと引き上げりゃあいい」

五助はたぶん時太郎と顔を合わせるのも厭なのだろうと、お栄は気を回した。五助は一昨年の夏に六ちゃんを失い、昨秋には母親を喪ったのだ。まだ十四歳である。

それでも黙々と骨身を惜しまず働いて、小僧の身分なのでまだ使い走りや筆洗いがもっぱらなのだが、手が空いた時は親父どのや兄弟子らの手許をじっと見ている。お栄が描いている時もいつのまにか傍に坐っていて、「姐さんの描く指先はほっそりとして、綺麗だ」などと生意気な評を繰り出したりもする。

「時太郎は二階に上げて、降りてこないようにさせるから」

一番弟子の弥助などは「あいつ、無理してやがるんです」と案じていた。

すると五助が膝を抱えたまま、「姐さん」と返してきた。

「おいら、そういつまでも恨んだりしてません。六ちゃんは籠から出してもらえて、空を飛べて喜んでるかもしれない。きっと今頃、女房を見つけて、もう雛がいるかもしんない」

「お前、自分でそんなこと、考えたのかえ」

驚いて、五助をまじまじと見た。

「人に飼われてた鳥は外じゃあ長生きできないって、馬琴師匠は言ってました。猫や烏や蛇に狙われるから、それに自分で餌を見つける術も持ってないから、籠の開け閉めは重々注意するようにって、親爺どのにくどいほど念を押してました」

五助はそこで言葉を切り、やや置いてから「けど」と継いだ。

「けど、もしかしたら六ちゃんは生き延びるかもしれないじゃないですか。生きてるか死んでるか、五分と五分だ。だからおいらに気を遣わないで欲しいんです。おっ母ぁのこともあって、おいら、まだ笑ったりできません。けど皆に気を遣われると、無理にでも笑わないといけないのかなって、そう思ったりして。だからこうして一人で過ごしてると、ほっとして」

そう言って、五助は微かに頬を緩めた。

「あれ。今、笑ったような気がする、おいら」

照れ臭そうに、鼻の下を指でこすった。

昨夜、お栄は親父どのにだけ、この話をした。

「そうか。生きてるか死んでるか、五分と五分だと言ったか」

親父どのは五助の言葉を繰り返して、そのまま目を閉じた。

お栄はいつのまにか足許に落としていた褞袍を畳んで、脇にそっと置いた。再び隅に目を戻し、「五助、強い絵師になれ」と願った。

絵の世界は過酷だ。人となりが悪くても巧い者は巧いし、人が良くても一生、芽が出ない者もいる。ただ、五助がいつか筆を持つようになれば、悪達者にだけはならないだろうと、お栄は思う。小手先の巧さで満足して、適当に茶を濁すような絵だけはあの子は描くまい。

お栄は己の文机の前に腰を下ろした。首をすくめるほど寒かったのに、五助のことを思っているうちに温もってきたから不思議だ。

そうだ、あの子はきっと大きな絵師になる。大巧者か大下手か、それも五分と五分だ。

お栄は「いよッ」と声を発し、墨を磨り始めた。

トテツツ、テン、タントト、トンツツ。

硯に向かう時は必ず心を平らかにするのが鉄則であるので、こんな浮かれた調子で墨を動かすのは初めてだ。弟子らの前では決してできない所作であるだけに、お栄は鼻唄まで唄い始める。

下描きに着手すると小兎に言い訳をしたけれど、本当は工房に逃げ込んだのだ。明日から始めても間に合うはずの仕事である。

少しだけ描いたら、今日はやっぱり家に帰ろう。おっ母さんと一緒に火鉢に手をかざして、煙管を遣いながらあれこれと喋ろう。いや、時太郎をつれて初詣だ。まずはそれだ。

思い決めると、ひとりでに手が動いた。小太鼓の拍子が身の内に甦って、三味線も響く。

手踊りだ。そうだ、女芸者の手踊りを描きたい。

目を閉じて、ゆきの祝宴で会ったお滝の姿を思い出す。左腕を大きく斜めに出して、肘まで見せる。お栄はそこから筆を走らせた。右手はぐっと耳の後ろまで引き、足は、足はどうする。

「お栄」

呼ばれて振り向くと、戸口に善次郎が立っていた。

「家に帰れ」

「おあいにく、まだ始めたばっかだ」

と、善次郎の背後がもう暮れかかっていることに気がついた。はっとして膝の周りを見渡すと、いつのまにこうも描いたのやら、かるたを撒いたように下絵が散らばっている。

「親爺どのの様子がおかしいんだ。中気みてぇに、震えが止まらねえ」

「やめとくれよ、そんな縁起でもない方便を使わなくても、も少しやったら帰るさ。帰りますとも」

「お栄、戯言じゃねぇぞ。箸を落として、呂律が回らねぇんだ。右の半身から、力がすっぽり抜けちまってる」

「おっ母さんじゃなくて、親父どの……」

だるそうにしていたのは小兎であって、親父どのはいつもと違った様子など微塵もなかった。

「今、西村屋の旦那が遣いを出して、医者の手配をつけてくれた。おっつけ来てくれるだろうが、親爺どのはお前ぇを呼んでなさるから。おい、しっかりしろ、お栄」

「わかってるよ。あたしは大丈夫」

板間を這うように動いて、やっとのことで下駄に足を入れた。

己がこんなにも狼狽えるとは、思いも寄らない。地面でないものの上を踏んでいるような心持ちでいると、善次郎に躰ごと抱き寄せられた。ぴたりとお栄の右側について、背中から腰へと腕を回してくれている。

「いいか、進むぞ」

お栄は「うん」と顔を上げ、ぎくしゃくと走った。

第六章　柚子

一

親父どのは奥の寝間で横になっていた。

鼻梁を中心にして右だけ様子の違うことは、部屋に入った途端に見て取れた。右の目と頬、顎の形が崩れ、そして口の端では絶え間なく涎が溜まり、零れていく。そして右の肩から腕、腹、踵に至るまでが小刻みに震えていた。

「何てぇこと……」

親父どのの姿を目の当たりにして、膝から力が抜けた。脇から善次郎が支えてくれたが、そのままぺしゃりと坐り込んだ。

何で、こんなことに。

親父どのもわけがわからぬのだろう。左の目玉だけを動かして、こっちを見た。口が引き攣れている。唸り声が洩れた。「お栄」と呼ばれた気がして、這うように傍に進んだ。親父どのの右手を取って握ったが、お栄の掌の中にあっても震え続けている。ぞっとした。

「親父どの、上州の名主さんから美人画を頼まれてただろ。あれの下描きを始めたんだ。手踊りをさ、手踊りをしてるおなごを描く」

こんな急場で何を口にするのだと思いながら、口走っていた。

小兎は親父どのの枕元にへばりつくようにして、お栄を見やりもしない。無言で責めているのがわかった。

お前が薄情な娘だからだ。

いや、己に後ろ暗いところがあるからそんな気がするのかもしれない。大して急きもしない仕事を理由にして、お栄は正月から家を空けたのである。その合間に親父どのが倒れた。

小兎は手拭いをきつく握り締め、親父どのの涎だけに気を注いでいる。

「親父どの、しっかりしとくれよ。後生だ」

さらに声を掛けたが、親父どのの右手はひどく冷たい。まるで氷柱を握っているかのごとくだ。

「お栄、お医者の邪魔だ。おどき」

顔を上げると、目尻を赤くした小兎が真正面から睨みつけていた。板元の西村屋が呼んでくれた医者が訪れたようだった。お栄は膝で後ろに退がる。善次郎と西村屋に並んで、医者の肩越しに親父どのの顔を見つめた。

「この症は中気でござろう」

医者はそう診立て、「長年の酒毒が祟っておるのやも知れぬ」と言い足した。すると善次郎がつと、身を乗り出した。

「今、酒毒とおっしゃいやしたか」

「いかにも。中気に罹るは肥え太っている者か、大酒を過ごしてきた者での。こちらは肥えてはおられぬゆえ、酒が因であろう。しばらくは酒を断って、養生に努められるが良い」

「いえ、親爺どのは若い時分から年季の入った下戸なんで」

「さようか」

医者はしばらく思案して、

「では、甘き物を好まれるか」

「ああ、その通りで」

「中気は酒のみにあらず、日頃の食、過ごしようでも内なる気を減ずる。甘味は控え、まずは養生に専心されるが良い」

「けど、若い者よりよほど壮健なお人でした。風邪で寝込むなんてことも、滅多にねえ」

「病無き時、かねて慎しめば病無し。皆、慣いより起こると申しての。しかもこのお歳だ。長年、無理を重ねられてきたのであろう。それは傍の者はおろか、本人にもわからぬまま身の内の気を殺いでゆくものだ。ただ、人によって出る症は異なるでの。身中にしこりができる者もおれば、こうして麻痺が出る者もおる」

人当たりの穏やかな医者は嚙んで含めるように説き、それから薬匙を取り出して薬を処方した。

善次郎に伴われて、戸口の外まで見送った。

「先生、あの震えはいつ頃、治まるようになるんでしょう」

善次郎が訊ねると、医者はまた慎重に黙してから口を開いた。善次郎を身内だと思っているのだろう、お栄ではなく善次郎だけを見て答える。

「いつとは申せぬな。ただ、本人が辛がっても躰を動かす鍛錬を致さねば、ちと困ったことになる」

「それは、いかなる」

「お身内には気の毒だが、ひとたび寝ついてしまえばいずれ、ここも呆ける」

医者は己の蟀谷に、人差し指の先を置いた。

「さながら幼子のごとき心になりて、誰のことも忘れて不明になろう」

お栄は立ちすくんで、そのまましばらく動けなかった。


——葛飾親爺が倒れた。

その噂は松の内には江戸のみならず、諸国の板元や絵師に知れ渡ったようだった。見舞いの品や文だけでも朝夕を問わず届き、客がひっきりなしに訪れる。小兎も露骨に嫌な顔をして愛想の一つもしない。

半身の動かぬ親父どのの姿など、本当は誰にも見せたくなかった。

だが遠方からわざわざ足を運んでくれた客を、無下にあしらうわけにもいかなかった。中には板元の背後にいる金主までもが、番頭の案内で訪れるのである。色摺りの浮世絵は掛かりが莫大であるので、板元はその金子を自らだけで工面するわけではない。分限者と誼を通じてその銭を出してもらうわけで、ゆえに「北斎を見舞いたい」と望まれれば板元も押し留めることができない。

お栄はその事情を承知しているので、客を寝間に通す。そのつど小兎は頰を強張らせ、姿を消した。

「俺には、この左手があらあ」

親父どのは見舞客に向かって左手に握り締めた筆を掲げ、笑いのめす。が、その言葉を解するのはお栄だけである。

「さように申しておりますんで、ご放念くださいまし」

お栄も親父どのに合わせてのん気そうに繕ってみせるのだが、客には年寄りの犬が吠(ほ)えているようにしか見えないのだろう。皆、胸を衝(つ)かれたように目を背け、「養生しておくんなさいよ」と念を押して早々に引き上げていく。

親父どのと本当に近しい絵師や戯作者(げさくしゃ)、川柳の仲間は、戸口まで来ているのに中には上がらず、黙って見舞いを置いていくだけの者も少なくない。お栄はそれを見つけるたび、そっと頭を下げる。

親父どのは客がいる間はわざとのように威勢を張るのだが、よほど疲れるのか、その後は筆を放り出して呆けたようになるのだ。医者が処方した薬を小兎が煎(せん)じて服(の)ませようとしても、口の端から零れて流れるので癇癪(かんしゃく)を起こす。

「何でだ。何の因果でこんなことになっちまった」

そう嘆いているように聞こえた。

お栄は初め、親父どのの右手が言うことをきかない、ただそれだけに衝撃を受けていた。

絵師、葛飾北斎がこの世から消えるかもしれない。

幼い頃から親父どのの絵に囲まれて育ち、物心がついた時分にはもう手ほどきを受けていたのだ。お栄にとって親父どのは父親である前に師であり、工房の親方であった。

けどいつか、あたしのことも、おっ母さんのこともわからなくなるなんて。そんな馬鹿な。

お栄はそのことを小兎には告げられないでいた。口に出すだけで本当になってしまうような気がしたし、小兎のことだ。ひとたび知れば、当の本人に隠しおおせない。親父どのをこれ以上、追い込むのが怖かった。

ともかくこのまま寝ついてしまわぬように、少しでも躰を動かす修練をさせねばと気が焦るのだが、仕事の段取りを弥助と打ち合わせるにも時を喰い、見舞客の応対をするうちに日が暮れた。

一月も末になると、親父どのは客が訪れても目を閉じたままで、強気な唸り声も発しなくなった。処方された薬は苦みが強くて服むのも苦しそうなので、仕方なく違う医者に頼んで薬を変えてもらった。

「お前さん、今度のは甘草を混ぜてもらったからね。ほれ、甘いよ」

小兎は子供に言い聞かせるように宥め、親父どのも素直に従うようになった。そしてうつらうつらと寝入り、目を覚ませば小兎の姿だけを探す。小兎も嬉々として亭主の意を迎えた。

「尿は溜まってないかえ。我慢したらそれこそ躰に毒だからね、ああ、そうだよね、したかったよねえ。はい、はい」

本人が何も言わぬうちから、小兎は先に済ませてしまう。親父どのもそれが楽なのだろう、抗いもせずに身を任せるようになった。小兎はますます張り切って世話をする。親父どのの半身は震えが止まったというのに、今度はひくりとも動かない。

もう滅多にお栄を呼ばなくなったので、お栄は頃合いを見て工房に出ることにした。

親父どのがいつもどっしりと坐っていた場は、寒々しく空いたままである。お栄はしくじりを繰り返した。色を作り損ない、線も真っ直ぐに下ろせない。ずっと寝が足りていないせいか、絵皿を持って立ち上がっただけでもふらつく。

「姐さん、ここはあたしらが何とかしのぎますから、親爺どのの介抱に専念してください」

弥助に強く勧められて家に帰ると、小兎は親父どのの傍から片時も離れずに指図を寄越した。

「おまるの中を捨てて、洗っといとくれ。ああ、先に下帯だ。もう替えがないから今日じゅうに綺麗にしといとくれよ。それから薬湯を温めとくれ。人肌にね。そのついでに菜漬を刻んで。粥に入れるから細かくだよ。お前はほんに何でも粗いから、丁寧にやりなよ。ああ、それと魚売りが来たら塩鮭と、あと、適当に見繕って」

「おっ母さん、時太郎は」

「外で遊んでるだろ」

小兎は孫のことも、そして一家の生計たる工房の内情をも構うことなく、ただ亭主にだけ気を集め続けている。

目を輝かせ、生き生きとさえしている。

お栄はそのさまを見るにつけ、ふと厭な気持ちになった。

「親父どの、そろそろ筆を持つ修練、始めてみたら」

そんなことを寝間で勧めようものなら、小兎はたちまち血相を変えるのだ。

「養生してる最中の親に向かって、よくも鬼みたようなことを言い出せるもんだ。この歳になるまでさんざっぱら働かせといて、このうえ、まだ仕事をさせようってのかえ」

「違うよ、そうじゃないさ」

　このまま赤子のように女房の介抱を受け続けたら、いつか己が絵師であったことも忘れるのではないか。お栄はそれが怖かった。けれど小兎にうまく言えない。

「おっ母さん、親父どのは口を糊するためだけに筆を持ってきたんじゃない」

親父どのにとって、絵を描くことは身過ぎ世過ぎだ。それは間違いないが、きっとそれだけじゃない。けれど楽隠居こそが倖せな生涯の仕舞い方だと信じて疑わぬ小兎に何と言えば解してもらえるのか、お栄にはわからなかった。

　小兎は寝床に横たわった親父どのの掻巻をめくり、湯帷子の裾まで無遠慮に開いた。糞尿の臭いが辺りに立ち昇って、思わず息を詰める。

「ごらんよ、このお父っつぁんの痩せた躰を。どこにこれ以上、齧る脛があるって言うんだよ。長い間、働き過ぎだって、お医者も言ってたじゃないかっ」

けど、このまま動かさなかったら、呆けてしまうかもしれないんだよ。

口の先まで出かかった言葉を、お栄は咽喉の奥に押し戻した。無様な、棒切れのように横たわる躰よりも、親父どのが何も言わないことがこたえていた。親父どのは片目を薄く開いたまま、天井を力なく仰いでいるのだ。女房と娘のやりとりは聞こえているはずなのに、目瞬きもせずに仰臥している。

あたしは何か、思い違いをしてるんだろうか。

お栄はその姿を見ながら、迷うのだ。

絵師としての親父どのを失いたくないという思いは、あたしの欲ではないのか。北斎為一に執着しているのは、あたしだけか。

迷いながら、朝、親父どのの躰を拭いて洗濯を済ませてから工房に出掛け、自身が抱えている仕事に取り組んだ。昼八ツ過ぎには家に帰って干した物を取り込み、畳み、小兎の手足となって介抱を手伝う。

正月に下描きを始めていた「手踊図」には全く手をつけられないままだが、注文主は「まずは養生が大事」と快く待ってくれている。他の注文主同様、お栄が代作していることを知らないのである。師匠の代わりに弟子が描くことは北斎工房に限らず、いずこでも珍しくはないのだが、親父どのの落款を記して納める以上、「これは代作にて」などと相手に一々、伝えるわけもない。肉筆画一枚に払ってくれる大枚は、やはり北斎の名があってこそだ。

親父どのがこうして臥せったままであれば、いずれ工房も立ち行かなくなるだろう。弥助やお栄だけではとても、親父どののように大きな画業を続けられない。いずれ板元や金主、そして好事家の面々も離れていく。

それがわかっていながら、お栄は小兎の言いつけ通りに動いた。口から零しやすい白湯や薬湯を葛粉で溶き、とろみをつけて用意したら、小兎は我が意を得たりとばかりに声を高くした。

「お前さん、この工夫、どうだえ。ああ、巧いこと服めたねえ。お栄が作ったのさ。ねえ、嬉しいねえ」

親父どのの顔の右半分は弛緩したままで、左半分は顰めている。大して嬉しそうでもないのだが、小兎は得意気に親父どのの気持ちを代弁する。お栄が工房に出掛けそびれて一日、家にいたりすると、小兎はなお上機嫌だ。

「今日は天気もいいから、蒲団を干そうか。ねぇ、お前さん」

が、ただでさえ大柄な親父どのの躰は臼のように重く、二人がかりでも一尺と動かせない。たちまち息が切れ、腰がみしりと痛んだ。

「時太郎、手伝っとくれ。ちょいと、いないのかいっ」

お栄が親父どのの躰を支えながら呼んでも、時太郎は大抵、間に合わない。聞こえない振りをして外に出てしまうか、たまに買物を言いつけてもそのまま日暮れまで戻って来なかったりする。そして必ず、釣銭をどこかで落としてきた。

ちゃんと説いておかねばと思いながら、顔を見かけた時はこちらの手が塞がっていて身動きがつかない。気がつけばもう二階に上がってしまい、機を逃がすのである。

「あの子、もう十一だよ。祖父ちゃんの世話くらい、誰に言われなくても手伝おうって気にならないもんか」

お栄が思わず愚痴めいても、小兎は鷹揚に構えて取り合わなかった。

「いいさ。放っておき」

「けど、おっ母さん。あのまんまじゃ、時坊の為にもならないよ」

「他人様の釜の飯をいただくようになったら、ならぬ堪忍もしなくちゃなんないんだ。今のうちだよ、好きに振る舞えるのは」

親父どのは時太郎をいずれ、どこかの板元か貸本屋に預ける心積もりを組んでいた。小僧としてその家に住み込んで奉公するのである。それはお栄も聞いていて、この正月も西村屋の主に「うちの孫を頼めねぇか」と親父どのは当たりをつけていた。いい返事を貰えたかどうかは承知していないが、小兎の言い分に逆らう気も起きない。

時太郎に構うと、そのつど肚が煮えるのだ。それが煩わしくて、小兎と同じように親父どのの世話だけに明け暮れるようになった。

それでも親父どのは一向に恢復の兆を見せない。善次郎が見舞いに来ても口を半開きにしたまま鼾をかいて、目も開けないのである。

善次郎は戸口の外にお栄を呼び出して、「大丈夫か」と声を潜めた。

「あまり良くなってねぇみたいだな。中気は修練次第で、また身が動くようになるんだろ。俺、手伝いに来ようか」

「あたしも何度か、持ちかけてみたんだけど、おっ母さんが親父どのに無理をさせたがらないんだよ。親父どのもどこかであきらめをつけてるのか、寝てばかりで」

「筆は。筆を持ちたがるだろう」

お栄は溜息を吐きながら、頭を横に振った。

親父どのはもはや、輪郭を失いつつあった。いつも洒落のめしていた口の端は茫洋として、時に弟子らを睥めつけて震え上がらせた両の目は濁って潤んでいる。そして腕の付け根から大きく動いていた右手は筆を欲するどころか、掌をさらして横を向いていた。死んだ蛸のように、だらりとしている。

善次郎は溜息を吐いて、腕組みをした。

「それでいいのか、お前ぇは。あの葛飾北斎を失うとわかってて見過ごすのか、あきらめるのか」

「いいわけ、ないだろう。けど、親父どのとおっ母さんを見てたら、わかんなくなっちまうんだよ」

お栄はその後を続けられなくなって、善次郎から目をそらした。

二

まだ余寒は残るものの、二月、仲春を迎えた。

いずこの梅か、やけに濃い匂いが家の中にも漂ってきて、それがかえって寝間の臭気を増すような午下がりだ。障子を引いて風を入れ替えても、薬湯と糞尿、そして抗いがたい老いの臭いが壁や畳にまで沁みついている。

「御免」

訪いを問う声が聞こえて、お栄は洗い桶から両手を引き上げた。小兎は台所の板間の火鉢で薬湯を温めていて、己の方が戸口に近いのに「客だよ」とお栄を促す。

「近頃はやっと見舞客も減ったのに、どなたかね」

客嫌いの小兎は不服を露わにした。

「そうだ、あたし、湯屋に行ってくるわ。時坊もつれて、ああ、先に買物だね。晒し布も買い足しとかないと、間に合いやしない」

「おっ母さん、晒しは買ったばかりじゃないか。寝間にたんと積んである」

「そうだったかえ。けど要る物は要るんだから。時坊、お湯に行くよ。どこだえ。時坊っ」

客に筒抜けであるのもお構いなしに、呼び立てている。

時太郎は相も変わらずお栄を避け、しかも声の変わり目であるからか、小兎にもろくろく口をきかない。躰だけが急に大きくなって、口の周りのうぶ毛はうっすらと苔のように濃くなっている。拗ねたような顔つきで四畳半から出てきた時太郎の腕をひっ摑まえるようにして、小兎は裏口から出て行った。

お栄は手首から先を振って滴を払い、襷をはずしながら戸口に向かった。

下男をつれた客は六十をいくつか過ぎたらしき老人で、羽織袴に脇差を差している。痩せぎすの面貌で、目立つのは鰓の張った顎と不機嫌そうに寄せた眉間の皺だ。

どこかで会ったような気もするが、昨夜も何度も小兎に呼ばれたので寝床に入ったのは明け方だった。頭の中も身の内にもぼんやりと靄がかかって、何かを考えるのも大儀だ。

上がり框の前に膝を畳むと、客は薄い瞼を押し開くようにして一瞥した。

「滝沢と申す。ようよう見舞いが少のうなった時分に迷惑千万であろうが、付近を通りかかったゆえ、訪問を思い立った次第じゃ。葛飾翁にお取り次ぎ願いたい」

「滝沢様、ですか」

「鳥を逃がしてしもうたそうな。まったく、あれほどのカナアリアはおらぬというに、北斎工房は何かにつけて粗忽、無分別極まりない」

このお人、馬琴師匠だ。

思い当たって、急に目が覚めた。

江戸一の戯作者、曲亭こと滝沢馬琴は高慢で狷介な性分で知られている。しかも絵師を幾段も低く見るきらいがあって、親父どのとは犬猿の仲で有名だ。人嫌いが高じて、外出嫌いでもあるらしかった。

なのに、見舞いに来てくれたのだろうか。

「お忙しいところ、わざわざお運びいただきまして、恐れ入ります」

しどろもどろに礼を言うと、馬琴は「いや」と首を横に振った。

「ついでじゃ。この付近に用がありて工房を訪ねたらば、北斎がくたばり損のうておると耳にしたでの。ついでに足を延ばしたまでのこと」

素っ気なく、先に工房を訪ねたことを明らかにした。

弥助は気の毒に、このお人の応対でさぞ冷や汗をかいたことだろう。

そしてお栄は束の間、迷った。

親父どのに会わせて良いものだろうか。

近頃の親父どのは右の半身どころか左も力が抜けてか、寝返りを打つにも介助が要る。小兎やお栄に癇癪を起こすこともなく、ほとんどの時を穏やかに寝て過ごしていた。お栄はもうそれでいいと思い決めていて、寝間の景にも慣れつつあった。けれど、かつての喧嘩相手であったこのお人の目に、親父どのの姿はどう映るだろうか。

馬琴は奥に目を這わせながら、額に蚯蚓のごとき筋を幾度も走らせている。このまま戸口で追い返すなど、とてもできそうにない。

お栄は躊躇しながらも、「お上がりください」とうなずいた。障子を引く。

すると馬琴は寝間の敷居をまたぐなり、息を吸いこむ音を立てた。

親父どのが寝床に横たわったまま、片目を、左の目だけをぴかりと開いているのだ。戸口でのやりとりが聞こえていたものか、瞼を持ち上げて馬琴に目を据えている。ゆっくりと口が歪み、「お栄」と唸った。

こんなに大きな声を聞くのは久しぶりだ。痰が絡んで掠れているが、なおも何かを言い、頭を擡げようとしている。

「起きるのかい」

傍に寄って支えてやるが、総身に力がないのでやはり途方もない重さである。やっとのことで壁に背を凭れさせたが、尻の据わりが悪く、上の半身が斜めに傾いだり前のめりになったりする。尻を奥に置き直させて両の脚を鉤形に曲げ、お栄は右側に坐して親父どのの躰を支えた。湯帷子の前がはだけ、痩せさらばえた胸や腹がむきだしだが、腰帯がどこかでほどけてしまい、前の身頃を合わせようもない。

馬琴は蒲団から畳一枚ほど離れた場に腰を下ろし、その様子を黙って見ていたようだ。ややあって、嘲笑を泛べた。

「無様よのう」

吐き捨てるような言いようだ。

「葛飾北斎がかような掃溜めで恍惚としおって。その身ではもはや、筆もおぼつかぬであろう」

寝床の周りには盥や布、着替えの類が積み上げてあるが、そこには筆一本、紙の一枚も無い。小兎が頑として持ち込ませないのである。

そして馬琴はぐいと親父どのに迫るように、目を剝いた。

「絵師風情がこのまま草木のごとく枯れ果てようと、儂には何の痛痒もござらぬ。いかほど名を上げておろうが、たかが浮世絵師一匹、浮世の波に呑まれて人並みの退隠をいたして往生を望もうが、儂の知ったことではない。人は等しく生まれを選べぬが、死にようは選べるでの。要らざる欲を捨てて安穏に過ごし、世間がうらやむ大往生を遂げるも良かろうて」

そこで馬琴は口を閉じ、「だが」と声を高めた。

「儂はかような往生など、望まぬわ。その覚悟で卑しき物書きに身を落とし、家人を養うて参ったのだ。たとえ右腕が動かずとも、いや、この目が見えぬ仕儀に至りても、儂は必ずや戯作を続ける。まだ何も書いてはおらぬのだ。己の思うままに書けたことなど、ただの一度もござらぬ。その方もさようではなかったのか。児戯に等しき絵を描き散らしおって、これでもう満ち足りたか。これからが北斎画業の本領ではなかったのか。描きたきこと、挑みたきことはまだ山とあるのではなかったか」

馬琴は親父どのを見舞うどころか侮蔑し、責め立てていた。

「もう勘弁しておくんなさい、師匠」

お栄は父の躰を支えながら、馬琴に頭を下げた。

「勘弁して」

すると馬琴はやにわに立ち上がった。

「葛飾北斎、いつまで養生しておるつもりぞっ」

噴くように言った。

親父どのよりも遥かに小柄なその戯作者を見上げながら、お栄は奥歯を嚙みしめた。口惜しさと、ここに通すべきではなかったという悔いが募る。

いかほど偉い戯作者か知らないが、あんまりだ。酷が過ぎる。

馬琴はそのまま身を返して背を見せ、袴の裾を払った。親父どのを振り返りもせず、障子を引く。お栄は後を追いながら、その背中に塩をぶち撒きたい気持ちになる。

戸口の土間で下男が待っていて、馬琴は男から何かを受け取ってお栄に差し出した。籠のような物に袱紗がかけてある。

馬琴は小さな目を見開くようにして、お栄を見た。今日、おそらく初めて目を合わせた。

「そなたが、お栄さんか」

「さようです」

「絵師の、英泉から耳にいたした。そなたも絵を能くするそうな」

善次郎が『南総里見八犬伝』の挿画をやっているのはお栄も知っていたが、板元が間に入っているので馬琴師匠と直に会ったことはないと聞いていた。

ふいに、平仄が合った。

「もしや、英泉が何か話したんですか、うちのこと」

馬琴が微かに首肯した。

善次郎の奴、よりによって何でこんな師匠に喋ったりするんだ。

あの、馬鹿野郎っ。

すると馬琴は、顎でしゃくるようにして籠を指した。

「拙宅で採れた柚子だ。もはや旬は過ぎておるが、これを細かく刻んで酒を加え、焦がさぬように煮詰めよ。水飴のごとき様子にならば火から下ろし、白湯で割って服ませてやれ」

わけがわからぬまま、お栄は鸚鵡返しにしていた。

「柚子と酒、ですか」

「卒中薬ゆえ酒は極上の物を購うて、柚子一つに酒を一合の割合じゃ。いや、煮詰めるうちに酒毒は飛ぶ。砂糖を用いずとも、柚子と酒で甘味は出るゆえ咽喉越しも良い。それと、包丁や鉄鍋は金気があるゆえ決して用いぬように。柚子を刻むは竹篦、煮るは土鍋に限る」

早口でそこまでを一気に言うと、馬琴は背筋を立てて外へ出た。

最後まで尊大な物言いだ。

しかも噂通りの吝嗇ではないか。戯作者の中では随一の稼ぎ手であるらしいのに、見舞いの品が庭で摘んだ旬はずれの黄玉なのだ。医者のように偉そうに、作り方まで指図して帰った。

身内がいかほど介抱に手を取られるものか、まるで想像していないのだと、お栄は腹を立てた。柚子を刻む暇などお栄にはないし、小兎も面倒がるだろう。きっとこのまま腐らせてしまう。

胸が悪くなりながら重い籠を台所に運び、寝間に引き返した。

障子を引くなり、「え」と声が洩れた。親父どのが仰向けになっていた。尋常じゃない呻き声だ。

「どうした、どこか痛むのかい、尿かい」

「……起こしてくれ」

見れば親父どのは左の肘を蒲団につき、背中をよじっていた。膝を立てようとしている。

「ざ、ざまぁねぇな。立とうとしたら、ひっくり返っちまった。亀みてぇだ」

荒い息を吐き、それでも動かぬ半身を引き摺るようにして起きようとする。お栄が両手で介添えをして、ようやく背中が立った。

「無茶をしないどくれよ。骨でも折ったらそれこそ、事だよ」

「お栄」

「ん、何」

「養生はもう、飽いた」

呂律(ろれつ)が回らないながらも、親父どのはそう言った。

親父どのは躰を動かす修練を始めた。

柚子の卒中薬を日に二度、きっかりと服み、それが効いてかどうかは知りようもないが、徐々に躰に力を取り戻しているのは傍目(はため)にもよくわかる。そして右の掌(てのひら)を開いたり閉じたりから、一本一本の指を曲げては戻すをも繰り返している。まだ筆は握れないが、枕許(まくらもと)に置いて片時も放すことがない。

それを工房の弟子らに伝えると、皆がわっと歓声を挙げた。いかほど心配していただろう、不安であっただろうと思い、お栄は頭を下げた。

「みんな、いろいろすまなかったね」

「姐(ねえ)さん、おいら、親爺(おやじ)どのの修練をお助けします。朝早く起きて、一歩でも歩くお手伝いをします」

五助がそう申し出ると、皆が我も我もと乗り出して、順に当番してもらうことになった。

だが小兎は、誰にも親父どのを触らせない。

「いいよ。あたしがやる」

手を振り、弟子らを追い返した。

そしてお栄は爪が黄色くなるほど、竹篦で柚子を刻み続けている。二月も末になって作り置いた物が無くなり、さてどうしようか、青物屋に手立てを相談してみようかと思案していたら、またも馬琴から届いたのだ。

もはや水気が抜けて皮がぶかぶかとしているが、それでも有難かった。これさえ服んでいれば必ず元に戻れる、親父どのはそう信じているようだった。

「お栄、帰ったよ」

小兎の声がしたので戸口まで迎えに行くと、「ああ、暑い」と首筋の汗を手の甲で拭った。

親父どのは左手で杖をつき、右半身は小兎の肩に頼りながらも少しずつ近所を歩き始めていた。

卒中薬を服み始めて、たったひと月ほどである。こうまで恢復したことに医者も舌を巻き、卒中薬の処方をお栄に訊ねたほどだ。馬琴師匠に教わったのだと答えると、『八犬伝』をずっと好んで読んできたらしく、感想を文に認めて板元に出したこともあると目を輝かせた。

小兎は親父どのの杖を土間に置きながら、上がり框に片足を掛けた。お栄も親父どのに肩を貸し、尻を支えながら身を運ばせる。

奥に入って腰を下ろさせると、小兎は満足そうに親父どのを見返った。

「今日は隅田川沿いまで歩いたんだ。ね、お前さん」

「ひ、久しぶりに大福を喰った。あ、ありゃあ旨かった」

「もう、それはお栄には内緒だと言っただろう」

「し、仕方あるめぇ。こちとら、口許が緩い」

寝床の上で胡坐を組んだ親父どのは、顔の右半分を持ち上げるように笑みを泛べた。

小兎も目尻を下げ、「ふふ」と口の中で笑った。

読経の声を聞きながら、お栄は膝の上で数珠を握り締めた。

弔問客が親父どのに、そしてその隣に坐るお栄に弔いの言葉を掛けてくる。親父どのは無言で洟を啜り、お栄もただぼんやりと頭を下げる。

小兎は先月、梅雨が明けた頃に倒れ、水無月に入ってまもなく逝った。

十日も寝つくことなく、お栄が朝、寝床をのぞくと息が間遠になっていた。「おっ母さん」と呼べばうっすらと目を開くのだが、目を閉じればまた息をするのを忘れたかのように動かなくなる。口を大きく開いたまま、顔も手も瞬く間に土気色になっていった。

最期は小さく息を吸い、そして二度と吐くことはなかった。

親父どのは悄然として、女房の名を洩らし続けた。

小兎は己の先行きを察していたのだろうか、倒れる前夜にお栄にこう言った。

「お父っつぁんを頼んだよ」

冷や飯に味噌汁をかけたのを啜りながら、いや、沢庵を齧りながら言ったのだったろうか。

小兎は素行が悪くなる一方の孫ではなく、むろん三十を過ぎた出戻りの娘でもなく、ひたすら亭主のことだけを案じていた。

親父どのは絵こそまだ描けないものの、筆を持っても落とさないところまでは恢復していた。杖を使いながらお栄と共に工房に出掛ける、そんな日を取り戻しつつあって、お栄はその嬉(うれ)しさに夢中だった。

けれど、今、しきりと思い出すのは、朝、親父どのとお栄を見送る時の小兎の佇(たたず)まいである。

「気をつけて行っといで」

すっかり背が丸くなって、肩をすぼめていた。

おっ母さんはあの時、少し寂しかったのだろうか。

いつも家にいない亭主と娘が、己の手の届かない絵の世界で生きている二人がやっと家に居つくようになったのだ。けれど病が癒(い)えれば、またも見送らねばならない。

おっ母さんが作った小さな巣はまた、誰にも顧みられなくなった。

いや、違う。誰もじゃない。あたしだ。せめてあたしだけはおっ母さんの気を汲(く)んでやるべきだった。なのに、世話を焼かれることも愚痴の相手も鬱陶(うっとう)しくて避けた。

思い返せば、正月から具合が悪そうだったのだ。

あの時、お父っつぁんを診てくれた医者におっ母さんも診せていれば。お父っつぁんの介抱であんなに無理をさせなかったら。

お栄はそんなことばかりを、胸の裡(うち)で繰り続けている。

「姉さん」

呼ばれて振り向くと、弟の崎十郎(きじゅうろう)だった。親父どのに似た彫りの深い顔立ちで、裃(かみしも)をつけた姿もやけに細長い。

後添えであった小兎が産んだ子は三人だったが、お栄の妹は幼い頃に亡(な)くなっていて、この崎十郎だけが唯(ただ)一人、同腹のきょうだいである。が、崎十郎は御家人である加瀬(かせ)家の養子に入っていて、縁は薄かった。

「ああ、来てくれたの」

小兎がいよいよいけないとなって加瀬家に遣いは出したが、城勤めの最中であったらしく、死に目には間に合わなかった。それは仕方のないことで、世間が頓着(とんじゃく)するほどお栄は、そして親父どのも今際(いまわ)のきわに拘泥(こうでい)しない。いかほど人を集めても、あの世に旅立つのは本人独りなのだ。まして崎十郎は他家の人間である。

「当たり前じゃありませんか。実のおっ母さんの弔いです」

子供の頃から大人しい、優しい性分であった崎十郎は、町人のように親身な口をきいた。

「すまないね」

「また。姉さん、詫(わ)びたりしないでください」

崎十郎は困ったように眉を下げたが、背後にいる新造がやけにしゃっちょこばって居ずまいを正し、膝の前に手をつかえた。確か弥生という名の、崎十郎の妻女である。

「御母堂様の御逝去、誠に遺憾極まりなく、衷心よりお悔やみ申し上げまする。義姉上様に於かれましては、どうぞお疲れの出られませぬよう」

作法通り白無垢を身につけているので、弥生の肌の黒さがやけに目についた。お栄は黙って辞儀を返した。賢女らしき義妹に立て板に水でやられると、どうにも言葉に詰まる。

いい歳をして、そんなんじゃあ世間様に笑われるよ。

小兎の声が上から聞こえたような気がして、お栄はふと天井を仰いだ。

夏の陽射しが隅々まで明るく照らし、埃が舞っているのが見える。その中で、虫が一匹、飛んでいた。

虻だ。気になって右を向くと、親父どのも天井を見ていた。人々のざわめきの中で虻は高く抜きん出て、微かな羽音を立てていた。

三

お栄は大股で、隅田川沿いを歩く。朝から板元に品を納めに行っての帰り道で、親父どのが吞む安物の茶葉と大福餅も買い込んである。

中気で懲りているのか、以前ほど無茶喰いはしないのだが、

「なぁに、卒中薬を服んでるから大丈夫だ」

手前勝手な理屈をつけては、土産をねだる。

しかもどこで聞いてきたものやら、龍眼という南国の木の実を焼酎と砂糖で漬け込んだものを長寿薬だと称し、これも朝晩二回、猪口に二杯ずつ服んでいる。壺に漬けて六十日寝かせると効用が最も高まるそうで、ちょうど小兎が亡くなって間無しの頃にお栄に漬けさせたから、服み始めてからひと月ほどか。

親父どのはこの長寿薬と卒中薬を欠かすことなく続け、誰が訪れても胸を張った。

「俺はもう死なねえ」

中気で寝込んだ半年間は、親父どのにとって三途の川を半分渡ったに等しい日々だったようだ。もう二度と描くことを手放すまいと、毎日、恐ろしい速さで富士の山や諸国の瀧図を描いている。いずれ錦絵として出板するつもりのようで、板元との談合にも五助を供にして足繁く通っていた。

時太郎は小兎の四十九日を済ませてから、西村屋で奉公を始めた。お栄にはそれが何よりの安堵だった。親父どのと二人であるなら仕事の進み具合次第で屋台の蕎麦を啜れば済むが、時太郎が家で待っているかと思うと、やはり気に懸かる。しかもお栄の言うことなど、まるで聞き入れないのだ。

「他人様の許で苦労をした方が、性根も据わるだろう」

親父どのもそう言って、西村屋に頭を下げた。年季替わりではない時季での奉公始めだったので、周囲に馴染めぬのではないか、早々に音を上げて舞い戻ってくるのではないかと心配したが、今はもう九月である。何とかやっているようだ。

お栄は久しぶりに穏やかな心持ちを取り戻して、秋晴れの空を見渡した。

銀色の薄がさわさわと鳴るのに惹かれて、道草をしたくなった。黒紅の吾亦紅や桔梗の青が揺れる堤を下り、川縁に腰を下ろした。

風呂敷包みを膝に抱えたまま、光る川面を見つめる。白鷺が細い脚を動かしながら、水の中をつつく。

しみじみと一人になって、もう泣いてもいいかなと思った。弔いの場でも、そして野辺送りでも、お栄は泣くのをこらえていた。あまりに客が多くて、泣く暇が無かったせいもある。

おっ母さん。

そう呟いてみた。けれど不思議なことに、目の中はからりと乾いたままだ。

とことん冷たい娘だね、あたしは。

己に呆れ果てて、遠くの鳥の声に耳を澄ませた。

こんなあたしをおっ母さんはお見通しだった。今さら、嘆きも驚きもしやしないだろう。

もういいよ、おっ母さん。そっちでゆっくり羽を休めとくれ。もう何も案じずに過ごしとくれ。

また鳥が鳴いた。空に高く響く音だ。百舌鳥か鵯だろうか。

するとだんだん鳴き声が近づいてくる。振り向くと、善次郎だった。

「よッ」

手を上げた善次郎は口に緑の草をくわえている。

「何だ、草笛か」

善次郎は肩をすくめ、目をすがめた。

「何だとはご挨拶だな。どうした、こんなとこで」

「そっちこそ」

「いや、親爺どのを訪ねようと思って歩いてたのよ。そしたら川縁に女がぽつり、いや、そそられたねえ」

「へん。身投げするとでも思ったか」

善次郎がお栄の傍に腰を下ろした。手には草の葉を持ったままだ。

「まあ、いつになく思い詰めた顔つきではあったな。が、なかなかの風情だったぜ。ちょいと乙粋な気分にさせられちまった」

「それは、どうも」

「で、どうだ、親爺どのは」

「うん、凄い勢いだ。お医者が目ぇ丸くしてる」

「そうか」

お栄は少し改まって、「その節は」と頭を下げた。

「世話になりました」

善次郎は小兎が亡くなった日から工房に泊まり、弥助と共に方々に報せたり、客を捌いたりしてくれた。近所に頼んで通夜振舞いの段取りをつけてくれたのも善次郎である。お栄はまるで役に立たなかった。

「やめろよ。そうも神妙に出られたら、勝手が狂わあ」

「けど、馬琴師匠に話してくれたのも善さんだろう」

馬琴が親父どのを罵倒してくれていなければ、お栄は今頃、両親の葬式を出していたかもしれないのだ。その想像をしただけで、首筋から背骨を抜かれたような気になる。ぞっとする。

「さぁて、どうだったか。俺はいつでもどこでも口が軽いからな」

善次郎は横顔を見せる。

「おいっちゃんたちや、それにお滝さんまで来てくれて。ほんに有難かったよ」

善次郎の長妹であるいちと嫁いだゆき、末のなみ、そして姐芸者であるお滝までが揃って野辺送りに来てくれたのだ。四人は道の端に並んで手を合わせ、小兎を見送ってくれた。町の女らより遥かに地味な着物に身を包んでいたけれど、坊主や棺桶に従って歩きながら四人がはっきりと見えた。

そう、あの時ばかりは何かが溢れそうになった。瞼が熱くなった。

「お滝も来てたのか」

善次郎は知らなかったらしく、「ふうん」と鼻の脇を指で掻いた。

「そういや、お滝はお前んちで、おっ母さんと会ってるからな。手ぇ合わさせてもらいてぇって思ったんだろう」

「お滝さんが、うちのおっ母さんと。いつ」

「さあて去年、いや一昨年（おととし）か。お前んち、阿蘭陀国から西画の注文があったろう。たしか、あの頃だ」

ごく細い記憶が、そろりと甦（よみがえ）った。

そうだ。善次郎が女づれで家に寄った、小兎がそんなことを口にした日があった。

――ほんに善さんは隅に置けないねえ。まあ、おなごを切らさないのが自慢だったけど、ああやってうちに連れてきたのは初めてだ。

お滝が顔の前にかざした手の白さを思い出した。小太鼓の音が響く。

――あれは玄人（くろうと）だね。手がそれは綺麗（きれい）だったもの。

あたし、「手踊図」を中途で放り出したままだ。早く仕上げないと。

急に焦（あせ）りを覚えて、風呂敷包みを抱え直した。けれどなぜか立ち上がれない。

「あいつ、小せぇ時分に母親と生き別れてるもんで、やけに慕ってたのよ。時太郎と遊んでやりながらちっとばかし話をしただけなんだが、いいおっ母さんだって言ってな。そうか、来てたのか。毎日、顔、突き合わせてんのに、そんなこと一言も言いやがらねえ。妙な奴（やつ）だ」

「毎日」

「ああ。今、お滝と一緒に住んでる」

お栄は唇が震えそうになって、掌でおおった。

どうしたんだろ、あたしの胸。何でこんなに動悸を打ってる。

何でもないことじゃないか。善次郎の色恋沙汰など、いくらでも酒の肴にしてきた。

何てぇことはない。

けれど初めて、善次郎に寄り添う女の顔が目に泛ぶのだ。お滝の舞う姿が、あの美しさが迫ってくる。

すると善次郎は懐から何かを取り出して、お栄の目の前に広げた。

「これ、どうだ」

ようやく声を絞り出した。

「何、この青」

「ベロ藍よ。知ってんだろ、南蛮渡りのベルリン藍ってぇ顔料。この頃、随分と値が下がってきたみてぇでな、板元に掛け合って摺師に使わせたのよ。浮世絵でこのベロ藍使ったの、これが初めてなんだぜ。この色の摺り具合、親爺どのに見てもらいてぇと思ってよ。ああ、先にお前ぇに見せるんじゃなかったな。親娘一緒にあっと仰け反らせてやるつもりだったのによ。しまった」

善次郎はその渡来物の藍を自慢したくて、そして親父どのの競い心を煽りたくてわざわざ出向いてきたのだろう。

負けず嫌いの親父どのにとって、他の絵師との競い心は何よりの薬だ。力を湧き立たせる。こいつぁぼやぼやしていられねぇと、袖を捲る親父どのの姿が目に見えるようだ。

「うん。深い花紺青だ。岩絵具じゃないね、これ」

お栄は上の空で、適当なことを言った。

善さん、あんた、優しいよ。

「おうよ。さすが、お栄だ。このベロ藍ってのはな」

身振り手振りを交えて、善次郎は語り続ける。

けど、あんたのその優しさは毒だ。ひとたび呷ったら、また欲しくなる。恋しくて恋しくてたまらなくなる。

「お栄、どうした。具合でも悪いか」

間近に善次郎の顔があった。片眉を寄せ、じっとお栄の目を覗き込んでいる。その目尻にお栄は指を伸ばした。

身の裡で小太鼓の音が響いて、膝から包みが落ちた。

お滝の白い素足が前へ、後ろへと動く。手が舞う。お滝の顔はもう薄らいで、紺青の彼方に吸い込まれていく。

気がつけば唇を寄せ合っていた。

肩ごと抱きすくめられて、お栄も善次郎の首筋をかき寄せた。背中にも腰にも指を這わせ、そしてまた口を重ねた。

あたしはとうとう、毒を喰らうのだ。

そう思うと、目眩がした。

第七章　鷺

一

寝床を抜け出して二階の窓障子を引くと、朝ぼらけの中で何本もの枝垂れが揺れていた。上野はもう時分を過ぎたというのに遅桜なのか、蕾をつけた枝々はこれからが爛漫だとばかりに色づいている。

お栄は着物を肩から羽織り、窓辺に腰を下ろした。風はまだ冷たいけれど、乳房をはだけたまま窓障子に肩をもたせかける。階下に目を落とせば庇屋根の辺りにはまだ夜の藍色が漂っているが、東の空はだんだんと澄んでいく。

桜の枝越しに朝陽が湧いてきそうで、お栄は手をかざした。新しい光を掬い取る。

どこかで水の流れる音がする。

見返ると、寝床の善次郎はまだ寝息を立てていた。両手を頭の上に投げ出すような格好で、野放図にもお手上げにも見える。

微かに笑って顔を戻し、また桜を眺めた。

物音も人の声もせず、水だけが響く静けさの中で我を取り戻していく。互いに抱き合い、隅々まで味わい尽くした夜が明けていく。

今日もいい天気になりそうだと、お栄は欄干に肘を置いて頬杖をついた。

一度限り。

初めはそんなつもりで互いの帯を解いたのだ。去年の、秋草の頃である。あれから幾度、肌を重ねただろう。夕間暮れのお栄の家で、夜更けの工房の隅で。名も知らぬ小さな寺の、古い木立の蔭で忙しなく裾を捲ったこともあった。枯葉が降り積もって足許が柔らかく、椎の大樹の根方にはなぜか瓦が積んだままになって苔むしていた。

それらがはっきりと見えながら、声を殺しても息が洩れる。善次郎があたしの中にいる。そう思うだけで、身の中心から重く激しい波が起きてうねった。お栄は己の素性を初めて知ったような気がした。やがてどうすれば善次郎が達しやすいかも呑み込んで、わざとじらしたり、じらされたりした。善次郎の手の動かしようや好みがわかってきても、お栄は倦むことがない。善次郎の腰を抱き寄せ、唇を重ねた。

それでも、お栄はいつも一度限りだと思ってきた。

むろん、これを最後にしようと定めるほど殊勝じゃない。二人の仲はこれからどうなるのだろうと思案に暮れるのも、真平御免だった。

この正月、親父どのが川柳仲間と出掛けた後の家で独り、呑みながら己に問うたことがある。

こんなことになっちまって。お滝さんに気が差さないのかい。

差すよ。あたし、あのひとのこと、嫌いじゃない。けど、お滝と一緒に住んでいると聞かされて、箍が外れたのだろう。出し抜かれたような気がした。

わかんない。筋道立てて考えたって、どうせ後知恵になる。言い訳だ。

――いっそ、善次郎を奪ってしまいたいくせに。

いつのまにか亡くなった小兎の声になっていて、凝然とした。意地の悪い問い方をしてくる。

奪いたくないと言えば嘘になる。たぶんそうだ。でも、奪いようなんぞないこともわかっている。あんなの、我が物にできる男じゃない。

善次郎はお滝と暮らしながらお栄と会い、他にもまだ何人もいることを誰に隠しもしない。いつも陽気で開けっ広げで、その日その時々の女と情を交わすためだけに筆を揮っているような男なのだ。女に難儀があれば心から思いやり、己なりに力を尽くし、そして肩を抱き寄せる。善次郎は何も突き詰めず、ただ、まぐわう。

たぶん、どの女とも精一杯、共に生きているのだろう。ゆえにお栄は安心して、寝物語に絵の話をする。互いの腕も手の内も知り尽くしているのだ。今、手掛けている仕事のあれこれを、手こずっている絵のことも思うがままに喋る。うつ伏せになって一本の煙管を遣い合いながら、どこの彫師が上手いの下手だの、あの読本は売れ行きが悪くて打ち切りになったらしいなどと噂もした。

そして湯文字をつけただけの格好でも、興が乗れば枕を脇に押しのけて帳面を広げ、筆を持った。それをのぞき込んだ善次郎と他愛のない言葉を交わせば、わけもなく気持ちが弾む。こんな時がずっと続けばいいと、どこかで願う己もいた。

けれど、一つ屋根の下で暮らすなど土台が無理な話だともわかっていた。日がな一日一緒にいたら、いつか厭でも善次郎の絵が目につき始める。昔、亭主だった男の絵を見て胸が悪くなったように、善次郎の絵も鼻で嗤ってしまう時が来る。

この男の描く絵ときたら。そう思った途端、閨までつまらなくなるのだ。最初の指遣いから見当違いで、「さっさとすませとくれ」と舌を打つだろう。

あたしはそういう女だ。

そしてお栄は正月の独り酒を呑み干してから工房に出掛け、かれこれ一年も中途にしていた「手踊図」を一気に描き上げたのである。相当、呑んでいたが手は震えもせず、描線は淡々と動いた。絵具も不思議なほど望む色を見せ、筆に難なく馴染んでいく。衣のそこかしこに濃淡と陰影をつけた。構図は下絵のままであったので、少し大胆さに欠ける。が、彩色を始めたお栄は引き返す気にならなかった。

仕上げの最後、瞳の黒を描き入れる際だけは手が止まった。黒目が小さいと老けて狡猾に見え、大き過ぎてはあどけなくなる。下手をすれば馬鹿に見える。

お滝は善次郎の妹、ゆきの倖せを寿いで踊っていたのだ。女芸者として芸も意気地も抜きん出ていることが、素人目にもわかる踊りだった。お栄はただそのことだけを描きたかった。瞳の墨入れに一刻ほども手出しができぬまま呻吟して、やっと紙の上に屈み直して肘をつく。左、そして右目を仕上げた時、しばらく息を止めていたことに気がついた。汗で腋がびっしょりと濡れて気持ちが悪かった。

あの時、己の気持ちをどうにか片づけたのだ。

あたしはきっと、相手は誰だって良かったんだ。たまさか、気の合う男が躰も合っただけのこと。女の屑にしちゃ上出来だ。

そう、束の間の逢瀬に酔いどれるだけでいい。先行きのない、この無為がいい。

そして画号に「酔女」を用いることにした。耳で聞けば「栄」も「酔」も同じ音であるのが、密(ひそ)かに気に入っている。

枝垂れ桜が朝陽を透かして揺れる。お栄は欄干にのせた腕の上に顔を寝かせ、青みゆく空を見やる。

「うそだ」

顔だけで振り返ると、善次郎が薄い蒲団(ふとん)の上で片膝(かたひざ)を立てていた。胸の裡(うち)で何かが鳴った。お栄はそれを紛らわすように、つっけんどんな物言いをする。

「嘘って何だよ」

善次郎は目を覚ましてまもないのだろう、目をこすりながらのん気そうに大あくびをして、のっそりと立ち上がった。前をはだけたまま近づいてきて、隣に腰を下ろした。

半身を乗り出して、桜の大枝を見渡している。寝乱れて髷(まげ)が横に歪(ゆが)み、額にかかった髪が風で揺れる。

「見てみねえ、旨(うま)そうについばんでやがら」

善次郎の眼差(まなざ)しの向こうで、何羽もの鳥がしきりと頭を動かしている。灰色の躰に頭と尾が黒く、顔の下だけが薄紅色だ。雀(すずめ)より少し柄が大きいが、揺れる枝から枝へと器用に摑まっては小刻みにうなずくさまが愛らしい。

「鷽は桜の花芽が大の好物だからな」

聞き違いだったのか。お栄は己の着物の前をかき寄せて乳房を隠した。いきなり「嘘だ」と言われてたちまち心の臓を跳ねさせた己が、阿呆に思える。粋がってみても、ほんにあたしの心は頼りない。

善次郎の顎から頰にかけて無精髭が伸び、額には幾筋もの髪がかかっている。風が吹き、また乱れる。途方もなく色っぽくて、つれない男の横顔だ。

お栄は目をそむけて、早口に言い返した。

「けど、鷽は梅花と相場が決まってるだろうに」

毎年、一月の二十四、二十五日の亀戸天神は梅見がてら、神事の「鷽替え」をしに訪れる参詣人で賑わう。木彫りの鳥に黒と緑青、丹で彩色したものを社頭の店で買い求め、見ず知らずの者同士がそれを交換し合うのである。

袖の中に鷽を隠しておき、こう唱えながら互いの袖に手を入れる。

──替えましょ、替えましょ。

その日までに起きた厭なこと、やるせないことをすべて嘘にしてしまおう。凶を吉に取り替えちまおう。

それが鸎替えであるので、お栄にとっては鸎と言えば梅である。

「並みの女めいたことを言うんじゃねえ。梅の時分の鸎は、あれは作り物だろうが。真の鸎は桜と決まってらあ」

善次郎はややこしい言いようをして、口笛を鳴らした。

「草笛やら、口笛やら。ほんに騒々しい男だね。しじゅう音を出してる」

「そうか」と呟きながら、善次郎はまた唇を突き出して吹く。空に響く草笛とは異なって、柔らかな音色だ。桜が目瞬きをするように揺れる。

「あれ、おかしいな。真似しねえ」

「真似って、誰が」

「鸎はよ、人が口笛を吹いたら真似をするのよ。同じように囀る」

「まさか」

あんのじょう、鳥らは無心に頭を動かし続けるだけだ。時折、辺りを確かめるように顔を上げ、そのつど咽喉許の紅色がちらつく。蕾の桜よりもしっかりと濃い、曙色である。

「黒頭巾に曙色の襟巻とは、つくづくと洒落た鳥だね」

お栄も口笛を吹いてみた。存外に高い音が出て、数羽が一斉に飛び立つ。

「嫌われちまった」

肩をすくめた。すると善次郎が「ん」と顔を上げ、目許に笑みを泛べる。耳を澄ますと、晩春の空に口笛のごとき柔らかな鳴き声が渡った。

身仕舞いを済ませて階下に降りる。

湯島天神下のここは料理茶屋の体を装いつつ、こうして逢引の客に二階の小座敷を貸す家である。こんな商いは禁じられているが、善次郎いわく、町の顔役や下っ引きにそれなりの袖の下を摑ませて目を瞑ってもらうのが常道らしい。たまに見せしめでしょっ引かれる家もあるが、それは運が尽きたというもの。もはやこんな稼業が多過ぎて、一々、目くじらを立てていられないのが御公儀の実状らしい。

お栄がこの類の家に上がったのも泊まったのも、これが初めてである。

親父どのは年増の娘がどこで何をして来ようが頓着しないので、遠慮を立てているわけではない。

朝から晩まで門人や板元、絵師仲間や川柳仲間が誰彼となく訪れるので、親父どのの周りは常ににぎやかだ。去年の冬、弥助が一本立ちをして、それを機にお栄一家も尾上町の裏店へと家移りしたので、今は工房と住居を一軒の中で使い分けている。ゆえに親父どのとお栄が二人きりになることも滅多にないくらいだ。けれどお栄は「善次郎と逢う」と口にできず、本当の用事に適当な嘘を織り交ぜては外に出てきた。ところが二日前、三月の十九日から親父どのはふいに思い立って、相州の浦賀に出掛けたのである。気の向くまま方々に足を延ばす旅であるらしい。杖はまだ手放せないが中気の症は跡をとどめることなく、七十にして腰が伸びたほどだ。

昨日は気も咎めず、心置きなく過ごせる夜になった。善次郎は泊まらずとも自分は残って、一寝入りしてから帰ろうと決めていた。ちょっとした遊山の気分だ。

勘定をしようと帳場をのぞいてみたが、誰も坐っていない。

「お栄、昨夜もう、済ませてある。ここは前払いだ」

善次郎が苦笑いを零しながら、外へと背を押した。

「じゃあ、奢ってもらっとく」

次はあたしがと言いかけてやめた。約束を急かしているように聞こえたら、片腹痛い。

縄暖簾や屋台で呑み食いする折は、お栄が勘定をすることもある。善次郎とはこうなる前からの古いつきあいなので、昔から手持ちのある方が出してきたのだ。

そういえばいつだったか、二人とも素寒貧であることが床几に腰を据えてから知れて、慌てて注文を取り消したことがあった。店を飛び出してから諍いになった。

「何だよ。売れっ子の渓斎英泉が、おけらなのか」

「お前ぇこそ。北斎の娘が銭も持たねぇで、のこのこ出てきやがるな」

「ふん。悔しかったら、一遍、あたしに貢いでみろ」

「ちゃらを言うな。女に喰わせてもらって、こっちは寝床でとことん尽くす。これぞ、腐れ男の手練だ」

善次郎は胸を張って、うそぶいた。

流行りの絵師として名を馳せていた善次郎は、どうやら板元の大坂屋と揉めたらしかった。工房に出入りしている西村屋の手代がそんな噂を弟子としているのを小耳に挟んだだけなので、詳しい事情は知らない。ただ、去年の秋、誇らしげに見せたベロ藍の一枚絵もその後の評判を聞かないのだ。本人が何も口にしないので、あの摺りを親父どのに見せたかどうかもわからない。善次郎にも親父どのにも、訊かずじまいである。

近頃、善次郎の口からよく出るのは、戯作者の為永春水の名だ。昔から仲が良いことは知っていたが今は兄弟のごときつきあいのようで、互いの家に逗留し合う日々もざららしい。酒を呑みながら戯作や絵について語り合えば瞬く間に夜が明け、そのまま別れがたくなるのだろう。

二人とも売れっ子と囃された時期はあったものの、後が続かない。江戸の流行りすたりは驚くほど早いのだ。善次郎と為永春水は共に、もう四十だ。

そして酔女、お栄も三十の坂を越してなお、鳴かず飛ばずである。

神田川沿いに向かう途中で風がやたらと強くなり、袂が音を立てて翻った。川縁の桜も柳も風に煽られて、花や緑葉が吹き荒れている。

善次郎と時折、立ち止まりながら風の中を進むと、ついさっきまで安穏に構えていた気分が消し飛んで気が急いてきた。弟子らの手前、露骨に朝帰りする姿は見せたくない。いっそ今朝早くから出掛けたことにして、昼前に帰った方がいいだろうかと迷う。小賢しい考えが厭らしくて、叩くように裾前を押さえる。

聖堂前の昌平橋の下に舫っている猪牙舟が目について、お栄は後ろも見ずに駆け出した。

「あたし、あれで帰るよ。お先」

舟で神田川を下って大川を渡れば、時を稼げる。尾上町は両国橋の袂にあるので、四ツ前には家に帰れると踏んだ。

に下る。

善次郎の家は新橋の惣十郎町であるので、ここから南へと歩くはずだ。猪牙舟は東
「善さんは方角違いだろうに」

善次郎が追いかけてきて、舟に飛び乗った。

「待てよ。俺も乗る」

「いや、深川の門前町に野暮用がある。明日でも良かったんだが、この足で行っちま
うが早い」

それ以上は訊き返さず、前を向いた。船頭が棹を使い、舟が動き始める。が、急い
ている時に限って進みが遅い。

「親爺さん、ちと急いでもらいたいんだけど」

なけなしの銭を酒代に弾んでもいいという気持ちで頼んだが、声が風に流れてしま
う。背後に坐る善次郎が大声で言い直してくれた。口笛の巧い善次郎は声もよく通る。

だが、船頭は捩り鉢巻の頭をすげなく横に振った。

「ここんとこ、まるで雨が降らなかったんですぜ。この川水の嵩を見なせえ」

たしかに、堤の石積みにはところどころ、緑の苔が絡まったような横筋が見える。

ふだんならそこまで水嵩があるはずなのに、今日の川面は横筋より二尺ほども低い。

「仕方ないね。大舟に乗ったつもりで、まかせるよ」

お栄があきらめをつけて呟いた言葉は不思議と船頭の耳に届いたらしく、「合点だ」

と機嫌のよい返事を寄越した。

ようよう和泉橋に近づくと、何やら焦げ臭い。と、舟が横に揺れる。振り返ると、後ろで善次郎が立ち上がっていた。

「いけねえ、火だ。あすこ、火が出てるぞ」

「あ、ありゃ、佐久間町河岸ですぜ」

神田の佐久間町河岸は材木商の多い辺りだ。焚きつけになる物が山とある。

「親爺、舟を南に寄せろ」

善次郎が叫んでまもなく半鐘が聞こえた。続けざまに鳴り、音が真上から降ってくるようだ。

「親爺、南の河岸に寄せろってってんだろうが」

「そう簡単には行きやせんやっ」

見る間に焔が大きくなり、頭上を火の粉が舞う。船頭は気が動転してか、舟が進まなくなった。

「もたもたしてんじゃねえ。ここ、まともに風下じゃねぇか。早く突っ切らねぇと、舟ごと焼かれちまうぞ」

乾ききった風は北西から吹いていて、何度も火柱が上がり、焔の先が川を舐めるように襲いかかってくる。木々が焼ける臭いと煙も吸い込んで、目と咽喉が熱い。痛い。

「お栄、顔を伏せてろ」

善次郎の怒鳴り声が聞こえるが、総身がすくんで動けない。

「いざとなったら川に飛び込むぞ。お前ぇ、泳ぎは達者か」

「駄目。金槌だ」

己でも情けない声を出した。

火の色が好きで好きで、何町先の火事場でも裾をからげて走り、見物してきた。半鐘を耳にするだけで肌が粟立つのだ。呑んでいれば猪口を持ったまま、描いていれば筆を持ったまま駆けたこともある。

昼夜を問わず、江戸はしじゅうどこかが燃える。天を焦がし、朝焼けでも夕焼けでもない色を見せる。その尋常ではない、非常の緋色を目にするたび、お栄は一度でよいからあんな色を己が筆先に宿してみたいと欲してきた。

けれど今はその火焔の只中にいる。立ち上がれない。

「善さん、飛び込んで。あたしのことは打っちゃっといて」

そう叫んだが、善次郎は背後からおおいかぶさってくる。頭から庇うように、両の腕でおおわれていた。それでもお栄は目だけをかろうじて開けていた。睫毛が焼けたか、左目がちかちかと痛む。

「ま、行けるとこまでは一緒に行くさ」

善次郎が腕に力を籠めた。お栄の額に無精髭があたる。左目はもう上下がくっついて、微塵も開かない。舳先の向こうで、また焰がごおと噴いた。

二

四月になって、板元の西村屋永寿堂の主、与八が訪れた。

今年、文政十二年（一八二九）の春に三代目に代替わりしたばかりで、当代の歳は二十七だという。

「あたしが与八の名を襲った途端、何もかも丸焼けって。可笑し過ぎてもう、屁も出やしませんよ」

先月の二十一日に起きたあの火事は焼死した者が千九百余人、溺死した者も入れれば三千人に近いとも噂され、「己丑の大火」と呼ばれている。出火元はやはり神田佐久間町河岸の材木小屋で、俗に神田材木町と呼ばれるほど材木商や薪商が多い一帯だ。折柄の北西風で火は神田川を越え、日本橋から京橋、芝までを焼野原にした。

西村屋は日本橋馬喰町に大間口を構える老舗で、地本問屋と書物問屋を兼ねている。親父どのが長年、つきあってきた主は二代目で、去年の正月に親父どのが中気で倒れた際には医者を差配し、小兎の葬儀でも親身な悔やみを述べてくれた御仁だ。

三代目の与八は捌けた人柄らしく、お栄にも小肥りの肩を丸めて「痩せる思いですよ」などと剽げてみせた。

「お見舞い申します」

「いや、お栄さんもとんだ災難でしたね」

あの日、お栄は猪牙舟の中で蹲ってこらえ続け、大川の広い川面に出てからやっと己が命拾いをしたと知ったのだ。振り向けば、途方もなく大きな火焔が南へと進んでいた。緋色は速く猛々しく、容赦がなかった。

舟中でかぶった火の粉は髪や顔を焼いたらしく、家にようよう辿り着いてから気がついた。額に火膨れが蛙の卵のようにびっしりと並んでいたのである。熱さと痛みが三日ほども続いて、呻きに呻いた。弟子の五助が濡れ手拭いを当てて看病してくれ、わざわざ膏薬を買いに両国橋を渡ってくれたものの、あまりの惨状にうなだれて帰ってきた。

「あたしなんぞ、災難のうちに入りやしません」

お栄は与八に向かって頭を振った。

焼けて縮れた髪はいつかまた生えるだろうし、額の火傷もやがては癒えるだろう。少々、跡が残ろうが、そもそも生まれついての不器量だ。まして見目形で世を渡る稼業じゃないと、お栄は居直っていた。

むしろ当の西村屋こそ大難渋だ。板元の命綱である板木が焼けてしまったのである。古い稀覯本などは土蔵に収めてあったらしいが、折悪しく風を通すために小窓を開けており、火消しの水と煤でやられてしまったようだ。

親父どのは茶を啜りながら、太い眉を顰めた。旅から戻ったのは大火の翌日の日暮れ前で、噂はすぐに相州にまで走ったようだった。

「江戸の本屋は軒並み、いけねぇらしいな」

「さいです。鶴屋に森屋、山口屋、大坂屋も。このまま潰れちまう店もあるんじゃないかって他人事みたいに噂し合ってんですから、世話ぁありませんけどね。いやね、先生、あたしもせっかく西村屋に生まれてきたんだし、商いは三代目の出来が鍵を握るなんて言うでしょう。だからあたしゃ、さてどう遊んで身代を潰してやろうかなんて手ぐすね引いてたんですよ。なのに、暖簾も何もかもたった一日で無くなっちまったんだもの。もう潰し甲斐もありません」

用心のいい大店では土蔵だけでなく穴蔵も持っていて、貴重な文書などは店の主が常に葛籠に入れて枕元に置いて寝たり、ふだんから家一軒分の材木を材木商に預けておく家もあると与八は語った。

「本屋稼業でそこまで余裕のある店なんぞ、ありゃしません。それに板木は重うござんすから、ちっとやそっとじゃ持ち出せません。まあ、命が助かっただけで有難いと思わなくっちゃって、番頭や手代らとも話してんですけどね」

そう、それを訊ねたいのだとお栄は膝を進めた。

「皆、ご無事でしたか」

「へい、おかげさまで。家も店の者らも火傷や怪我は負いましたが、何とか」

「じゃあ、時太郎も」

お栄は西村屋に奉公している甥の時太郎の無事を確かめに、馬喰町に何度も足を運んだのだ。が、何せ見渡す限りの焼野だ。どこにどう避難しているのやら、訊ねる相手もおいそれとは見つからなかった。

そしてあの日、大川を渡って両国橋の袂で別れた善次郎のことも気になりながら、文も出せないでいる。京橋から芝まで火に呑まれたと五助から聞いて、厭な予感がずっと胸を塞いでいた。善次郎とお滝が住む家は新橋の惣十郎町で、その近くの三十間堀では橋が焼け落ちたり溺死者も出たようだ。

まして善次郎が庇ってくれたお栄でさえ、額が焼けたのだ。善次郎は相当な火傷を負ったのではないかと、何度も新橋まで向かいかけた。しかし引き返したのである。今、善次郎の家を訪ねてお滝と顔を合わせたら、何もかもがおじゃんになるような気がした。火膨れの顔を晒したら、善次郎の躰の火傷と符合が合ってしまう。お滝にそれを悟られたくはなかった。

三代目は「やはり、さだ吉は戻って来ていないんですか」と工房を見渡し、居ずまいを改めた。さだ吉は時太郎の西村屋での小僧名で、奉公者は皆、そういった通称で呼ばれる。

「あの子に、何かあったんですか」

我知らず声が硬くなった。すると三代目は「申し訳ありません」と頭を下げる。

「じつは今日、そのことをお話に参ったような次第でして」

弟子らが皆、手を止めてこっちを見たのがわかった。とくに五助は小筆を持ったまま顔を上げ、心配げに眉根を寄せている。

「与八、そいつぁ何の真似だ」

親父どのも良からぬ想像をしてか、声を低くした。

「じつは、わからないんです。さだ吉はあの火事の前の晩、行方をくらませてしまいまして」

「行方知れずってことか」

「言い訳がましゅうなりますが、手前どもは何せ奉公人が多うございますから、番頭がそれを知ったのは明くる日の、火事の後でして。おそらく本所のお宅に帰ったのだろうと、決め込んでおったようです」

「火事の前の晩」

お栄はそう呟いたなり、言葉を継げなくなった。時太郎が西村屋からいなくなったという二十日の晩は、家を空けていた。

すると親父どのが溜息を吐いて、「いや」と言った。

「こっちこそ迷惑をかけた。奉公先を黙って飛び出すたあ、まったく、うちの孫はいくつになっても性根が据わらねぇ」

時太郎がこの家の前をうろうろと、行きつ戻りつする姿が頭を過ぎった。奉公で何があったかは知れないが、店を黙って出てきた手前、留守の家の中に入れなかったのだとお栄は推した。膝を抱えて戸口の前で坐り込んでいたかもしれない。あたしの帰りを待っていただろうに。途方に暮れていただろうに、何てぇこと。

時坊、今、どこにいる。

「親父どの、もしかしたら時坊はどこかで火に巻かれたのかもしれない」

もしやまた橋を渡って、それで火事に巻き込まれた。そうと想像するだけで額が疼いて、手で押さえる。

「ああ、どうしよう」

「お栄、落ち着け。今、ここで頓着をしたって何もわからねぇだろうが。死んでるかもしれねぇが、生きてるかもしれねえ」

「けど」

親父どのはお栄を一瞥すると、三代目に顔を向けた。

「あいつの奉公ぶりはどうだった。いや、遠慮せずに話してもらいてえ。とうに承知だと思うが、先代に無理やり預かってもらったような孫でな。大した悪事はできねぇ子なんだが、死んだ女房も俺もさんざっぱら手こずらされたのよ。娘の倅だと思やぁ憎かろうはずもねぇが、どう相対すりゃあいいのか、さっぱりわからねえ。で、いっそ他人様に鍛え直してもらおうと、虫のいい料簡を起こしたんだが。……時々、あんたんちに出向いて打ち合わせしたろう。その折に様子はうかがってはいたのよ。相変わらずの膨れっ面で、他の小僧らと上手くやってるとはとても思えねえ。思い切って引き取った方がいいのか、それともここが我慢のしどころなのか、俺も迷ってたところだ」

親父どのがそんな屈託を抱えていたなど、お栄には初耳だった。すると三代目は丸い小鼻の脇をかきながら、何かを言い淀む。

「そうか。やはり、まともに奉公してなかったか」

「番頭と手代があたしに黙ってたもので、知ったのはそう前ではないんです。しかも、にわかには信じられないような仕儀でしてね。先生、怒らないで聞いておくんなさいよ」

三代目はそう念を押しながら再び黙り込み、時を措いてからやっと口を開いた。

「うちの小僧らは店の二階で寝起きをしてるんですがね。さだ吉はそこで博奕を打って、朋輩らの小遣い銭を巻き上げていたらしいんです。しかもどうやら、やり口がいかさまらしいんで。小僧らから泣きつかれたのはうちの手代です。ええ、ここにもよくお邪魔してるはずの、はい、さようです、垂れ目の甚助です。で、甚助はまずは小僧らを叱ったそうです。二階が賭場になるなんぞ西村屋が始まって以来の不始末だ、本来なら皆、里に帰されちまう大事だぞ、と。さだ吉が皆に馴染(なじ)んでおらぬことには甚助も気づいてたようで、お前たちが仲間はずれにするからさだ吉も皆の気を惹(ひ)きたくてそんな遊びを持ちかけたんだろうと、説教もしたようです。

まあ、子供同士でも揉(も)め事は両成敗(りょうせいばい)、片口だけで判じちゃいけません。甚助もその後、さだ吉を一人で呼んだようです。そしたらば、居直ったと言うんですよ。まだ十二歳というのにいっぱしに肩をそびやかして、あんた、おいらを誰だと思ってる、俺ぁ、葛飾北斎のたった一人の孫だぜ。祖父(じい)ちゃんに言やあ、こんな店、腐らすも傾けるもわけはねぇ」

路地の外で、金魚売りの声が聞こえる。近所の子供らが喜んで、騒ぎながらついて歩いている。

「それで甚助は泡を喰いまして。本当は小僧らの不始末など己の胸一つに納めておくつもりだったらしいんですが、これは己の手に余るかもしれないと、番頭に委細を話したらしいです。で、それからは二人ともさだ吉から目を離さないようにして、そしたら本人も何かを察したんでしょう。露骨に不貞腐(ふてくさ)れて、水を撒(ま)けと言いつければ通りがかりの者にわざと引っ掛ける、相手が怒ったらば汚い言葉で口を返して唾(つば)を吐く。宥(なだ)めてもすかしてもどうにもならなくって、とうとうあたしのところまで話が上がってきたというわけです。いや、もう、最初は耳を疑いましたよ。どうにも信じられない。それで小僧らを一人ずつ奥に呼んで、あたしが直に話を聞きました。そしたら、何人もがさだ吉の仲間を見てるんです」

「仲間、ですか」

お栄が訊き返すと、三代目は短い眉をいっそう下げる。

「どうやら、奉公もせずにあちこちで悪さをしてる連中が時々、店の裏手に来てたらしいんです。随分と躰が大きかったらしいのでたぶん歳が上なんでしょうが、いつも三、四人連れでやって来て、さだ吉を呼び出していたようで」

以前、小兎が口にしていた言葉をお栄は思い出した。

――近所に年上の友達ができて安心だ。助かる。

「しかも、さだ吉はそいつらに何かを差し出していたらしいんですよ。小僧の中には、あればひょっとして銭を巻き上げられていたんじゃないかって言う者もおりましてね。それで甚助からそれとなく本人に問い糺させてみたんですが、さだ吉は睨み返すばかりで、取りつく島もなかったようです。で、その日の晩なんです、さだ吉の姿が見えなくなったのは」

三代目はそこで、息を継いだ。

「小僧らが気がついたのは翌朝のようですが、折悪しくあの大火です。取り込みが重なりまして、あたしが知ったのは火事から丸一日が経っておりました。大事なお孫さんをお預かりしておきながら行方が知れないなど、お詫びの申しようもありません。ただ、迂闊に先生にお知らせしたらばなお大事になって、さだ吉が行き場を失うんじゃないかと迷いましてね。ともかく手を尽くして捜させてはきたんですが」

「いや、すまなかった。世話ぁ、かけちまった」

　親父どのが珍しく、途切れ途切れに詫びを口にした。胡坐に両の拳を置いて、三代目に頭を下げている。

「そんな真似、よしておくんなさい。やはりここに帰っていないとあらば、無事かどうかが心配だ。うちの者に命じて、捜す土地を広げさせてみます。町方に頼んだらばすぐに噂になりますんでこれまでは控えてきたんですが、如何しましょう。もはや世間の耳など、気にはしていられませんかね」

「いいえ、どうぞもう、あの子のことは放念しておくんなさい。後はもう、こちらでしますから。親父どの、それでいいよね」

　店が窮地にあるというのに、西村屋はここまで筋を通してくれたのだ。有難くて、申し訳なさすら募る。

「ん」

「西村屋さん、ほんにご迷惑をおかけしました」

お栄はただひたすら頭を下げた。身が何寸も縮んだような気がした。

三代目が帰った後、しばらく誰も口をきかなかった。親父どのは縁側に移って、腕を組んだままである。いつもは広い背中がやけに老け込んで見える。

お栄はじっと坐っていられなくて、以前、住んでいた緑町の辺りを探してみようと思い立った。時太郎の年上の仲間というのは、あの近所の者らのはずだ。顔も名前も知らないが、土地の者に訊ねたら何か手がかりが摑めるかもしれない。

五助も土間に下りてきた。

「姐さん、お供します」

うなずいて、二人で緑町へと向かった。

四月も半ばの朝、お栄は二階の鏡台の前に坐っていた。

鏡に映る己の顔に興味はないのだ。桑の木でできたこの鏡台は小兎が使っていたものので、時々、こうして坐るのがいつしか慣いになっている。

ふと、善次郎はどうしているだろうと思った。

西村屋の手代である甚助が言うには、やはり惣十郎町の家は火をもらって焼けてしまったらしい。今は為永春水の長屋に居候しているようで、そこにお滝が一緒であるのかどうかはわからない。

ただ、お栄と深い仲になっていなければ、善次郎はお滝をつれて迷わずこの家を訪れただろうと思う。

「よッ、しばらく厄介にならあ」

そう笑い、お滝にも「ここは遠慮の要らねぇ家だ」などと言って上がらせたはずだ。

誰かと深くなれば、そのぶん遠ざかるものがある。

あたしは何を失ったのだろうか。

鏡の中の己に問うてすぐに目をそむけた。額から瞼にかけて火傷の跡が残っていて、点々と薄茶色を垂らした模様になっている。長い間、髪を梳きもしていない。

時太郎の行方は杳として知れなかった。ただ、生きているらしいことだけはわかった。

何日か前も緑町界隈を捜してみたのだが、小兎が近所づきあいをしていた長屋の女房が「そういや、三日前に時坊を見かけたよ」と言ったのである。

「おばちゃん、それ、ほんと」

「そう言われたら請け合えないけどさ。あたし、近頃、目病みがひどくって。こんなんじゃあ賃仕事も受けられやしない」

肩凝りもひどいのだと、女房は愚痴を零(こぼ)す。

「時太郎は一人だった、それとも誰かといた」

「ああ、あの悪太郎どもだろ。いた、いた。時坊ってば、相変わらず使い走りをさせられてんじゃないの。お栄ちゃん、あんまりああいうのとつき合わせない方がいいよ。親分風を吹かしてるのなんてもう十八、九じゃないか。悪童とも言えやしないのに弱い者苛(いじ)めが得意でさ、年若の子らを脅しちゃあ、家から銭や物を持ち出させてんだよ。鼻摘(はなつ)まみ揃(ぞろ)いさ」

お栄は「そう……」と返すしかない。

「お小兎さんもさ、とんだ苦労だったよね。祖母(ばあ)ちゃんと甘い声を出されちゃ孫を叱れないのはわかるけど、ああやってせがまれるままに小遣い銭を渡すから、時坊、悪い連中にいい鴨(かも)だと思われちまったんじゃないのかえ」

そんな銭の渡し方をしていたと知って、やっと腑(ふ)に落ちるものがあった。

小兎が亡(な)くなってまもなく、借金取りが何人も訪れたのだ。親父どのも承知していない話で、小兎が持っていた、ただ一竿(さお)の簞笥(たんす)の中を見てみれば証文(しょうもん)の束が出てきた。

「これほど難儀してたか」

親父どのは紙束を見渡して、「苦労をかけた」と肩を落としていた。

お栄も二の句が継げなかった。所帯持ちのいい母親だと思い込んでいたから、多少のへそくりがあっても驚かない。ところが残っていたのは、誰にも内緒の借金だった。いずれも大した嵩ではなく、日々の足らずを寸借で補っていたように思えた。月日を見れば親父どのが中気で倒れる以前からのものもあるが、やはりあの正月以降の証文が多い。小兎が独りでこんなやりくりをしていたことを知って、胸が詰まった。

が、それよりもこたえたのは、この鏡台だった。その夜、もしやと思って鏡台の前に坐ってみたのだ。抽斗に証文は入っていなかったが、真新しい櫛や簪などの小間物がぎっしりと鰯のように並んでいた。気になって行李の蓋を開けてみれば、包み紙のまま突っ込んでいたらしい半襟や下駄の鼻緒が次から次へと出てきた。いずれも安手の、どこがよくてこれを求めたのかと思うほどつまらぬ代物だった。

使いもしない、本当は欲しくもない安物を目につくままに買っては気を紛らわせていたのだろうか。そう思うと、切なかった。

今さら遅い。何もかも遅いのだとわかっていながら品物を手に取り、一つひとつを撫でさすった。

お栄はそのことを親父どのに告げぬままで、これからも誰にも口に出すことはないだろうと思う。高利や義理の悪い借金は親父どのが板元から前借りをして片づけたが、まだいくつかは残ったままである。

長屋の女房の言葉が、また胸に戻ってくる。

「まあ、あんたんちは何せ親父さんが有名な人だから、何とでもなるんだろうけどね。うちの亭主みたいに通いの大工じゃあ、孫を甘やかしようもありゃしない。おかげさまで、このところはやっと景気が上向いて、何とか凌いでるけどさ」

世の中には火事をこっそりと喜ぶ商人や職人もいて、大工や左官は今が稼ぎ時とばかりに普請景気に沸いているのである。大川端に立てば、日本橋の景色が毎日のように新しくなるのがわかる。大商人であればあるほど再建が早く、もう商いを再開しているのだ。人の流れもたちまち戻ってきている。

が、地本問屋や書物問屋、貸本屋はいずれも難渋が続き、西村屋もなかなか再興の目途が立たないらしい。

親父どのは毎日、黙々と筆を揮っている。尾張や京、大坂の板元や文人からの注文は途絶えないのだ。毎日、相も変わらず仕事に埋もれている。が、北斎工房では百の仕事のうち一が肉筆画、四が板本、そして九十五が一枚絵と呼ばれる板画である。江戸の板元がこのまま立ち行かなければ、北斎工房もいずれ共倒れになるのは目に見えていた。

お栄は鏡台から離れ、階下に降りた。親父どのはいつ起きたのか、もう筆を持って何かを描いている。

五助が竹箒（たけぼうき）を手に、外を掃く音が聞こえた。

三

梅雨が明けた六月半ばの夜、お栄は親父（おやじ）どのと大川沿いの道を歩いていた。家の前の縁台で涼みがてら煙管（きせる）を遣っていると、親父どのに誘われたのである。

「今日は早仕舞いして、蕎麦（そば）でも喰いに出るか」

「いいね」

夕餉（ゆうげ）の支度がお栄にはどうにも面倒で、五助を煮売り屋に走らせて適当な物を買ってこさせる日が多い。その手間が省けると乗り気になって、父娘（おやこ）で出掛けることにした。といっても決まった店を目指すわけではなく、そぞろ歩きをしながら屋台に出会えばそこで啜（すす）り込もうという心積もりである。

星が明るい夜空で、夏の北斗の下もいいものだと思いながらゆっくりと歩く。かといって屈託が晴れるわけでもない。お栄はつい、独り言を零した。

「時太郎の奴、どこに雲隠れしちまったものか」

半月前、親父どのとお栄は家と店を再建した西村屋永寿堂に招かれたのである。披露目を兼ねていたので、江戸の主な絵師が揃っていた。善次郎の姿を探したが、噂も聞かなかった。

そして時太郎はお栄らが留守と知ってか知らずか、家に姿を現したのだ。五助が言うには黙って二階に駆け上がり、そしてぷいと出て行ったようだ。

生きていたと知っただけでお栄は安堵の息を吐いたが、翌朝、何気なく小兎の鏡台の抽斗を見て「あ」と叫んだ。綺麗さっぱり空になっていたのである。ひょっとしてと銭袋を仕舞ってある簞笥を確かめれば、やはり無い。工房の中も妙な物が、下絵に使うぶん回しや新しい筆が見当たらないと、弟子らに訴えられた。

「五助、時坊は二階だけじゃなくて、ここにも入ったのかい」

糺してみると、五助は目を伏せた。

「皆、大層心配していたことも伝えましたし、どこに住んでいるのかも訊いてはみたんですが、何も応えてくれなくて。何か探し物をしてる風だったんで、後ろからあまり物を言うのも剣呑かと思って」

五助は「すみません」と詫びた。己の甥の仕業がなお情けなくなって、「お前が詫びることじゃない」と取り成した。

その後、時太郎は姿を見せぬままである。そしていろんな者が入れ代わり立ち代わり、証文を持ってやってきた。

「あんたんちの孫だろう、時太郎ってのは」

路上で賭け事をしたらしく、一両も負けてその払いができず、胴元らしき男が時太郎に名を書かせ、印まで押させたと言う。見れば親父どのが落款に用いている印形に間違いがなく、時太郎の下手な手跡にも覚えがあった。

――本所尾上町　小右衛門店　葛飾北斎為一嫡孫　時太郎

誰の入知恵かわざわざ「嫡孫」と記してあり、親父どのは目を剝いて声をわななかせた。

「俺ぁ、承知していねぇぞ、こんなもの」

「じゃあ、出るとこに出たっていいんですぜ、葛飾の旦那」

「子供相手に博奕を打ったあ、そっちも只じゃ済まねぇだろうが」

すると相手はにやりと狙い澄ましてくる。

「子供ねえ。こちとら、あの子とつるんでる連中が、こいつぁ間違いなく北斎の孫だって太鼓判を押すもんで、まあ、信じて貸したまでで。なら、悪ふざけも大概にしねえと、あたしが説きつけてやりやしょうか。ただし、あたしはこう見えても口下手だ。ちっとばかり手荒な説教になりやすけどね。それはともかく、こうしてわざわざ出向いてきたんだ、手ぶらで引き上げたんじゃあ割に合わねえ。説教代と足代を合わせて二両でどうです、旦那」

北斎の孫だと知って、こいつは銭になると企んだようだった。他に訪れた者らも同様の理屈で凄んだり、にやついたりした。時太郎自身が祖父の名を使って遊んでいる節さえ感じられる。西村屋の甚助に居直ったように、「北斎の孫」という立場を利用しているのだ。

「とんでもねぇ餓鬼だ」

親父どのは苦り切りながら、そしてお栄もほとほと嫌気が差しながら、銭を出して証文を引き取るしかなかった。一両、二両は大金である。が、工面できない額でもないのだ。手許になければ親父どのの見知りにお栄が走って、頭を下げる。皆、そのくらいの金子であれば理由も訊かずに融通してはくれる。

時太郎は、いや、一緒にいる者らはそんなところまで計算しているのではないか。

そうと疑えば、空恐ろしくなった。しかも当の本人を目の前に坐らせて叱りたくとも、いまだに居どころが知れないのだ。当人の姿は無いまま、禍々しい影だけが頻繁に訪れる。三両前後の借金が方々にでき、瞬く間に七十両を超えた。

親父どのはその銭を返すために絵を描き、相手によっては証文と引き換えに肉筆画を渡した。むろんお栄もそれを手伝っている。

「いったい、いつまでこんなことが続くんだろう」

お栄が溜息を吐くと、親父どのも歩きながら嘆息した。

「この歳になって孫にこうも苦しめられるたあ、思わなかった。……ん、あすこで御開帳だ」

親父どのは蕎麦の屋台の灯を見つけて、ふいに話を変えた。こういう時、小兎のようにいつまでも繰言にはしないのが親父どのである。二人で屋台の前に立つと、お栄もすいと気分が変わった。

蕎麦を啜りながら、親父どのがふと言った。

「近頃、善次郎の奴、さっぱり来ねぇな」

「あぁ、そうや、そうだ。善さんは気紛れだから」

悟られないように早口で言った。あの火事の日から逢わぬままで、かれこれ三月になる。

「顔を見せたら祝をやるつもりでいるのに、そんな時に限って来やがらねぇ」

「何の祝」

「知らねぇのか。あいつ、とうとう所帯を持ったらしいじゃねぇか。しかも何を考えてか、根津に移って何やら始めるらしい」

箸を持つ手が止まる。

「所帯って。お滝さんとかい」

平気を装っても、声は掠れる。

「さぁて、西村屋から聞いた話だからな。相手の名前までは知らねぇな。お前ぇの見知りの女か」

「うん。おっ母さんの野辺送りにも来てくれてた」

「そうか」

善次郎のことゆえ、相手はお滝とは限らない。

いや、あの男が女房にするならお滝だ。

そうに違いないとお栄は思った。

「めでたいね。久しぶりに、めでたいような気がする」

口に出してみると、本当にそんな気がしてきた。蕎麦の味はまったくしなくて、親父どのと一緒でなければもう箸を置くところだ。だがお栄は懸命に嚙んで呑み下す。夏の夜のこと、川の水の匂いが風に運ばれてくるのに、お栄はあの朝の桜をしきりと思い出した。

善さん、お前、仕事がうまく行かぬまま火事で焼け出されちまって、けど厭なことをとうとう吉に替えたんだね。

お滝さんと一緒になって、鷽替えしたんだ。

屋台を出て、親父どのとまた夜道を歩く。

「お栄」

「何だい」

「西村屋、まだいけねぇらしい」

西村屋に限らず、板元らは家屋を再建したものの、商いはまだ立ち直れていない。売り出せばすぐに銭になるのは一枚絵であるとわかっていても、元の板木を焼かれてしまっているのだ。新たに絵師に注文して彫らせるには時がかかる。その間、何の実入りもない。まして大火の後というのは人々の気が何かしら、変わるものだ。以前、よく売れた絵だというだけで似たような物を売り出し、見向きもされなかった板元もある。

「でな、三代目は俺にこう言った。正直に申して、あたしは切羽詰まってます。ですがこんな時だからこそ、出すなら皆をあっと言わせる物を出したい。先生、ひとつ、大判の錦絵で何かお願いできませんか、ってな」

「大判の錦絵って」

お栄は夜風の中で、親父どのの横顔を見た。多色摺りの錦絵の出板は、先に注ぎ込む金子が半端ではないので、売れなければひどい目に遭うのは必至である。

与八の、丸い目鼻立ちが胸に泛ぶ。人の良さそうな、どこと言って目立つことのない風貌だ。

「もしかして、とんでもない勝負師かい、三代目は」

すると親父どのは「まあな」と、口の奥をせせるような音を立てた。

「こいつぁ大博奕になる」

「で、親父どのは何を描く」

「富士だ」

すぐに言葉が返ってきて、お栄は目を見開いた。

「富士って、前から描き溜めてた、あの富士の山」

「そうだ。隠居した二代目と、いつか景色物を出そうと約束をしてた」

それは知っている。親父どのは小兎を喪って後、ひたすら富士を描いていたのだ。嘆き哀しむ代わりのように、筆を持っていた。

「江戸者にとっちゃ、富士こそ吉祥だぁな。俺はもう一遍、一から描き直して西村屋に渡す」

親父どのはその錦絵で西村屋の困窮を救いたいとも考えているのだろう。「吉祥」という言葉に力を籠めたような気がした。

「わかった。他の仕事は全部、あたしが引き受ける」

星々を見上げながら、お栄は胴震いをした。

善さん、あたしらも挑むよ。この凶を吉に替えてみせる。

胸の中の善次郎に、ぐいと告げた。

第八章　冨嶽三十六景

一

板木の上に置かれた紙の上を、馬連が、ざっ、しゅしゅと音を立てて行き交う。

お栄は固唾を呑んで、摺師、以蔵の仕事を背後から見ていた。

片膝を立てた以蔵は己の二の腕を膝に当て、馬連を揮う力を按配しながら手際よく仕上げて行く。

二月も半ばを過ぎた今日、いよいよ試し摺りが上がる。試し摺りは絵師と板元が立ち会って行なうのが慣いで、親父どのは西村屋永寿堂の三代目当主、与八と共に茅場町の以蔵の家を訪れた。

それにしても大層な人数だと、以蔵の女房は目を丸くしていた。

お栄は親父どのの供であるが、西村屋は番頭や手代を伴い、そして彫師の仙太郎までが顔を見せている。以蔵の仕事場である奥の六畳には板木や紙があるので、親父どのと与八、お栄は手前の四畳半に腰を下ろした。他の者は家の前の路地でしゃがんで、女房が出した丸火鉢に時折、手をかざしている。風は梅の匂いを含んでいるものの、今日は朝から真冬のごとき冷たさだ。

それでも皆がこうして集まったのは、西村屋が親父どのと組んだこの仕事が、店の再起を懸けた大勝負であるからだ。

去年、文政十二年（一八二九）に起きた己丑の大火で、西村屋は大事な板木のすべてを焼失した。江戸の板元のほとんどが同様のありさまであるだけに、此度の仕事の噂はすぐさま知れ渡ったようだ。

「聞いたか。葛飾親爺が西村屋の三代目と景色物を手掛けるらしいぜ。大判錦絵だと」

「大判錦絵の景色。こんな時世にようも金主を見つけたものよ、あの三代目」

書物問屋や地本問屋、貸本屋といった同業仲間のみならず、江戸じゅうの絵師や戯作者、そして浮世絵にうるさい数寄者までが事を頓着したという。皆、初めは揃って眉を顰めた。売れ行きが見込めるのは美人画か役者絵で、つまり今、生きているこの浮世のさまざまを描いた絵を人々は好んで購う。土地の景色を描いたものは華やかさに欠けがちなので人気を得にくく、これまで手掛けた板元は大抵、出板を打ち切ってきた。

しかも大判の多色摺り絵となれば、ただ一枚を摺るだけでも大変な手間暇がかかる。色数の多い、微細に描き込んだ絵であれば彫師に七、八枚もの板木を彫らせ、摺師は十度も色を重ねなければならない。

「景色に金子(きんす)を出す物好きなんぞ、いやしねぇよ。三代目は自前で打って出るらしい」

「正気の沙汰(さた)じゃねぇな。葛飾親爺も三(み)ツ巴(どもえ)印の泥舟に乗せられなすって、気の毒なこった。情に流されてとうとう一緒に沈みなさるか。なんまんだぶ。まあ、あのお人も名があるわりに不思議と貧乏と縁が切れねぇからの、駄目で元々の俠気(おとこぎ)を出しなすったんだろう」

「いや、それがよ、西村屋は仙太郎と以蔵を口説き落としたってぇ話だ」

そこで誰もが束(つか)の間(ま)、息を呑むのだそうだ。

「何だと。あの二人が受けたのか、そんな危ねぇ仕事」

彫師の仙太郎と摺師の以蔵は当代きっての腕で、浮世絵に携わる者の間でその名を知らぬ者はいない。

親父どのは十四、五の頃に彫師の家で修業していたことがあるので、ことに彫りにうるさい。その職人泣かせの親父どのが近頃、気に入りの彫師が仙太郎だ。歳はお栄より三つ下の、ちょうど三十であるらしい。

そして今、馬連を握っている以蔵も、板元がいざという仕事で必ず頼みたがる摺師だ。たとえ同じ顔料を用いても、摺師によってまるで異なる色合いになる。すっきりと色が極め込まれて惚れ惚れと仕上がるのも、ぼんやりとぐずついた仕上げになるのも摺師の腕次第なのだ。

以蔵の歳は六十過ぎと聞いていたが頭は胡麻塩で、七十一の親父どのの方が髷も太いほどだ。

仙太郎と以蔵、この二人を手配したのは三代目の功だが、それを知らせに訪れた番頭はこう言っていた。

「二人とも、先生のあの下絵を目にした途端、一も二もなくうなずきました。是非でやらせておくんなさいと、向こうから頭を下げたんです」

親父どのが去年、秋の終わりに用意した下絵は十枚だった。見ている場はもちろん、季節や描いてある大きさ、角度まですべて違うものの、いずれも富士の山である。

三代目は初めてそれを目にした時、しばらく黙して何も言わなかった。つくづくと十枚を見渡して、顔を上げた。

「先生、この十枚、あたしは必ず売ってみせます」

丸く小さな鼻の穴を膨らませていた。

「ですから、あと二十六枚、描いてください」

親父どのは腕組みをしたまま、訊（き）き返した。

「三十六枚も出すってぇのか。全部、富士で」

「さようです。まずはこの十枚を先に出板して、残りの二十六枚も来年じゅうには出します」

そして、三代目はこう銘打つと言った。

「先生、これは『冨嶽三十六景（ふがくさんじゅうろっけい）』と行きましょう」

「冨嶽三十六景……」

「三十六という数字は験（げん）がいい。三十六歌仙（かせん）に、不動明王（ふどうみょうおう）が従えておられるのも三十六童子（どうじ）です」

「俺ぁ、描けと言われりゃいくらでも描くが、富士だけの錦絵で三十六枚たあ、よほど肚（はら）ぁ括（くく）られねぇと出板は続けられねぇぞ」

親父どのにしては珍しく、念を押すような物言いをした。西村屋の内証が火の車であることをよく承知しているからだ。

「わかってます。いざとなりゃ、三十六計、逃げるに如かずってね」

するとと親父どのは腕組みを解き、頭をのけぞらせた。三代目も一緒になって、笑い声を立てている。お栄はその意味がわからなくて、五助と顔を見合わせたものだ。後になって親父どのに訊ねると、昔、唐の国の偉い人が唱えた三十六の戦い方のうち、最上の方法を指していると教えられた。

「戦法のうちで最も上なのは、とっとと逃げるってことだ。あいつ、いざとなりゃあ逃げる、夜逃げするってよ」

お栄も思わず噴き出したが、五助は「それのどこが可笑しいのか」と言いたげに首を傾げていた。

親父どのはそれから、下絵を板下用に墨で写した。

墨線だけで表したこの板下絵を元にして、彫師は主板を彫る。腕の良い者は緻密な箇所も淀みなく彫り進め、ことに仙太郎はいかほど細い曲線をもひと思いに刀を揮うらしい。

主板ができると、まずは墨一色で摺られる。枚数はほんの十枚ほどで、これを校合摺りと呼ぶ。校合摺りは板元によって絵師の手許に届けられ、絵師はそれに彩色して色遣いを指図する。ただし、たとえば柿色を使う部分で一枚、緑で一枚と、用いる色別に用意しなければならない。板木は色ごとに彫って、それらに顔料を塗っては摺り重ねる仕事を繰り返してようやく一つの絵になるからだ。

摺りは八度目に入っていた。障子越しの陽射(ひざ)しが動いて、以蔵の肩先から右の腕、肘(ひじ)だけが光る。馬連がしゅ、しゅと動く音がして、時折、箱火鉢にかかった鉄瓶から湯気が上がる。

西村屋は三ツ巴の紋を染め抜いた羽織をつけてじっと正坐(せいざ)しており、親父どのは綿入れを着込んだままの形(なり)で胡坐(あぐら)を組んでいる。以蔵の女房は気を遣ってか、茶を出してから外に出てそのまま帰ってこない。

気配がして振り向くと、路地にいた三人、西村屋の番頭と手代、そして仙太郎が土間に入ってきていた。神妙に押し黙って、以蔵の後ろ姿を見守っている。

摺りも彫り同様、最後の最後まで気が抜けない。色板がほんの一厘(りん)でもずれたら、絵は台無しになる。最初からやり直しだ。

以蔵が両の腕を動かした。板木から紙をめくったようだ。しばらく眺めて確かめてから、腰を上げた。仕上げた一枚を手にして四畳半に入ってくる。親父どのと三代目の前で膝を畳み、差し出した。

「お待たせいたしやした。試し摺りの校正を願いやす」

燻したような掠れ声だ。

三代目が「お先に」と親父どのに断ってから、摺りを手に取った。今日は仕上げを検分する最後の機であるので、ここで板元と絵師が「諾」を出せばもう後には引けない。だが三代目は寸分の迷いも見せず、「結構です」と言い切り、親父どのの胡坐の前に置き直した。

親父どのもまた静かに眺め、「ん」とうなずく。

「私どもも、よろしゅうございますか」

西村屋の番頭、伊兵衛が小腰を屈め、主と親父どのを順に見た。そのかたわらに立っているのは、いつも北斎工房に通ってきている手代、垂れ目の甚助だ。心配げに、眉も眦も下げている。一方、仙太郎は腕組みをしたまま眉一つ動かさず、顔つきからは何もうかがえない。

仙太郎は随分と頭の高い男らしく、今日、この家の前で待ち合わせた折も、親父どのや三代目に会釈もしなかった。ましてお栄になど目も合わせてこず、無愛想なこと、このうえない。

が、親父どのは気にも留めていない風である。親父どの自身、しゃっちょこばった挨拶が嫌いなので少しばかり偏屈であろうが世間並みのつきあいができなかろうが、その者が持つ才への評を目減りさせたりしない。しかも彫師、摺師となれば、歳や氏素性にかかわりなく仕事仲間である。

ふと、善次郎の身の上が過ぎった。

善次郎はあの火事の後、根津で妓楼を始めた。

何を考えての所業か、お栄には知る由もない。取り込みが続いて、しかも親父どのが西村屋と組んで大判錦絵を手掛けることになった。何をどう描き、どの順番で出すかを検討するために、親父どのは毎日、数十枚を本意気で描き続けたのである。

お栄は昔から親父どのが描き溜めてきた画帖を押入れから引っ張り出し、西村屋には富士山の絵を集めてくれるように頼み、自身は読本の挿絵や枕絵の板下絵を描いて日々の入用を稼いだ。肉筆画の注文だけは親父どのが手を動かさざるを得なかったが、背景の樹々や家並み、着物の文様などはお栄が受け持った。

ゆえに善次郎のことを思い出すのは、夜、仕事を終えて呑む時だけだ。己に手職があって良かったと、お栄は思う。

絵筆を持ってさえいれば、余計なことを考えなくて済む。

それでも善次郎の噂はいろいろな者からもたらされ、今は若竹屋里助と名乗り、長妹であるいちの亭主と共に店を営んでいることは、西村屋の手代、甚助から聞いた。善次郎の女房、お滝はそもそも吉原芸者で、いちの姐さん株になる。

そうか、本物の姉妹になったんだね、あんたたち。

お栄はいちが所帯を持ったこと自体を知らなかったので、それは少しこたえた。といっても、こっちが勝手に気に懸けていただけのこと。商家に嫁いだゆきはもう子の一人や二人を儲けたのだろうか、末妹のなみはまだ芸者をしているのだろうかと考えを巡らせてもみた。が、わかりもせぬことをあれこれと撫で回して案じるのは婆さん臭いような気がして、立て続けに猪口を呷って己を止めた。そのまま酔いどれて寝てしまいたいのに、でもそんな時に限って酔えないのだった。

今年の松の内を過ぎた頃だったか、善次郎は浅草を訪ねてきた。一月に親父どのはまた住処を替えると言い、浅草妙音院地内の長屋に引き移ったのである。折り悪しく、お栄が西村屋へ遣いに出ている間のことで、親父どのも戯作者の柳亭種彦の家に招かれて留守であった。

種彦は親父どのと親子ほど歳が離れているものの親しく遊ぶ仲で、前年に『偐紫田舎源氏』の初編を刊行するや大変な評判を呼んだのを親父どのは我が事のように喜んでいた。挿画は歌川国貞だ。

お栄が用を済ませて家に帰ると、五助が神妙な面持ちで言伝を述べた。

「思うところあって、忘八になりやした。親爺どのと姐さんに、そう伝えといておくんなって」

忘八の「八」とは、仁義と礼智、忠、信、孝、悌で、あの馬琴師匠が何十年もかけて『南総里見八犬伝』で書き、説き続けている八つの徳目だ。それらすべてを失い、あるいは捨てた者を忘八と呼び、娼家の主をも指す言葉である。

仁義礼智なんてものを後生大事にして生きてちゃあ、躰に悪りい。そんなもんを忘れて遊ぶが勝ちよ。人間、いつ死んじまうかわかんねぇからな。

善次郎のことだ、そんなふうに嘯いているような気がした。戯作も絵も売れそうで売れない、いつまでもくすぶっている英泉流の居直りかもしれない。

五助に伝えた時もきっと片眉を上げ、にやりと笑んでいたのだろう。

親父どのの好きな大福を十二個も土産に持ってきていて、お滝が拵えたらしい稲荷鮨も添えられていた。大福は「餅皮が硬ぇ」と親父どのは口を尖らせたが、稲荷は大層、旨かった。亡くなった小兎が作るものは酢飯がべしゃべしゃとしているのでお栄は子供時分から好きでなかったが、お滝のそれは胡麻を混ぜた酢飯も甘辛い薄揚げも加減がよく、皆であっという間に平らげた。

いつも屋台の鮨や煮売り屋のお菜で済ませているので、誰もが久しぶりに水をもった草木のごとき顔で腹をさすり、「ふう」と天井を仰いだものだ。

お栄から見ても、お滝は善次郎の女房にふさわしかった。ふわふわと凧（たこ）みたいに浮かれ遊ぶ善次郎が納まる所に納まったのは不思議な気がしないでもないが、それほどお滝との縁は強い一本糸であるということだろう。

ましてこっちは、この一度限りと思い決めていた仲だ。始まってもいないのに、終わりもない。

お栄はいつしか、毎朝、目が覚めると、こう唱えるようになっていた。

うん、あたしはへっちゃらだ。

闇雲（やみくも）に仕事をして夜は独りで呑んで、朝は「へっちゃらだ」と呟（つぶや）いてから飛び起きる。

ただ、こうして絵の世界に身を置いていると、時折、胸に差す翳（かげ）がある。いつか見た枝垂（しだ）れ桜のように揺れ、浮かんでは散る思いだ。

善次郎はこのまま、戯作や絵から離れて生きていくのだろうか。渓斎英泉という絵師はもう、この世から去ってしまうのだろうか。

「ごめんなすって」

伊兵衛が断りを入れて、お栄の前を横切った。甚助と仙太郎も揃って中に上がってくる。親父どのと三代目は以蔵と共に奥へ移り、お栄は四畳半に残った。

試し摺りの一枚を前にして、四人が並んだ。

ここに集った者は皆、何度も、それこそ飽くほど目にしてきた絵である。仙太郎はこの線の一本一本を彫り出した当人だ。けれど誰もが生まれて初めて相まみえる景色であるかのように目を瞠(みは)り、息を呑んだ。

巨(おお)きな波が天に届かんばかりにうねり、今、まさに砕け散らんとしている。その波頭は飛沫(しぶき)を上げ、お栄は己の顔に潮を浴びたような気さえする。

荒波に揉(も)まれているのは、江戸に向かって懸命に繰る三杯の荷舟だ。それぞれの舟には何人もの男たちが身を伏せ、波の勢いにただひたすら身をまかせているようにも見える。

ふだんは穏やかで、江戸と気軽に行き来できる神奈川沖(かながわおき)なのだ。魚や薪炭(しんたん)を運んで、それを暮らしの生計(たつき)にしている。

けれどいざとなれば海はかくもそびえ立って、襲いかかってくる。波に舟ごと呑まれて死ぬか、それとも乗り切れるかの瀬戸際がここには描かれていた。だが人々は、これらの舟は決して沈まぬと信じるだろう。

絵の中心に、富士の山が描かれているからである。

ふだん、江戸のそこかしこで見上げ、霊山として拝みもしてきたその山があることで、人は希みを見出すのだ。己ではどうしようもない境涯にあっても、富士の山はいつも揺るぎなく美しい。

死んじまうその刹那まで、生き抜こうじゃねぇか。

親父どのの呟きが響いたような気がした。深刻な声じゃない。いつものように肩の力が抜けた、洒落のめすような物言いだ。

紙の左上には「冨嶽三十六景　神奈川沖浪裏」と画題が刻まれ、北斎改為一筆と落款が記されていた。

二

天保五年（一八三四）、空に鰯雲が片々と流れるようになった八月である。

親父どのは今朝もお栄が拵えた長寿薬を猪口で二杯呑んでから、筆を持つ。

「これさえ呑んでりゃ、百歳はおろか百二十、いや百三十まで生きられる。描ける」

親父どのは家を訪れた誰彼なしにそう言い張る。実際、七十五歳とは思えぬほど矍鑠として、外出に杖は手放せぬものの、眼鏡も使わずに微細な線や面も平気で描き続けているのだ。

お栄は近頃、少し足が冷えるようになったのでこの長寿薬を口にしてみたが、甘くてとても呑めたものではなかった。

「先生、姐さん、じゃ、いただいてきます」

弟子の五助から板下絵を受け取った西村屋の手代が声をかけてきた。お栄は振り返って、「ご苦労さん」とねぎらいながら立ち上がった。風呂敷包みを背に負う手代は垂れ目の甚助ではなく、まだ二十歳前の若い衆だ。甚助は三番番頭に出世して、今は店に通いを許される身分である。

「旦那にも、番頭さんらにもよろしく」

「へい。有難う存じます」

景気のよい声で、陽射しの明るい外へと手代は踏み出していく。

四年前、文政十三年に出した『富嶽三十六景』は、西村屋の予測を遥かに超えて大当たりを取った。以来、再板を続けており、あまりの人気に三代目は欲を出して、さらに新たな十枚を依頼してきた。つまりすべてを合わせると三十六景ではなく、四十六景ある。むろん、絵師は初めの画料のみを受け取るので、いかほど売れようが親父どのの懐が潤うわけではない。

ただ、西村屋は見事に再興を果たした。そして親父どのも、浮世絵師としての名を天下に轟かせたのである。

他の板元も景色物は当たると踏んだのだろう、天保三年頃だったか、歌川広重という絵師に『東海道五十三次』を描かせた。広重はお栄とほぼ同じ歳頃で元は二本差し、火消同心の家の生まれだそうだ。

とにもかくにも、ようやく江戸の板元は活況を取り戻し、お栄は西村屋の三代目と顔を合わせるたび、貫禄が増しているのを感じる。

天保二年の間にすべての絵の刊行を終えた時、親父どのとお栄、弟子の五助らも西村屋の奥に招かれて大層な馳走にあずかった。彫師の仙太郎や摺師の以蔵も並んでいて、お栄と目が合うと以蔵は満足げにうなずき返した。仙太郎はやはり愛想が悪かったが、酒の呑みっぷりは綺麗だった。

お開きの前に、西村屋三代目、与八は皆をずいと見回して言った。

「皆々様のおかげをもちまして、冨嶽は真の吉祥になりました。その日暮らしの裏長屋者でも一枚、二枚と買い求めてくれましてね。それを壁に貼って朝晩、拝んでくれてるんですから、板元にとってこれほどの果報は他にありゃあしません。浮世絵は世間様に喜ばれてこそが真面目です。改めて、御礼申します。

　さて、先刻ご承知の通り、手前どもは冨嶽三十六景でうんと稼がせていただきました。いえ、これからまだまだ摺りを重ねると私は睨んでんです。何せ、諸国から江戸見物に訪れる者らが年々、増えておりますからね。皆、江戸の土産として買って帰るんですよ。そのうち、北は松前、南は薩州まで、北斎先生の冨嶽を知らぬ者はおらぬようになるでしょう。いやはや、あたしんちにはまた蔵が増えちまいます」

　三代目は場の笑いを軽く誘ってから、太鼓を打ち鳴らすように手を動かした。

「けどね、蔵ん中の物をあたしは黙って貯め込んだり、しやあしませんよ。そんなやり口は西村屋の名折れというもんだ。あたしはこれからが真の勝負だと思ってんです。皆、褌を締め直して、どんと挑んで行きましょう。……では、お手を拝借。いよぉっ」

　江戸流の三本締めでお開きになった。

　三代目の予測した通り、初板の摺りが二百枚ほどであった『冨嶽三十六景』は、今や軽く万を超えたそうだ。

　そして親父どのは立て続けに『諸国瀧廻り』を描き、お栄が手伝った花鳥画もよく売れている。今日、遣いの手代に渡したのもその板下絵で、「牡丹に蝶図」の牡丹は親父どのが描き、蝶はお栄が描いた。「菊に虻図」は逆に、とりどりの菊はお栄が、虻を親父どのが筆を揮ったものである。

先年辺りからはお栄自身にもぽつぽつと絵の注文が来るようになり、落款を「應爲」としている。葛飾北斎改為一にあやかっての画号だ。

あたしも画業を一心に為そう。天の思召しがあるのなら、他の何を捨ててでも絵筆で応えてみせよう。

密かにそう決めて、といっても身震いするほどの決心だったわけじゃない。これが身過ぎ世過ぎのための稼業なのだ。幼い頃から筆を持ってきたものの、絵師としてはまだ修業半ばである。

親父どのが勝川春朗の名で絵師として世を渡り始めたのは、二十歳の頃だ。五十年以上も修業して、近頃、やっと身の回りの形のありようがわかってきたと口にする。

弟子らはそれを聞いて気が遠くなるのだろう、目玉をぐるりと回す者もいる。二十になった五助だけはじっと息を詰めるように聞いていて、墨を磨るにも精魂を傾ける。決して器用ではないのだ。線を真っ直ぐに引けるまで、人よりも時を喰った。それでも焦らず飽きず、仕事に励んでいる。

きっと好きなのだろうと、お栄は思っている。何かを描いて暮らすことが、五助もこのうえなく好きなのだ。

親父どのは今年に入って出した絵本『冨嶽百景』の跋文でも、ふだん言い暮らしていることを真率に書き記した。

「正直言って、俺が七十になる前に描いたものなんぞ、取るに足りねぇもんばかりだ。七十三を越えてようやく、禽獣虫魚の骨格、草木の出生がわかったような気がする。だから精々、長生きして、八十を迎えたら益々画業が進み、九十にして奥意を極める。ま、神妙に達するのは百歳あたりだろうな。百有十歳にでもなってみろ、筆で描いた一点一画がまさに生るがごとくになるだろうよ」

跋文ではもう少し気取って書いてあるが、親父どのは本気で長寿を願っているのである。

この世は生き残った者が勝ちだ。そのぶん、修業が続けられる。

そして、「画狂老人卍」と画号を変えた。卍は好きな川柳で用いていた号であるが、親父どのはそれを用いて宣言したのだろうと思う。

俺は、これからだ。肚を据えて真に画業に狂うていけるのは、今からだ、と。

「姐さん」

五助に呼ばれて、お栄は振り向いた。

「あのぅ……さんがお見えです」

思わず「え」と声を洩らす。親父どのを見ると、木枠に張った絹地の上に屈み込んだまま顔を上げていた。目を交わす。

「お客さんをおつれで」

お栄は膝を立てて立ち上がり、戸口の前まで足を運んだ。路地に四十がらみの男と女、そしてやけに白い顔をした若者が立っていた。

──我が孫なる悪魔。

親父どのがそう呼んで嘆く、時太郎だった。

工房には坐る場もないので、お栄は二階に三人を上げた。

親父どのは細く溜息を吐いてから立ち上がり、段梯子を上がっていく。お栄は茶を淹れに階下に戻った。

何事だろう。また、どんな難儀を持ち込んできたものやら。

暗澹となりながら、茶碗を盆の上に並べる。こんな時に限って無性に煙草を吸いたくなるのだが、親父どのにだけ応対させるわけにもいかない。

いったい、いつになったら放免されるんだろう。

時太郎は小博奕や喧嘩に負けてはその尻を持ち込み、親父どのに払わせるのだ。大悪事は働けないのである。力の弱い年寄りの巾着をかっぱらい、年若の者を脅して小遣い銭を巻き上げ、そして度々、この家から何かを持って行く。

親父どのは時太郎が作った借金を弁済するために受けられる仕事はすべて受けていたが、そもそも長年、借金とは縁の切れぬ絵師稼業だ。やがて借金を返すための借金を重ねるようになり、門人にまで金を借りて、その返済は絵を描いて勘弁してもらったことも一度や二度ではない。

「悪魔のお蔭で、こんな文を書くのにも慣れちまった」

苦笑いを落として、親父どのは戯絵を添えた巻紙をお栄に見せる。その文面たるや、実に巧いのである。

金子を貸してはくれまいかと頼む相手は大抵、親父どのの画業を敬ってくれる文人だ。富裕な商人でもあるので、己の半分ほど歳の若い相手であってもまず「旦那様」と丁寧に切り出し、旦那様のお人柄を見込んでこの老いぼれはかような願い事をするのですと切に訴える。そうやって飄々軽々と文の中で頭を下げ、一両、二両を借りて回った。

それでも時太郎の悪事は止(や)むことがなく、親父どのはとうとう父親の柳川重信(やながわしげのぶ)に引き渡したのだ。『冨嶽三十六景』の初板を出した年だった。

その日はちょうど節分の頃だっただろうか。またも親父どのとお栄の留守を狙(ねら)って時太郎が現れて、工房の中を物色して回った。

「もうこれ以上、親爺(おやじ)どのと姐さんを苦しめるのはやめてください。その汚い手で、ここをかき回さねぇでください」

五助が懇願すると、時太郎はいきなり激昂(げっこう)して殴りかかり、何度も足蹴(あしげ)にしたらしい。他の弟子らが時太郎を羽交い絞めにしなければ、五助の腹は蹴り破られていたかもしれない。時太郎は幼い頃から執拗(しつよう)なところがあった。海星(ひとで)や芋虫を棒で潰(つぶ)し、何度もその姿を確かめてはまた潰す。

お栄はその最中に、帰った。路地の外にまで時太郎の罵声(ばせい)が聞こえて、怒りで血の気が引いて駆け込んだ。そして弟子らと共に時太郎を荒縄で括(くく)り、柱に縛りつけたのである。どうあっても、五助を痛めつけたのが許せなかった。

「姉ちゃん」

時太郎は上目遣いで何度も泣き声を出したが、お栄が素知らぬ振りを通すと今度は悪態を吐いた。

「俺にこんなことしやがって、ただで済むと思うなよ。俺ぁ、堅気じゃねぇ兄さんらにも随分と目ぇかけてもらってるんだ。お前ぇら皆、夜道を歩けねぇようにしてやる」

「やるんなら、やってみな」

五助の介抱をしながら凄み返した。五助は額と頬も切っており、脇腹は色が変わっていた。十三の甥を相手に、お栄は心底、腹を立てた。

その夜、遅くに帰ってきた親父どのに顚末を告げると、「重信を呼べ」と命じた。

柳川重信は姉、お美与の別れた亭主で、時太郎の父親である。馬琴師匠の『八犬伝』の挿画を描いていた絵師であるがしばらく大坂に逗留していて、また江戸に帰ってきているらしいことはお栄も耳にしていた。板元の手代は絵師や戯作者の住処、暮らしぶりを実によく知っている。親父どのが時太郎に難儀していることは西村屋の誰もが承知していることなので、重信が噂の切れ端なりとも耳にしていないはずはないだろう。だが、これまで重信が我が子を訪ねてきたことは一度もなかった。

あくる日、蒼褪めた重信が訪れた。えらく肥っていて、親父どのの話を聞きながら何度も尻を浮かせ、首の汗を拭った。

「うちで預かってかれこれ七年になるが、奉公に出しても店を飛び出しちまった。この頃はどこに住んで何をしてるものやらわからぬまま、借金の尻拭いだけは俺にさせやがる。もう、面倒見切れねえ」

「申し訳ありません」

重信は鼻の下にも汗粒を並べて、頭を下げた。

「俺には孫だが、お前ぇの倅でもある。今日、こいつを引き渡させてもらう」

「と申されましても」

口ごもりながら、重信は禍々しいものを見るような眼を我が子に投げた。弟子らに両脇を抱えられて引き据えられている時太郎は、まるで下手人だ。ずっと横を向いて舌打ちばかりを繰り返していた。

「俺の手には余ると言ってるんだ。もう、勘弁してくれ」

「うちに引き取るには家も手狭ですし、女房にも訊いてみませんと」

時太郎の前では酷いやりとりであるような気もしたが、ここで半端な情けを出せばいっそうこの子を駄目にすると、お栄は口を挟まなかった。

「いや、江戸に置いてちゃあ、どうにもならねえ。お前ぇまで共倒れになる」

「と、言いますと」

「ともかく、こいつを鴨にしてる奴らと引き離すのが肝心だ」

「鴨」

「悪い仲間がいるのよ。いや、そんなものは仲間とも言われねぇが、ともかく時太郎を江戸から出さねぇと、一生、打出の小槌代わりに使われ続けるだろう。京、大坂はいけねえ。もっと鄙びた、悪所のねぇ土地に連れてっておくんな」

時太郎は父親にもずっと不貞腐れ通しで、長屋の路地に出るなり大きな音を立てて唾を吐いた。

重信はその後、まもなく時太郎をつれて奥州に向かった。だがその道中で時太郎は旅籠を脱け出し、またも出奔したのである。やがて本人の姿が見えぬまま証文を手にした男らが訪れるようになり、元の木阿弥になった。北斎工房は逃げるように居を移さざるを得なかった。

「時太郎とはもう縁を切った。かかわりはねえ」

親父どのはもう相手にしなかったが、連中は姑息な嫌がらせを重ねた。家の前に小鳥の頭だけを並べたり糞尿を撒いたり、遣いに出た弟子らに因縁をつけたりして脅した。町奉行所に訴え出てもとても取り上げてはもらえない、そんな暇もないとこちらに思わせるような、それでいて充分、気が塞ぐやり口だった。

怒ったり嘆いたりしているうちに、柳川重信が病で亡くなった。天保三年の閏十一月で、広重が描いた『東海道五十三次』が江戸雀の口に上り始めている頃だった。時太郎は父親の葬儀にも姿を見せなかった。

二階に上がって、茶を出した。

時太郎が伴った男と女は、二人とも所帯窶れを思わせる身形だ。どういうかかわりであるのか、不審に思いながらお栄は部屋の隅に腰を下ろした。

親父どのはすでに話を聞いてか、眉間に二本の縦線を刻んでいる。

「で、どうしてくれるんです」

渋皮色に日に灼けた男が、親父どのに詰め寄った。親父どのは頤を上げ、腕組みをする。

「甥がまた、何をしでかしたんでしょうか」

訊ねてみると、女が声を震わせた。

「時太郎さんはね、うちの娘を孕ませたんですよ」

そう口にするなり掌で顔をおおい、涙声になる。女の襟も袖口も垢じみている。

「いったい、どうしたら」

二人は娘の親だった。父親は竹棹や盥の振り売りで、母親は団扇の紙貼りを内職にしているという。時太郎より二つ年嵩(としかさ)の娘は水茶屋(みずぢゃや)勤めをしていて、どうやら家の稼ぎ手であるらしかった。娘の下には二人の弟がいるようだが、まだ奉公ができる歳ではないと、こちらから訊ねる前に父親と母親が声高に訴えた。

お栄は黙って時太郎を睨みつけた。

この、ろくでなし。何の甲斐性(かいしょう)もないくせに、よくも。

撲(なぐ)りつけたい気持ちで一杯になって、膝の上に置いた拳(こぶし)が震える。

と、時太郎が両の肘(ひじ)を張り、半身を倒した。

「祖父(じい)ちゃん」

親父どのに向かって、時太郎が頭を下げている。

「俺、今度こそ真っ当に働くよ。所帯を持って、煮売り屋を始めてぇ」

「お前ぇ、まだ十七じゃねぇか。やってけるのか」

「子が出来たんだ。俺の、初めての身内だ」

時太郎は早口で、そうまくし立てた。

初めての身内。

お栄は時太郎の背中を見返した。胸をいきなり衝(つ)かれたような気がした。

じゃあ、お前がさんざっぱら厄介を懸けてきた祖父ちゃんは、そして祖母(ばあ)ちゃんは何だったんだ。

そこまで咽喉に出かかったが、結局、それも呑み下した。親父どのが「わかった」と承諾したからである。

「性根を据えて、女房、子を養え」

少しほっとしたような声音であった。

十月に入ってまもなく、時太郎はささやかな祝言を挙げた。

上野寛永寺門前の池之端仲町にある、小さな表店で所帯を持ったのである。むろん、その金子の工面は親父どのがした。嫁入り道具は何も用意できぬと先方が言うので、蒲団と掻巻、火鉢、炬燵、そして煮売り屋稼業の鍋釜を購うための銭も用意してやらねばならなかった。

家は一階の土間が煮売り屋の店で、奥の六畳と四畳半に親父どのとお栄、時太郎夫婦と女房の親、弟らが坐った。といっても互いに盃を交わすだけの祝言で、皆、平素の着物のままである。

時太郎の女房になった娘はおさんという名で、母親に似ずひどく無口だった。十九と聞いていたがもっと上に見え、目の細さにくらべて唇が厚い。おさんはずっと俯いて、親父どのとお栄の顔をろくすっぽ見ぬまま目を伏せていた。腹はまだ膨らんでおらず、時々、弟らが騒ぐのを小声で叱っていた。

「ささ、先生、一献」

おさんの両親はしきりと親父どのに酒を勧める。

「あたしはあいにく、下戸で」

「ご冗談を。箱根から東に、下戸と化け物はいやしませんや。まあ、めでたい日じゃありませんか、一口だけでも」

親父どのは酒を呑む者といくらでも親しく交わるが、酒を無理強いする者は野暮だと言って嫌う。

「代わりにあたしが頂戴しましょう」

お栄が猪口を差し出したら、父親は露骨に白けた顔をして酌をした。何とも不味い地物で、燗冷ましのような味がする。赤飯はおろか祝の謡もなく、こんなに気まずい、居心地の悪い祝言など出たことがない。

お栄は夫婦に酌を返し、気を取り直してから上座に向かった。二人の前に坐り、改めて祝を述べる。

「おめでとう。しっかりおやりよ、時太郎」

おさんは黙っているが、時太郎は真っ直ぐにお栄を見返した。

「姉ちゃん、酒、好きだろ。もっと呑んでおくんな」

頰を上気させ、明るい声である。

この子、こんな笑い方ができるんだ。

お栄は目の中が潤みそうになるのをこらえながら、酌を受けた。時太郎の酌で呑むのは初めてだった。

久しぶりに胸の中で、善次郎に話しかけた。会わなくなってもう何年になるだろう。

善次郎が根津で妓楼を営みながら戯作を続けていることは、親父どのから聞いていた。時折、料理屋で開かれる席画会で顔を合わせるらしく、お栄は元気でやってるかと訊ねるという。

「あいつ、お前ぇの手がちゃんとわかってやがる。どこを俺が描いて、お前が何を助けたか、きっちり言い当てやがった」

そして善次郎は笑いながら、こう言ったそうだ。

――お栄の描く女は色気がありませんから、すぐにわかりやす。

相変わらず、ふざけた男である。

「ろくすっぽ絵筆を持ってない男が、何を偉そうに」

お栄は親父どのの前で、大仰に顔をしかめてみせた。

でもこうして胸の中で語りかける時は、素直な言葉が出る。

善さん、あの時坊がやっと一人前になりそうだ。

かなうことなら、この晴れ姿、お前ぇにも見てもらいたかったよ。

窓障子がかたりと音を立てて風が入ってきた。何とも清い、残り菊の匂いだった。

三

師走半ばの午下がりのことで、膝下からきつい寒さが這い上がってくる。

かじかみそうになる指先に時々、息を吹きかけながら、お栄は先がちびてしまった平筆を三本、五本と集めて並べていた。

肉筆画に用いる絵具は石や貝殻を細かく砕いたものを多く用いるので、すぐに毛先が切れて駄目になる。両端がなくなって三角になった平筆は、背景など面を塗るのに適さない。それで何本かを並べて糸で括り、連筆にするのだ。どの筆も元は鹿の毛を使った上物であるので、毛先を揃えて鋏を入れれば刷毛よりも使い心地のよい道具になる。

とくにお栄が作った連筆は、筆跡を残さずに濃淡や強弱をつけやすく、ぼかしをつけるのにも具合がいいと、親父どのも大層、気に入っている。

呑み喰いや着物、住処には恬淡として何のこだわりもない親父どのだが、墨や紙、絵具、道具には好みがある。そして目も利くので、自ずと良い物を選ぶ。絵具屋や紙屋、筆屋もそれを知り尽くしているので、妙な安物は持ってこないのだ。

その払いも今年の節季はどうなるものかと案じながら、お栄は糸を軸に巻きつけていく。家の中を見回しても、売れるどころか質に入れられそうな物とてない。小兎が残した鏡台や簞笥はむろん、着物一枚も残っていないのだ。

親父どのはそれらを売り払って、時太郎のために銭を工面したのである。いかに借金慣れしているとはいえ、これ以上、無理を言える相手がいなかった。板元にも前借りを続けているので、板下絵をいかほど描いても手許に銭が入ってくるわけではない。

親父どのがそんな毎日にだんだん疲れていくような気がして、お栄は旅に出ることを勧めたのである。先月のことだ。

「そうか。……いいのか」

「当たり前さ。この何年も大仕事が続いたし、いろいろ取り込みもあったから、所を替えて気を伸ばしといでよ。今はあたしで何とかなる手間仕事ばかりだし、行き先さえ知らせてくれたら文でやりとりできる」

「じゃあ、行ってくるか」

親父どのは相好を崩し、さっそく筆と帳面、杖だけを持って出立した。いざとなればせっかちなのだ。若い時分から旅には慣れているし、諸国に門人がいるので逗留先には困らない。

お栄はおそらく、少しでも暖かい西に向かうのだろうと想像していたが、文が届いたのは相州の浦賀からだった。浦賀は外海にも面しているので、いろんな波や漁師、魚を描き写しているようだ。方々から頼まれている肉筆画も浦賀で描いているので、お栄は親父どのにこの筆を送ってやろうと思いついた。

といっても今日は留守番がいないので、荷を送るのも明日になる。弟子は秋に一人が独立し、冬になってから二人がよその工房に移ったので、今は五助が一人きりなのだ。

本当は、五助も独り立ちさせてやりたいとお栄は思っている。こんな、火鉢に炭を埋けるのにも残りを気にしながらの家で、しかも人手が足りないので絵だけを描いていられるわけではない。今日も板元に品物を納めに行かせ、その帰りに買物をも言いつけてある。五助はもう便利遣いをするような小僧ではないのに、お栄も親父どのもつい、肝心な話を出しそびれている。

五助には身寄りがないので、独り立ちさせるには何らかの援けをしてやらねばならない。その算段がつかないのも、理由の一つではあった。

表の戸障子を引く音がして、意外と早く帰ってきたと思ったら、五助ではない声がした。

「ごめんなさいよ」

顔を上げて振り向くと、時太郎の女房の両親が土間に立っていた。

「まさか、逃げたってんですか、あの子が」

「その、まさかだからこうして寒空の下をわざわざ出向いてきたんじゃありませんか。ここに隠れてるんじゃないでしょうね」

母親は端から、とげとげと責め口調である。

「お疑いなら、どうぞ、どこでもご覧になってください」

「北斎の旦那は」

父親もどかりと胡坐を組んで、家の中を胡散臭そうに睨め回す。二人とも厚い綿入れを着込んで、首巻など絹である。

「今、ちょいと出掛けてます」

お栄は短く答えた。

「所帯を持ってまだふた月だというのに、朝、仕入れに出ると言ってそのままふっつり、帰ってきやしない」

母親がまた口の端を歪(ゆが)めた。

「それは、いつのことですか」

「七日前だったか、いや、十日前か。そんなことはどうだっていいじゃありませんか。ともかく、どうつけてくれるんです、この始末」

お栄は黙って、手首をさする。

時太郎の所業がまだ信じられないのだ。身内の欲目で信じたくないだけかもしれない。けれど、目の前の二人の言いようがどうにも引っ掛かる。

何でだ。何で、いきなり「始末」の話になる。

「だんまりで逃げようったって、そうは問屋が卸(おろ)しやせんよ、お栄さん。時太郎は始めたばかりの稼業(かぎょう)と腹の大きな女房を捨てて、行方をくらませたんだ。ただじゃあ置かねえ」

父親は巻き舌で凄(すご)み、次はまた母親だ。甲高い声でまくし立てる。

「仕入れも随分と嵩んだわりに時太郎の腕ときたら、何を作ったたってちっとも売れやしない。世辞の一つも言えないしさ、あんな商い下手、見たことないよ。結局、あたしらがあの婿を喰わせてやったようなもんだ」

どうやら、親父どのが孫夫婦のために借りてやった家に、この両親は入り込んでいたようだ。

お栄は時太郎の女房の顔を思い泛べようとしたが、まるで思い出せなかった。たったふた月前に会った女であるのに、名も思い出せない。汚い鼠色で塗り潰したような顔だ。どうしてなんだろう。あたし、どうかしちまったのか。

お栄は己を訝しみながらも、一言でも詫びを口にしてはいけないと思った。

「うちの娘はね、もう時太郎には愛想が尽きたって言ってんだよ。今さら帰ってきたって、家には一歩たりとも入れる気はないってさ。春には子が生まれるっていうのに、そこまで言い張るんだ。可哀想に、よほど厭な思いをしたんだろう」

「夫婦別れをする、と」

「そうさ」

「なら、仕方ありませんね」

「仕方ねぇって、手前ぇ、舐めてんのか」

父親が片膝を立て、お栄の間近に顔を突き出した。貧相で、そして欲深さを剝き出しにしている。

「手切れ金と赤子の養い料、合わせて二百両。この三日のうちに揃えてもらいやしょうか」

「二百両って」

「近頃は物の値も上がる一方でがしょう。これでも、気兼ねしてんですぜ」

にわかに、おもねるような物言いをする。

「そんな大金、逆様になったって用意できません」

「じゃあ、少々、面倒なことになる」

「面倒って」

「時太郎さ。どこに逃げてようが、必ず捜し出して」

お栄はもう飽くほど聞かされてきたその脅しを、最後まで言わせなかった。

「どうぞ」

これまでさんざんな目に遭わされながら、親父どのも「縁を切る」と申し渡しながら、結局、助けてきた。小兎もお栄自身も、どこかで時太郎が不憫で甘やかしてきた。必ず助けてくれる。あの家に行けば何とかなる。

時太郎にそう思い込ませたのは、あたしらだ。

「煮るなと焼くなと、どうぞ好きにしておくんなさい」

お栄は夫婦の目を順に見据え、言い放った。

夫婦を追い返した後、五助が帰ってきた。

「姐さん、どうしなすったんです。真っ蒼ですよ」

「何でもないよ」

「けど、震えてなさる。何か、あったんですか」

五助は眉根を曇らせながらも、茶を淹れてくれた。それを飲んでいるうちに、やはりこのままで済むわけがないと、湯呑を置いた。

「ちょいと、出てくる」

日本橋に向かって、ひた走った。今のお栄には、相談する相手は西村屋の与八しかいなかった。

三ツ巴の紋が大きく描かれた暖簾を潜った時、息が切れて物も言えなかった。番頭になった甚助が以前のように「姐さん」と駆け寄ってきて、「何事です」と腕を支えてくれた。よほどの形をしているのか、小僧らは顎を引いて遠巻きにしている。

「旦那、旦那はいなさるかい」

「ええ、ついさっき戻ったばかりで、今は奥に」

「ほんの少しでいいから、会ってもらえないだろうか」

「すぐに訊ねてまいりますから、ともかくここにお坐りになって」

店の板間に腰を下ろすと、裾が大きく開いて下穿きが丸見えになっていることに気がついた。慌てて前を合わせ直す。あまりに寒くて、親父どのの古い股引を穿いているのを忘れていたのだった。

奥の座敷へ通されて、さほど時を措かずに与八が入ってきた。甚助から様子を聞いたのか、すぐに「如何なさいました。先生に何か」と訊ねられた。

「いえ、違うんです。お恥ずかしい話ですが」

お栄が顚末を打ち明けると、与八は「さようですか」と溜息を吐いた。時太郎は西村屋に小僧奉公していた際も悪事を働いて、随分と迷惑をかけていた。

「やっと身を落ち着けたと、先生も安堵しておられたのに」

「今度こそ性根を入れ替えて暮らしを立てていくだろうと、あたしも思ってました」

お栄は時太郎が祝言の日に見せた、あの顔が忘れられないのだ。女房の面相はまるで憶えていないのに、時太郎のそれだけはやけにくっきりと胸に残っている。

「その強請りにかかってきた夫婦者を追い返されて、それでもこうしてあたしの許をお訪ねになったということは、やはり時太郎さんをお助けになりたいということですか」

「いいえ、そうじゃありません。薄情なようですが、もうこれ以上、あの子のことで親父どのを煩わせたくないんです。百歳まで生きるなんて言ってますけど、誰にでも寿命はありましょう。それが尽きるのはいつなのか、そんなのわかりません。だから一日、一日が大事なんです」

「はい。あたしもそう思います」

「でも時太郎、いえ、あの子の子供が生まれます」

時太郎への思いはさすがに口にできなかった。気がつけば子供のことに言い及んでいた。

「たしかに子供には何の咎もありませんが、それにしても二百両とは法外だ。……お栄さん」

「はい」

「いくらまでなら、払えますか」

本当は一両だって段取りできない。だが、覚悟しなければならないのだろう。

「たぶん、五十両がやっとです。養い料としてそれが足りるかどうか、わかりません
けれど」

「あたしがなぜこんなことをお訊ねするかというと、いかなる手立てを使えども、必ず金子はかかるからです。力のある者を動かさざるを得ませんからね。二度と手出しをさせないためには、相手より力のある者を動かさざるを得ませんからね。ただしそれにはやはり、謝金というものがついて回る。奉行所に訴えて出るという手もありますが、当事者同士で内済するよう勧められる場合が多いし、公事が長引いたらそれこそ先生の躰に毒だ」

お栄は黙ってうなずいた。

「あたしの心当たりは、先代からつきあいのある棟梁です。俠客とも五分で渡り合っているお人ですから、おそらく後腐れのない始末をつけてくれる。ただし」

与八は、声を低くした。

「五十両を預けて、その夫婦者にいくらが渡るか、こちらからは口出しできません。何もかもを任せるのが慣わしです」

「じゃあ、子供はどうなるんです」

「その夫婦者にたとえ二百両を綺麗に渡したって、子供のために使われるかどうか、知れたもんじゃありませんよ」

与八は言葉を切って、眉を上げた。

「時太郎さんはそういう連中と、かかわりを持ってしまったということです。先生にはしばらく、せめて年明けまで浦賀に留まっていただいた方が良いかもしれません。できれば文のやりとりも偽名を使って、お栄さんも家移りをしてください。よろしければ、根岸にうちの隠居家があります。手入れの行き届かない古家ですがね、お厭でなければしばらくそこを使っていただいて構いません。うちの親父は今、別の家に住んでおりますから」

「そこまでしないと、いけませんか」

「おそらく」

お栄は長い息を吐き、そして覚悟を決めた。

「何から何まで、相済みません」

礼もそこそこに、腰を上げた。五十両を工面するのに気が急いていた。

「五十両、いかがなさるおつもりです」

「何とかします」

「高利の烏金なんぞに手を出したら、それこそ終いですよ」

うろたえた。図星だったのだ。

「でも、三日のうちにそんな大金を用意するには、それしかありません」

恥ずかしくて顔を上げられない。親父どのはこんなに情けない思いをして金子を算段してきたのだろうかと、たまらなくなった。

「あたしは先生にたっぷりと儲けさせていただきました」

与八が何を言い出そうとしているかがわかって、お栄は頭を振った。

「ですが、随分と前借りもして、ろくにお返しできておりません」

「いえ。この五十両については、お栄さんにお貸しします」

「あたしに、ですか」

思いも寄らぬ申し出だった。肩から腕にかけて痺れたようになって、指先までが小刻みに震える。

「絵でお返しください。五十両に見合うと思う、肉筆画を」

有難くて、声が出なかった。

次の日には五助をつれて、根岸の隠居家に移った。

お栄は独りで、大晦日の夜を迎えた。

五助は昔、北斎工房の一番弟子であった弥助に招かれて、そこで正月を過ごすことになった。弥助はもう所帯を持っていて、子も一人ある。

「姐さんも一緒にって、兄さんが言うておられます」

誘ってくれたが、お栄は「いいよ。ゆっくりしておいで」と送り出した。

あの後、浦賀に逗留している親父どのには、すべての片がついてから文で知らせた。

気が重かったが、しばらく江戸に戻らぬよう伝えねばならない。そのためには、時太郎の出奔に触れぬわけにはいかなかった。

与八が頼んでくれた棟梁は律儀にもここに若い衆を寄越して、夫婦者の素性を報せてくれた。

「あの父親ってのは振り売りなんぞ、しちゃあいやせん。安い賭場に出入りしてる小者で、母親もまた無類の花札狂いです」

「じゃあ、煮売り屋はもう看板を下ろしてるんですか」

「元々、まともな商いなんぞしてなかったようですよ」

「最初から」

「いえ。近所の話だと、逃げたご亭主は真面目にやってたそうですがね。随分と凝った品をあれこれ揃えて、なかなか旨かったと言う者もおります」

「……そうですか」

「ですが、値付けが滅茶苦茶だったようで。こんなに安くて見合うのかと思うほどの値かと思えば、やけに高い物があったりして、皆、一度や二度は買ってみても足繁く通うほどにはならなかったようで。ひと月ほど経ってから立ち寄ってみたら、どれもこれもえらい高値をつけてるようなありさまで」

「女房は、店を手伝ってたんでしょうか」

「それが、わかんねぇんです。あの夫婦者が奥で博奕をして遊んでたのは何人もが見てるんですがね、女房の姿を見たってぇ者があんまりいねぇんですよ。あらかじめ伺ってた二人の弟というのも、どうやら怪しい。いえ、店を始めた頃から冬至頃まではたしかにいたようですが」

時太郎が北斎の孫であると知って端から仕組まれたのか、それともあの女房が本当に愛想尽かしをして先に出て行って、それから親が欲に駆られて談判を思いついたのか。何もわからずじまいだった。

親父どのには時太郎が夫婦別れをしたこと、先方の親が堅気ではなさそうなことを書き添えた。むろん、西村屋の世話で根岸に家移りをしたことも。

親父どのはすぐに文を返してきた。差出人の名は、三浦屋八右衛門としてあった。文はごく短いもので、西村屋にくれぐれもよろしくとあり、この地で日々、画業に精進している、腕の上達が楽しみであると記されていた。

そして紙の端には、広袖の衣をつけた妖かしが描かれている。親父どのが口にする「悪魔」の絵で、顔つきはわからない。うなだれているからだ。

その様に　誰にされたと　祖父が泣き

そんな川柳が走り書きされていた。

親父どのもきっと知っているのだ。時太郎が本気であったことを。

ほんの束の間であったにしろ、時太郎は誰かのために生きようとした。

お栄は燭台を手にして立ち上がり、窓障子を引いた。

枯れ野に雪が降っている。除夜の鐘が鳴り始めた。

第九章　夜桜美人図

一

　井戸端にしゃがんで顔を洗っていると、頭越しに誰かが「よッ」と声を掛けている。

「変わりねぇか」

　朝っぱらからこんな裏長屋の誰を訪ねてきたものやらと思いながら、お栄はそのまま口を漱ぎ、両手を振って滴を切った。

　向島小梅村にあるこの俵兵衛店に家移りしてきたのは先月、天保十五年（一八四四）の二月である。お栄父娘の他は職人の独り住まいが大半なので、夕暮れまでは物売りも滅多に入ってこない。

　肩に掛けてあった手拭いを引くと、真ん前に男の足があるのが見えた。板元の遣いにしては口のきき方が違うし、声に憶えもない。首を傾げながらそろりと立ち上がって、「え」と声が洩れた。

目の前に立っているのは、善次郎だった。

「その面は何でぇ。びっくりし過ぎだ」

「何でまた」

「ご挨拶だな。桜餅、買ってきたのよ」

善次郎は手にした竹皮包みを掲げ、「ほれ」と揺らした。

「ぼんやりしてねぇで、顔、拭いちまいな。濡れたまんまだぞ」

「あ、ああ……うん」

手拭いの中に慌てて顔を埋めた。何か言わないとと思いながら、無様なほど言葉が出てこない。

「今度はまた、えれぇ風流な土地に越したもんだな。歩けど歩けど寺に大名屋敷、後は田圃ばっかじゃねぇか。ここを探すのも難儀した」

路地の中を見回しているのか、文句をつけている。

この男はまったく、いつだって突然だ。忘れた頃にいきなりやって来る。そう思うと、向かっ腹が立った。これまでお栄が留守の間に訪ねてきて行き違いになることがしばしばだったので、こうしてまともに顔を合わせるのは十数年ぶりだ。

けれど善次郎はふらりと現れて、昨日も会っていたかのような口をきく。お栄は四十七になっているので、七つ年上の善次郎は五十も半ばに近いはずだ。にもかかわらず、喋(しゃべ)り方の軽さと性根の図々(ずうずう)しさは昔と少しも変わらない。

いや、さすがに目尻(めじり)の皺(しわ)が深くなって、そして随分と痩(や)せたことに気がついた。顎(あご)や肩先の線にも、若い頃の切れがない。

内心でたじろぎながら、お栄は憎まれ口を放った。

「もう、とっくに野垂れ死にしたかと思ってたよ。相変わらず、しぶとい」

すると善次郎はさも嬉(うれ)しそうに、「そっちこそ」と笑い声を立てる。

「皆、あの御改革(ごかいかく)でさんざんな目に遭ったっつうのによ。父娘でどっこい、生き残りやあがった」

「それは、あいにくだったね」

「親爺(おやじ)どの、起きてるか」

「いや、ちょいと出てんだよ」

「出てるって、朝から珍しいな。どこに」

「信州」

「え、あの信州か」

善次郎は両の眉(まゆ)を上げた。

長火鉢に掛けた鉄瓶で善次郎は茶を淹れ、持ってきた包みを開いた。

「どうせ朝飯、まだなんだろう。喰いねえ」

湯呑も差し出してくれる。親父どのは起き抜けでも平気で甘い物を口にするが、お栄は苦手である。が、煮売り屋で買い込んであったお菜も昨夜、喰い尽くしてしまい、飯櫃の中も空だ。

仕方なく餅を手にした。口の中で桜の香りが立って、やっと目が覚めたような気がした。咀嚼しているうちにじっくりと、塩気と甘みが来る。

「ふぅん、なかなか乙なもんだ」

「だろう。この葉は大島桜でねぇと、いけねぇらしい。あ、お前ぇ、皮ごと喰っちまったのか。桜餅はな、葉っぱを剝くもんだ」

「そうかえ。でももう遅い」

舌の上に葉の筋らしい物が残ったが、それも嚙みしだく。近頃は肩の凝りがひどく足首もやけに冷えるが、歯だけは丈夫なのが取り柄だ。

「それにしても信州に逗留とは。てっきり、まだ炬燵に潜り込んでるとばかり思ってたのによ」

善次郎は背後の炬燵を振り返りながら、半ば呆れたように言った。

親父どのは八十をいくつか過ぎてから、毎日のほとんどを炬燵の中で過ごしているのである。夏はさすがに炭団を入れないが、半身は炬燵蒲団から出さず、うつ伏せになったまま絵を描く。疲れたらそのままごろりと横になって寝て、起きたらまた躰の向きを変えて筆を持つ。客が訪れても滅多に起きて出ないので、近頃はその体が仲間内に知れ渡っているようだ。

「信州のどこなんだ」

「小布施村ってとこ」

「江戸から何里ある」

「六十四里ほどだと聞いたけど」

お栄は茶を啜って、桜餅をもう一つ摘まんだ。一瞬、迷ったが、やはり葉を捲るのが面倒でそのまま口に入れる。

「てぇことは、俺の足でも七日、いや八日はかかるぜ。お前ぇ、よくも平気で行かせたな。親爺どの、もう八十五だぜ。杖が手放せねぇのに、途中で何かあったらどうする。供はどうした。今は五助もいねぇし、かといって板元の若ぇ者を雇うわけにもいかねぇだろう」

五助は二年前、一念発起をして歌川派の国芳(くによし)という絵師に弟子入りしたのである。国芳は親父どのとは交誼(こうぎ)があるので、もう三十前になっていた五助を門弟としてこころよく迎え入れてくれた。国芳は武者絵(むしゃえ)で名を轟(とどろ)かせ、江戸では今、大変な人気だ。修業する親方が変わればまた、新しい技を身につけられる。親父どのも若い頃はそうやって腕を磨いてきたのだ。お栄も、五助を祝って送り出した。

「それが、日本橋の十八屋(じゅうはちや)さんから大八(だいはち)車付きなのさ。歩くのが辛(つら)くなったら車の上に乗っけてもらうらしい。がったん、ごっとん、品物と一緒に」

「十八屋って、あの本銀町(ほんしろがねちょう)の太物(ふともの)問屋か」

「知ってんのかえ」

「そりゃ、あれほどの大店(おおだな)だもんよ。それに俺も今、日本橋だ。坂本町(さかもとちょう)」

「そうかい」

と何気なく答えながら、お栄は今の善次郎の居どころを知っていた。誰に聞いたのだったかは憶えていない。

「今、戯作(げさく)は」

「ああ。何とか巻き返しを考えてるとこよ」

善次郎が妹婿(いもうとむこ)と一緒に営んでいた若竹屋という妓楼(ぎろう)は、もう随分と前、飢饉(ききん)が起きるよりもまだ前に火事に遭い、一時期、一家は行方知れずだったのである。それから善次郎はまた戯作者に戻り、仲のよい為永春水の人情本の刊行を助けたりしていた。

「ほんに、苦労だったね。善さんも」

「お栄もだろうよ。絵師に戯作者、板元……役者も寄席も皆、あの御改革で干上がっちまった。俺、この七年ほどを思い返すだけで何とも言えねぇ気になる」

お栄は「あたしもだ。ろくでもないことばかりが続いた」と、掌の中で湯呑を回した。

「御改革の前は、飢饉だったしね」

お栄がちょうど「應爲」の落款を用い始めた天保四年（一八三三）、その頃から諸国で米の不作が続いたのだ。四年も天候が定まらぬうえひどい風雨に見舞われ、ついに飢饉となった。江戸でも諸物価が高騰し、田畑を捨てた百姓らが流入するも、市中の方々で行き倒れ、飢え死にする者もいた。

「あの時は、ほんにきつかった。御公儀が御救小屋を建てたけどよ、うちの家の裏でも年端の行かねぇ子供が行き倒れたりしててよ。親と一緒に在所から逃げてきてはぐれたのか、それとも捨てられたのか、お滝がともかく抱き上げて口に水を含ませてやったらしいが、唇が枯れ木みてぇに硬くて動かなかったってよ」

そして善次郎は声を低くした。

「親爺どのは大丈夫だったか。柳亭先生と随分と親しかっただろう」

飢饉後、水野という御老中が断行した改革は従前の華美な風俗を取り締まるという触れ込みで、とくに町人への締めつけが厳しかった。歌舞伎芝居の小屋は浅草に移転を命じられ、七代目市川團十郎は奢侈を咎められて江戸を所払いとなった。寄席も様々な規制を受けて、多くが廃業に追い込まれた。

そして改革の矛先は読本や錦絵にも及び、絵師や戯作者、板元を震え上がらせたのである。役者や遊女、芸者を描いた一枚摺りの錦絵は、風俗を乱すとの理由で売買を禁止された。新規の刊行は言うに及ばず、すでに刊行済みのものも統制の対象にされたのだ。

そんな中、柳亭種彦の『偐紫田舎源氏』が板木を没収された。しかも柳亭は普請したばかりの屋敷について言いがかりをつけられて公儀から呼び出しを受け、身柄を拘束されたのである。忘れもしない、一年半前、天保十三年（一八四二）の六月のことだった。柳亭は戯作者でありながられっきとした旗本であるので、その際、いかなる譴責を受けたかは親父どのにも話さなかったらしい。が、七月に再び拘束された後、十九日に突然、亡くなった。

自死という噂も立ったが、真偽のほどをお栄は知らない。西村屋の主、与八などは「失意のうちに病を得ておしまいになったのでしょう」と、声を詰まらせた。

お栄は湯呑を膝前に置き、「そうさ」と返した。

「柳亭先生とは三十年もつき合ってて、それでもすぐに会いたくなる相手だったんだ。ちっと面白いことや目新しいことを、そう、阿蘭陀算盤や遠眼鏡を借りたりしたらすぐに柳亭先生んちに飛んでって、一日じゅう一緒に遊んでくるのさ。八十三と六十だから歳は親子ほど違うけど、よほど気が合ったんだろう。仕事ではそう絡んでないけど、そんなのを抜きにして親父どのは柳亭さんが好きだったんだろうと思う」

善次郎は黙って、腕を組んだ。

「だから、親父どのがあんなに塞ぎ込んだの、あたしは初めて見たよ。おっ母さんが死んだ時とはまた違うんだ、様子が。何なんだろうね、心の棒を抜かれたみたいに坐り込んじまって、いや、筆を持ってはいるんだけど手が動いてないんだよ。あたし、このまま親父どのもいけなくなっちまうんじゃないかって、本気で案じたものさ」

一つ溜息を吐いてから言葉を継ぐ。

「親父どの自身も、そういう自分をどう扱ったらいいのかわからない、そんな感じがあった。で……あれは九月時分だったか、いきなり旅に出ちまったんだ。信州の小布施に」

「いきなりか。けど、何で信州なんだ」

「十八屋さんの郷里が小布施村でさ、本店があるんだよ。主が絵も描く文人だから、飢饉の頃からお金を用立てておくんなさったり、肉筆画を注文してくれたりね。善さんも知っての通り、うちは借金とは縁が切れないから、ずっと世話になってんだよ」

お栄は膝をさすりながら、続けた。

「で、十八屋さんの縁で知り合ったお人の中に高井鴻山という文人がいなさって」

「そのお人の名なら、俺も耳にしたことがある。いっとき江戸にいた人だろう。書画に和歌、儒学や蘭学まで修めてる切れ者だってな。大坂で乱を起こしたあの大塩平八郎ってぇ与力や、何つったか、そう、あの佐久間象山とも交誼があるんだってな」

「よくは知らないけどさ、親父どのはまあ、ああいう人だから、そんなつながりや素養よりも人柄を気に入ったんだろう。いつか小布施にもお運びくださいって誘われてたんだ、行っつくるって、あたしにその二言だけを投げて本当に行っちまったんだよ、信州の高井家に」

「思い立ったら獅子のごとく突っ走るもんなあ、親爺どのは」

「と言やあ、聞こえがいいけどね。ああ見えて、親父どのって計算高いとこがあるだろう。え、知らないかえ。百人一首の絵を引き受けるのにも、画料は一人当たり幾らなんてせせこましいこと言うんだよ。だから信州行きもさ、まずは本銀町の十八屋さんちに寄って、暖簾の前で荷を作ってる小僧をつかまえてさ、もし、その荷はいずこに、へい、これは小布施に参ります、ならご一緒つかまつろう、いや、わしは怪しい者じゃない、かくかくしかじかと名乗って、で、大八車に乗っけてもらったらしいよ、まんまとね」

善次郎が噴き出した。

「なるほど、それも親爺どのらしいや」

「やり口が図々しいと言おうか、ああいう年になると面の皮も千枚張りなのかね。十八屋の旦那なんぞ、親父どのが小布施に向かったことを後で番頭さんに聞いたらしくてさ、何かの間違いじゃないかって、うちに遣いを寄越して来なすったんだから。小布施の鴻山さんなんぞ、さぞ仰天しただろうね。前触れもなしに、いきなり親父どのが屋敷の門前にふらりと立ってたっつうんだから」

善次郎は目尻にまた何本もの皺を寄せ、火鉢の抽斗から煙管を出した。「要るか」と目で問うのでうなずくと、己の懐から出した煙管とお栄の物の二本に刻みを詰めている。

「だいたい、あたしの郷里に遊びに来てくださいなんて、半分は愛想で言うもんだろう。ところが鴻山さんはほんに良くしてくれたらしいのさ。一緒に川柳をひねったり栗拾いで遊ばせてもらったりね。小布施という村は江戸の粋も京風の風雅も弁えた人がそれは多いらしくて、まあ、親父どのが逗留してるってんで絵の指南を請う人を集めてくれたりもして。そりゃもう手厚い遇し方だったようだ」

お栄は顔を上げ、白く柔らかな光を帯びた春障子を見た。

「いつだったか、鴻山さんが江戸を訪れなすった時にあたしも一度、十八屋さんでお目にかかったんだけどね。びっくりしたよ。歳はまだ三十半ば過ぎで、娘のあたしより遥かに若いんだから。でもさ、腑に落ちるものがあったんだ」

善次郎が火をつけ、吸いつけてから回してくれる。お栄は受け取って、一口くゆらした。

「何となく、似てるんだよ」

「誰が」

「鴻山さんがさ、亡くなった柳亭さんに」

「……そうか」

「見目じゃないよ。何て言えばいいんだろう」

「親爺どのは、若ぇ時分の柳亭の面影を、高井さんに見たのかもしんねえってことか。何を投げかけても思わぬ響き方で返してくれる、一緒にいたら時が過ぎるのも忘れるほど楽しくてなんねえ、そんな若者の面影をよ」

親父どのはかけがえのない友人を喪って、心底、絶望したのだ。そういう己に狼狽えた。その時、胸に泛んだのが鴻山だったのだろう。まだ見ぬ土地への憧憬も手伝って、親父どのは杖を突くのももどかしげに立ち上がって長屋を出たのだ。

親父どのはどんな思いで荷車の上に坐っていたのだろう。六十四里もの道を揺られながら柳亭を思い、慟哭したような気がする。だからお栄はよくぞと思うのだ。

鴻山さん、よくぞ打ちひしがれた年寄りを迎え入れてくださった、と。

お栄は鼻の奥が潤みそうになるのを、笑ってごまかした。

「それからの親父どのときたら、小布施の土地の人らのことも大の贔屓になっちまってね。信州は人がいい、吹く風もいいって言い暮らして、向こうでいろいろ注文もらえるもんで、今度の旅もね、あたしを一緒に連れて行くってきかなかったのさ」

「行けばいいじゃねぇか」

「やだよ、江戸から出たことなんぞ一度もありゃしないんだ。そんな遠いとこ、御免こうむりたいね。だいいち、親父どのの言い草が気に入らない。お前ぇを独り残して行くのは気懸りだなんて、もっともらしいこと言ってさ。本当は向こうでの仕事をあたしに手伝わせようってぇ魂胆だ」

「なるほどな。近頃の親爺どのの肉筆画も、結構、お栄がやってんだろ」

善次郎は時々、金主の床の間に掛かっている掛物（かけもの）や席画会で、親父どのの絵を見ているらしい。

「彩色（さいしき）だけの時もあるけどね。ほら、取り締りがきつくて浮世絵が出板しにくくなっただろう。だもんで、肉筆画を一枚でも多くこなさなきゃなんない。あたしが江戸に残ってなきゃ、この仕事の山、誰が片づけるってんだ」

善次郎はふと横顔を見せた。お栄が仕事場にしている壁際（かべぎわ）の、筆を差した湯呑や絵皿、そして描きかけの下絵の山を眺めている。

「お前ぇ、このまんまでいいのか」

何を言われているかがわからなくて、お栄は首を傾げた。

「いや、線描から仕上げまで、何から何までお前ぇがやってる絵もたくさんあるだろう」

「そりゃ、そうさ」

「そこに親爺どのは落款を入れ、印章を押す」

「その方が値打ちがあるからね」

「喰ってくためか」

「当たり前だろ。こちとら、仕事を注文してもらって何ぼの職人だ。親父どのの名とあたしの名じゃ、同じ絵でも何倍も値が違う」

「思い込んでるだけじゃねぇのか。己の名を記した絵がどう評されるか、知りたいとは思わねぇのか」

そう言いながら善次郎は火鉢の前から立ち上がり、壁際に向かって歩く。丸めた搔巻(かいまき)をひょいとまたぎ、昨夜、呑んだまま放ってある徳利(とっくり)や猪口(ちょこ)、絵皿をも踏まずに器用に足を運んでいる。

「何でお前ぇは、勝負しようとしねぇ」

と、善次郎はふいに片膝をついた。

二

しばらく黙り込んだまま何も言わなくなったので、お栄は立ち上がってかたわらに並んだ。

「何だえ、急に黙り込んじまって」

「娘が、短冊と筆を手にして立ってる景か」

善次郎はお栄が手掛けている最中の下絵に見入っていた。まだ墨の線だけで描いた縮図の段階で、実際には長さ三尺、幅一尺強の絹布に描くことになる。

「中央の樹はこれは桜だな、左に灯籠、手前右にも灯籠……ってことは、これ、夜桜か」

「そう。画の上、三分ほどは星空にするつもりだ。灯籠の灯を頼りに今、歌を詠もうとしている」

「なるほど、夜桜美人図か」

「向島の料理屋から受けた注文でね。座敷に飾ってお客の目に触れるのは、夜の宴が主だろう。雪洞を灯した薄闇の床の間には、こういう夜桜景色もいいかと思ってさ」

「夜に、夜の景色を見せるか」

善次郎は「むう」と唸り、片膝の上に置いた腕を立てた。肘をつき、己の顎を掌で揉むようにしている。

「あたしの思いつきじゃないんだよ。昔、親父どのの画帖でこういう下描きを見たことがあったんだ。たしか、元禄の頃の秋色ってぇ名の女歌人を画題にしたものだったと思う」

「秋色って、あの句か。井のはたの、桜あぶなし、酒の酔」

「知ってんのか」

「まぁな。俺、一応、戯作者だ」

「そうだった。いつまでも売れねぇ戯作者」

お栄がからかうと、善次郎は「言ってろ」と肩をそびやかす。

「けど、親爺どのなら灯籠でなくて、井戸を描いてただろうな」

「何でわかる」

「歌人を画題にする場合、たとえばこの絵なら、この娘は秋色ですよってぇ手掛かりを残しておくもんだ。それで初めて、観る者は謎を解く楽しみを得る」

「けど、夜に井戸端って何となく怪談めいちまうだろ。それとも夜の風景ってぇ思案をあきらめるべきなのか」

考え込みそうになったが、善次郎は何も言わない。少し苛立って、お栄は眉の上や頬を爪でかいた。この頃、ちょっと思案をすると顔や胸が痒くなる。

「あたし、代わり映えしないだろう。あちこちの絵から材を引っ張ってきて、それを己の都合の良いように組み立てて描いてるだけだからさ。それでも、何とか形にはなっちまうんだよ。それで上達しないのか、いつまで経っても」

「お前ぇがそう思うんなら、そうだろうな」

善次郎は眉を顰めたまま、腰を上げた。

「けど、皆、そうやって修業してきたんじゃねぇのか。親爺どのも」

そう呟いて、「そろそろ、帰るわ」と言った。


彼岸も過ぎているので、もう水も温んで鮒も泳ぎ出しているのだろうか。

侍の三人づれが堀の端に腰を下ろして、のんびりと釣り糸を垂れている。土堤では芹が浅緑の葉をすくりと伸ばし、田圃の畦道では白の辛夷が春空に向かって開いている。鵯が枝に留まって、盛んに鳴く。巣立ちの時が近いのかもしれない。

お栄は善次郎と肩を並べ、隅田川に向かって歩いていた。「買物がある」と言って、一緒に長屋を出てきたのだ。それは本当のことで、どこかで蕎麦を啜ってから煮売り屋で適当なお菜を買い込んでおかないと餓えてしまう。包丁を持つのはおろか竈の前に坐って火吹き竹を使うのも面倒なので、鮓や豆腐田楽、煮卵の類を見繕うのである。

そうだ、酒も買わないともう切れている。

親父どのが留守の間は何といっても、酒と煙草が好きな時に好きなだけ味わえるのがいい。酒を呑みながら筆を持つこともあって、しかも板元は親父どのがいないと知っているので、遣いの者に手を止められることもない。

描いてさえいられれば、倖せだ。そう思って毎日を過ごしていたのに、善次郎が訪れて調子が狂った。

あまりに久方ぶりであったからかもしれないが、堰を切ったように、それこそ夢中でお栄は喋ったのだ。あれも伝えたい、この話もしておかないと思い、止められなかった。

そういえば、母の小兎も時々、工房に来ては一方的に喋っていた。独りってこんなことが起きるのかと、己が少し不安になる。今頃、気づいて、かたわらの善次郎を見上げた。

「善さん、親父どのに何か用件があったんじゃないのかえ。言伝、聞いとこうか」

「ん、いや、言伝を頼むほど大した話でもねえ。ま、無沙汰続きだったからよ、どうしてっかなあと思ってな」

「あたし、喋り通しだった。悪かったね」

「いや、そうでもないさ」

陽射しの下では、生え際に銀色の物が混じっているのがよく見える。お栄は自分もきっとそうだろうと、頭に手を置いた。

「今さら、隠したってしようがないか。馬鹿だな、あたしも」

独り言を呟いたことに気づいて、今度は口をおおわねばならない。また、己にげんなりした。背筋と腰を伸ばし、首をぐるりと回してから訊ねた。

「お滝さんは元気かえ」

「ああ。よろしく言ってた」

「今は何をしてなさる」

「近所の娘らに三味線を教えてる」

「へぇ、お滝さんなら弟子も多いだろう」

「まぁな。しじゅう誰彼なしに集まって、騒いでら」

「妹さんらも変わりないかえ」

「ああ。まあ、何とかやってる」

「じゃあ、善さんは」

何の気なしに、半ばからかう気分で訊いたのだが、善次郎はためらうように息を吸い込んだ。

「どうしたんだ。善さん、あんた、何かあったのか。まだ、御改革の煽りを喰ってんのか」

「もちろん、俺もやられたぜ。枕絵本を二冊、絶板にされた」

「……そう」

お栄は一緒にこうして出てきて良かった、と思った。長屋の戸口で見送っていたなら、聞かずじまいになるところだった。

「大変だったね、お前も」

「いや。江戸じゅうの誰もが同じ目に遭った。まして柳亭の戯作でやられるんだもんな、枕絵本なんぞ当たり前だ。ただ」

「ただ」

「春水がな」

為永春水はその昔、柳亭種彦とも交誼があり、式亭三馬師匠に師事したはずである。いつだったか、馬琴師匠の戯作を無断で再板して激怒させたことがあって、そういう山っ気や遊惰な気質も善次郎とは合うのだろう。

「春水はやっと人情本を出して当てたんだが、中身が淫らだと奉行所に咎められてよ。手鎖の刑を受けた。五十日だ」

お栄は二の句が継げず、やっと「そうか」と呟いた。

「ごめんよ、あたし、知らないまんまで」

「いや、毎日、誰かが所払いになったり牢屋にぶち込まれたりしてたもんな。皆、己が引っ張られねぇように息を潜めるのがやっとだった。春水の野郎、刑を受けてから人が変わっちまってな。幽鬼みてぇに痩せこけて、手首なんぞこんなだった」

善次郎は左手で指を丸めて見せた。

「肩から手首にかけて萎えちまってよお、なのに震える手で猪口を持って深酒しやがんのよ。俺がいくら止めても聞き入れやしねえ。呑んでは嘆き、嘆いては吐いて、とうとう死んだよ」

「いつ」

「去年の暮れだ」

「俺、わからなくなっちまってな」

川風が渡る。

善次郎は歩きながら空を見上げた。

「春水とは、ほんに長いつき合いだった」

「うん」

「いつもつるんでよお。互いの家に帰るのも面倒になってどっちかに居続けをして、岡場所も湯屋も呑屋も大抵はあいつと一緒で。女房なんぞよりよほど長いんだなんて、あちこちで吹いたりしてたのによ、何にもしてやれなかったんだ、俺は。あいつが鬱々と酒を呑むのを宥めたり叱ったりするだけで、自棄を起こすのをどうにも止められなかった。こいつは死んじまうんじゃねぇかって、どこかでわかってたのに」

善次郎が言うには、いつものように春水の長屋を訪ねたらうつ伏せになって倒れていたらしい。吐いた物が口から畳の上に零れていて、駆けつけた十手持ちは酔って寝てしまい、咽喉を詰まらせたのだろうと推したようだった。

「あいつな、若ぇ頃、切腹の方法を教えろってよく俺に迫ったのよ。いや、むろん、俺が元は侍だったことをからかって、悪ふざけで言ってやがったんだ。馬鹿野郎、俺が切腹の作法なんぞ知るもんかって笑いながら返したもんだったけどよ。あんな、ちょっとずつ死んでいくような月日を過ごさせるんなら、いっそひと思いに死ねる方法を教えてやっとけば良かったなんて、そんなことも思っちまって」

「善さん、それは違うだろう。お前が己を責めてどうする」

すると善次郎は眉を上げて、苦いような笑みを泛べた。

「な、女ってのはそう言うだろう。うちのお滝だってそう言うに決まってる。だから俺はあいつにこの話をしねぇんだ。……違うんだよ。俺はな、俺の気持ちなんぞ、どうだっていいんだ。俺が自分をどう責めようが、春水は還(かえ)ってきやしねえ。んなこと、わかってる」

善次郎はきっと毎日、このことを考えてきたのだとお栄は思った。考えて考えて、でもどうにもならない。

「もしかしたら、善さん、それで親父どのと話をしようと」

為永春水を喪(うしな)った己と、柳亭種彦を喪った親父どのとを重ね合わせたのではないか。

「いや、それが目当てで訪ねたわけじゃない。本当だ。だが、話の流れによっては、親爺どのがどうやって乗り越えなすったのか、少し聞けるかもしれないとは思っていた。桜餅(さくらもち)で釣ろうなんぞ、安い料簡(りょうけん)だがな」

「じゃあ、あいにくな話をしちまったかな、あたし。親父どのは乗り越えるとか、そんな格好のいいことじゃなかったから。無様なほど落ち込んで、で、いきなり小布施に行っちまっただけだから」

「いや、聞けて良かったさ。偉い坊さんみてぇに達観されてたら、俺なんぞ真似(まね)のしようがねぇもんな。ちと、ほっとした」

いつしか二人で吾妻橋(あづまばし)を渡っていた。川も空も広くて、春空にしては青が澄んでいる。

「そうかえ。なら、良かったけど」

お栄はよくわからないまま、笑い濁した。

「それに、お前ぇのあの絵」

「あ、あれはもういっぺん、考えてみる」

「違う。そうじゃない」

善次郎が足を止めたのでお栄も足を緩め、かたわらを見上げた。

「いや、お前ぇが心底、考え直してぇと思ったらそうすりゃいいんだぜ。お前ぇはほんと、己の腕をわかってねぇんだ。呆(あき)れるほど」

「また小難しい言いようをして、ひとを煙(けむ)に巻く。わけがわかりゃしない」

「だから、まあ、待ってな。そのうち思い知らせてやる。いや、俺ってやっぱ凄(すげ)ぇな。凄ぇかもしんねぇ」

いっそうわからないことを言い、一人合点をしてか大きな笑い声まで立てている。

大丈夫か、この男。親友に逝(い)かれて、どこかがおかしくなってんじゃないか。

お栄はそっと善次郎を盗み見た。

ま、いっか。どうせ他人の亭主だ。

橋を渡り切って、善次郎は南に折れると顎をしゃくった。

「じゃあな、お栄」

「じゃ」

互いに小さく手を上げて、別れた。

三

お栄は木枠にぴんと張った絹布(けんぷ)の前で大きく息を吸い、吐いた。

滲(にじ)み止めの礬水(どうさ)はもう引いてある。

左膝(ひだりひざ)の脇(わき)に置いた下絵を目の前に掲げ、もう一度見直した。善次郎が訪れてから五日というもの、納期が急(せ)く仕事を先にこなしてから、一日に五枚、六枚と違う設定の下絵を描き続けてきた。

画面の左手に井戸の柵(さく)を置き、柵は青竹で真っ直(まっす)ぐな線を狭い間隔で何本も描く。中央に立つのは総振袖(そうふりそで)の娘だ。手に短冊(たんざく)と筆を持たせるのは変えない。画面の右手に桜の幹を描き、娘の頭上に大きく枝を張り出させてみた。すると柵の線と幹の線が画面の左右で喧嘩(けんか)をして、遠近も出せない。手前に何かを置けばいいのだが、井戸端に桶(おけ)ではありきたり過ぎて間抜けだ。

井戸の釣瓶に朝顔を這わせてみようかとも思ったが、桜と季節が合わない。井戸をやめて軒先にしてもみたが、すると善次郎から教えられた句がたちまち甦る。

井のはたの　桜あぶなし　酒の酔

いったん知ってしまうと、その響きはどんどん大きくなる。お栄はさんざん迷い、惑った。三十枚ほど描き上げて、今日は朝からそれを並べてみた。違うと思うものを外していく。すると残ったのは、やはり夜桜の景だったのだ。

灯籠の持つ曲線と対比するように、画面の右手に松の幹を斜めに引いてみた。松樹の梢は画面上方を突き抜けさせ、夜空の深さを出す。手前にはもう一台、小さな灯籠を置くことでさらに遠近をつけ、その灯で小袖の裾や帯の模様も克明に描けることに気がついた。

そうか、あたしはやはりこれを描きたかったのだと、お栄は目を瞬かせる。

親父どのが傍にいれば最初の下絵を見せて、「これでどうだろうか」と安直に訊ねていただろう。ところが善次郎に混ぜっ返された。

何日も費やして回り道をして、結局、元の案が手許に残った。この娘が歌人の秋色を想起させようがさせまいが、今はどうでもいいような気がしている。観る人が思い思いに捉えてくれたら、それでいい。

むしろ、夜の座敷の床の間にこの夜桜の絵があることで、その場の興趣を誘いたい。百組の酔客のうち、たった一組でいい。娘が短冊に何と記そうとしているのか、思いを馳せてくれる人らもいるのではないか。

そんな夢想を始めると、躰の中から沸々と湧くものがある。

落ち着け、逸ったら駄目だ。ここからが勝負じゃないかと己に言い聞かせながら、墨線で描いた下絵を睨む。彩色の段取りを胸の中で繰るまでもなく、技としては昼間の景を描くより遥かに難しい。それは端からわかっていた。

夜の闇の中でも、いくつもの光と影がある。

何のどこを真の闇に沈め、何を光で浮かび上がらせるか、無数の段階がある。

もう十数年前になるだろうか。阿蘭陀商館の医師の注文を受けて、お栄は西画に挑んだことがあった。うまく行ったとは、とても思えなかった。胸の底でずっと、あの口惜しさが残っている。

――ばってん、何かば目指そうとした、そんことだけはわかりましたけん。

ふいに、あの訛りを思い出した。川原慶賀という名の、商館に雇われていた絵師だ。もう顔も憶えていないけれど、文政も末の頃だったか、商館の医師が重大な事件を起こしたとかで、江戸の長崎屋も大変な騒ぎだと耳にした。随分と咎人が出て、拷問も厭（いと）わぬ詮議（せんぎ）であるらしいとの噂（うわさ）だった。

親父どのも奉行所に呼び出されやしないかと、お栄は肝がすくみ上がる思いをしたものだ。けれど、ああ、そうだ。あの己丑（きちゅう）の大火で、取り紛れてしまったのだ。川原さんは元気でいるのだろうか。まさか罪に問われて、獄死したりしていないだろうか。

そう案じてみても、お栄には問う相手もいない。

けれど、あたしはこれを選ぶんだと、下絵を目の前に掲げ直した。

そう、自らこれを選んで挑む。

善さん、これも勝負に打って出るってことだろ。

お栄はもう一度息を吸って吐いてから、筆を持った。

彩色を始めて三日目の夕暮れに、十八屋の小僧が訪ねてきた。

信州からの荷と共に、親父どのからの文を預かってきてくれたらしい。味噌（みそ）や粕漬（かすづ）けと共に、折り畳んだ半紙が油紙に包まれていた。

「わざわざ、こんな重い物をすまなかったね。旦那（だんな）さんにくれぐれもよろしくお伝えしておくれ」

「へい。それと……」

小僧は屋号の入った風呂敷をおっとりと畳みながら、「これもお預かりしたんです」と平たい包みを差し出す。綿布にくるまれているが手触りは厚紙のごとき硬さで、随分と薄い物だ。

「何日か前に、渓斎英泉とおっしゃる戯作者の先生がうちの店にお立ち寄りになりまして。いつでもいいから、小梅村の北斎先生のお宅に行くことがあれば、これも届けてくれないかと頼んで行かれたんです。今、また手掛けている物があるんで、足を運べないとおっしゃって」

「そうかえ。それは重ね重ね、雑作をおかけしたね」

小僧に駄賃を渡して見送ってから、お栄は二つの包みを火鉢の前に運んだ。親父どのの文をまず開く。

至って機嫌良く過ごしていることが文の端々に現れていて、安堵しながらくすりと笑った。先だっては何人かで千曲川という美しい川の畔で遊んだこと、ここで暮らせばますます寿命が延びそうなこと、「日課獅子」は欠かさず続けていることが記してある。

親父どのは一昨年の冬から毎日、獅子図を一枚描くのを日課にしているのだ。

「日新除魔、悪魔退散、皆疾災滅」

炬燵の中にうつ伏せたまま口の中で唱え、紙を顔の下に引き寄せて手を動かす。紙は何でも良いらしく、畳の上にお栄が放ったままにしてある反故紙の皺を伸ばし、その裏を使うこともある。獅子は尾を振り立てた唐獅子であったり、獅子舞が剽軽に踊っている図もある。

親父どのにとっては毎日描く、これが大事なのだ。

中気を患って以来、欠かさぬ長寿薬といい、この日課獅子といい、ともかく続けることで心願が成就すると信じている。

百有十歳まで生きて、筆で描いた一点一画が生るがごとくの画業に達することが、親父どのの願いだ。そして「我が孫なる悪魔」と呼ぶ時太郎がともかく家に寄りつかないようにと、それも魔除けの内なのだろう。

文の末尾に、村の人らがお栄と是非会いたいと言っていると書き添えてある。

ふと、行ってみたいような気が差した。江戸とは異なる風景、気風に触れてみたいと思ったのはこれが初めてだ。

まさか。親父どのはともかく、あたしが行けるわけがない。仕事、どうすんだよ。仕事をしなきゃ、借金はまだまだ残っている。

肩をすくめながら、お栄は善次郎が預けたという包みを解いた。やはり厚みのある紙が入っていて、けれど何も記されていない。と、上の紙がずれて綺麗な朱色が見えた。

絵だ。

二枚の厚紙の間に、絵がはさんである。小奉書の縦判ほどの大きさで、お栄が描いていた縮図の下絵にほぼ近い大きさである。

中央に描いてあるのは髷簪の形からして上級の遊女で、鳳凰の羽を描いた朱色の襠を纏っている。画面の右上には桜が何本もの枝を伸ばし、遊女の足許には大きな塗り提灯が置いてあるので、この絵も夜桜のつもりであるらしい。

あたしがやっぱり夜桜美人図を描くだろうことを、善さんは見抜いていたんだろうか。

そう思うと、どこかがこそばゆいような気持ちになる。

「いや、いやいや」とお栄は首を横に振った。

「俺ならこう描くってぇ腕自慢だ、これは。ほんと、負けず嫌いだねぇ」

呆れて、絵に文句をつけた。

しかも善次郎の描く女は昔から独特の癖があって、口は必ず半開きであるし、顔も長い。お栄は顔を小さく、姿態もすらりと七頭身ほどで描くのが好きだが、善次郎のそれはせいぜい五頭身だ。役者絵のように顔が妙に大きいこともあって、共に筆を持って描いていた若い時分はよく腐したものである。

「ちっとも、いい女に見えないけどね」

「しゃらくせぇ。お前ぇに女の色気がわかってたまるか」

しかも手の指が不細工にしか描けないのも変わっていないと、お栄は可笑しくなる。不思議なことに足の指はきゅっと草履や高下駄の面を摑んでいるように描けるのに、手の指はどうも苦手であるらしく、妙な曲がり方をしているのだ。

「善さん、下手糞だの、相変わらず」

と、妙なことに気づいて絵を見返した。なぜだか胸の裡が騒ぐ。

これって、もしかしたら。

お栄は絵を手にしたまま立ち上がり、己の下絵の前で腰を下ろした。二枚の絵を並べてみる。

ああ、やっぱりそうだ。

お栄の描いた娘は筆を持ち、灯籠の灯を頼りに今、何かを書こうとしている図だ。そして善次郎の描いた遊女は提灯の灯を求めて身を屈め、文を読んでいる図である。

娘と遊女、短冊と巻紙、灯籠と提灯、細部は異なっているけれど、胸が高鳴って仕方がない。

お栄、お前ぇが描いたものを、こうして受け止める者がいるってことさ。

善次郎の絵はそんなふうに告げているような気がした。とんだ独りよがりかもしれないけれど、こんな返し方をしてきてくれた、そのことが嬉しかった。

嬉しいっていいもんだな、善さん。

そう呼びかけながら善次郎の絵を文机の上に置いて、お栄は胡粉を溶いた皿を指でもう一度混ぜた。極細の面相筆の穂先をほんの少し浸して皿の縁でしごいてから、夜空に星を描き入れる。一つ、二つと小さな瞬きを増やしていく。この白の上に青や赤も挿していこうと思いついた。光にはいろんな色がある。

身を起こして立ち上がり、数歩退がって絵の全体を見返した。

「うん、やっぱあたしの方が巧いわ。断然」

また独り言が出た。

第十章　三曲合奏図

一

こんなでっかいもん、どうすりゃいいのさ。

涼み台に腰掛けたお栄は、大きな玉を見下ろした。実の下半分が菰（こも）で包まれ、上半分は黒々と艶（つや）を帯びている。この数年、お栄に注文をくれる板元が贈ってくれたのは有難いが、差し渡し一尺は超えるのである。手に余る。

溜息（ためいき）を落としながら煙管（きせる）に火をつけた。昼下がりの井戸端では、いつものように長屋の女房らが五人も集まって立ち話をしている。

皆、二十代も半ばの年頃で、一人は赤子を背負い、あとの何人かは路地で子供を遊ばせている。江戸女らしく伝法（でんぽう）な物言いで、笑い声もよく通る。話の大抵は、亭主の悪口と子供自慢だ。

子供らは、井戸の竹囲いに蔓（つる）を伸ばした朝顔に水をやって遊んでいる。男の子も女の子も、腹巻すらつけていない素裸だ。水びたしになった地面に平気で尻を置いている子供もいる。

女房の一人が大声を出した。

「まあ坊、そのまま家ん中に上がんないどくれよ。畳が泥だらけになっちまう」

「おや、御殿住まいみたいなことをお言いだね。あんた、滅多に掃除をしないだろう」

「ちゃんとしてるよ。うちの亭主が」

また一斉に笑っている。

と、前垂れをつけた一人と目が合った。

「姐さん、お暑うござんす」

頭を下げながら、女房らが口々に挨拶を寄越した。

女絵師への珍しさからなのだろうか、気随気儘に暮らす女房らもお栄には一目を置き、何かと立ててくれるのだ。五人にとっては、お栄は母親とおっつかっつの年頃でもある。

「ほんに、炒りついちまいそうだね」

鷹揚に答えて、吸口を咥えた。

朝から晩まで騒々しいけれど、お栄はここ浅草聖天町の裏店を気に入っている。越してきたのは去年、弘化四年（一八四七）の秋で、それまでは浅草田圃の田町に住んでいたので、いわば近場での家移りだった。ゆえに板元の誰にも助っ人を出してくれるよう頼まなかったのだが、見込みが甘かった。

女だてらに裾を端折って曳く大八車の重いこと。一歩進むごとに背や腰がみしみしと音を立て、総身が汗みずくになったのである。

しかも車に積んでいるのは、簞笥や蚊帳といった所帯道具ではない。稼業に欠かせぬ種本や筆、紙に絵皿、それから絵具を寝かせてある壺や絵具を温める土鍋の類である。物は小さくとも、数が尋常じゃない。これらを掻巻にくるんで載せ、時々は歩くのに疲れた親父どのをも端に坐らせて、お栄はがむしゃらに大川を目指して曳いた。往来を行く者らが時々、眉を顰めてこっちを見たり、指を差して笑う者もいる。たぶん物凄い形相をしているのだろうと思いながら、お栄は奥歯を嚙みしめて半身を前に倒した。

やっとこの長屋に辿り着いて家の中に荷を運び終えた時は、仰向けになった亀のようにしばらく動けなかったものだ。

「もう家移りは金輪際、ご免だ。これきりにしてもらうからね」

切れ切れに訴えたが、近頃の親父どのは都合の悪いことは聞こえぬふりをする。

　どこの家の軒に吊るしているのか、風鈴が鳴る。お栄は屋根越しに広がる夏空を見ながら口の中で煙をくゆらせ、ゆっくりと吐いた。

　須原屋もどうかしてる。どうせ重い物を担いでくるんなら、酒樽にしろ。世の中は色と酒とが敵なり、どうぞ敵にめぐりあいたい、ってね。

　ふと蜀山人の狂歌を思い出して、苦笑いを零す。

　下駄の音が響いて、井戸端にいた女房らが揃ってこっちに向かってきた。

「姐さん、さっきから溜息ついたり、一人笑いしたり。どうしたの」

「ほんと、奇妙だよ」

「暑気あたりかい」

　心配そうに問いながら二人がお栄の隣に坐り、三人が前に立った。囲まれている。五人はなお「大丈夫かい」と案じながら、お栄の足許に置いてある菰包みにちらちらと目を這わせる。

「西瓜だってさ」

　お栄がうんざりしながら言うと、

「そいつぁ見たらわかるけどさ。まさか嫌いなのかい、西瓜」

「切らなきゃ喰えないだろう」

五人は一斉に「ええ」と目を剝いた。

「包丁を入れたらすぐに割れるよ、こんなもの」

「考えただけで、くたびれる」

お栄が涼み台の上に置いてあったはずの煙管盆を探すと、「まあ、ねえ」と隣に坐っている若女房がうなずきながら己の脇にあった盆を差し出した。

「姐さんち、二人だもんねえ。食べきれないか、こんな大きいの」

すると前に立っていた女房の一人が屈み込み、手の甲で西瓜の頭を叩く。

「けど、いい音してるよ。きっと甘いよ」

「音で甘さがわかるのかえ」

「そんなことも知らないの。いつも何だか、難しそうな煮炊きをしてんのにさ」

呆れて、顔を見合わせている。

お栄がふだん家の前に七輪を出して、膠や草木を煮るのを指して言っているようだ。

親父どのは八十頃から徐々に一枚絵や板本の仕事から手を引いて、一点ものの肉筆画に力を注ぐようになった。肉筆画は下絵から彩色まで、すべてが絵師の埒内だ。他に弟子もいないのでお栄が膠を煮、絵具壺を土中に埋めて寝かせるような手仕事をしているのである。美しい女や草木、花々を写す画業は、大層、臭い仕事でもあった。

「そんなに西瓜が大儀だってぇんなら、あたしらで井戸に沈めようか。冷やしたのを食べたら、いい暑気払いになるよ」

「いや、良かったら皆で分けとくれ」

元々、包丁を持つのも面倒な性質だ。若布の味噌汁を作る暇があるなら、薩摩海苔や荒布を炊きたい。膠が切れている時、海苔の類は代わりになる。

「え。くれるの」

「こんな上物、悪いよ。ねえ」

大仰な声を出しているが、皆、口許を緩めている。

「悪いってことはない。いつも膠の臭いで迷惑かけてるしね」

屈んでいた一人が、開け放した家の中を覗くように顎を上げた。

「けど姐さん、お父っつぁんは食べなさるだろ」

首を横に振った。親父どのの躰はこのところ、また一回り縮んで小さくなった。相変わらず炬燵の中に半身を入れたまま絵を描いていて、まるで蝸牛だ。

「ああいう歳になると雪隠に立つのも一苦労だからね、水気を取りたがらない」

「そうかい。じゃあ、あんまり遠慮を立てるのも水臭いかな」

「その通りだ」

お栄はまた煙を吐いて、五人を見回した。

「ご亭主らにも、ちっとは残しといておやりよ」

以前も到来物の南蛮菓子を分けてやったが、昼間、女子供だけで綺麗に平らげてしまった。

「うん、わかってる。うちの宿、西瓜が大の好物なんだ。喜ぶよ」

「何さ、うちの宿も目が無いんだよ」

「うちだって」

口々に騒ぎながら西瓜を運んでいる。子供らが気づいてわぁと母親に群れ、押し合い圧し合いになった。

二

家に入ると、「賑やかだったな」と炬燵の中から親父どのが目だけを上げた。

「西瓜を持ってってもらったのさ。助かった」

「須原屋も気が利かねぇな。俺ぁ、餅菓子か鰻飯が良かった」

親父どのは筆を動かしながら文句を言う。

須原屋はお栄に立て続けに注文をくれている、読本の板元である。最初の仕事は『絵入日用　女重宝記』で、女が心得ておくべき種々を絵図とごく短い文で表した絵本だった。初板は元禄の頃に遡り、以来、板を重ねるつど改訂が加えられてきたので根強い人気があるのだろう。お栄が手掛けたものは高井蘭山という戯作者によって編輯されたらしいが、作者はとうに亡くなっている。

注文を受けたのは正式な膳の整え方や書棚に硯や筆をどう置くのが正しいかを説いた図などで、この裏店住まいの女たちにはむろん、お栄自身にも生涯、縁のない心得だ。

娘を持てば踊りや三味線を習わせることができる、いわばひとかどの町人が奥に一冊は備えておくような本で、女の子に必要な事柄のさまざまを教える手立てにも使われるらしい。嫁入りの段取りが一目でわかる図や出産の図、果ては腹の中に宿った赤子の姿形がひと月ごとに変化し、やがて月が満ちて人らしい姿になるまでの図もある。

身分や立場の違いを姿形で判別できるようになるための図も描いた。公家や武家、町人、百姓、傾城や妾女、後家の着物や髷、立ち姿などだ。近頃は町人の娘でも行儀見習いのために御屋敷奉公をしたり武家に嫁ぐことも珍しくないので、今様の風俗は母娘にとってまだ見ぬ人生への憧れをかき立てるものであるらしい。

板元は須原屋だけでなく大坂の河内屋を含めた八軒による相板で、板行は去年の正月だった。

「一口で喰えるもん以外はお断りって書いて、表に貼っときな」

せっかくくれた物に父娘でけちをつけているのだから、須原屋も気の毒なこった。

お栄は親父どのの言に笑いながら、文机の前に坐った。

さぁて仕事だと思うと、途端に顔や胸、脇腹が痒くなる。春に須原屋から美人画の注文を受け、仲秋には納める約束になっているのだが、さて何を描いたものやら、とんと画題が泛ばないのだ。

何かを正しく描き分ける画力は板元も信を置いてくれているようで、己でも若い頃に比べれば線は上達していると思う。けれど、何をどう描くかまでをすべてまかされると、いつもこうして呻吟する破目になるのだ。西瓜を切るのさえ面倒なのは、下絵の想がさっぱり進んでいないせいもあった。

お栄は額をかきむしりながら、どんな絵組みにしたものかと呟いた。

一口に美しい女の絵と言っても、平安の女歌人から町娘、女房、遊女、それぞれにいろんな風情がある。画題によって季節や朝昼夜、場所も異なってくる。膝の脇に積み上げた種本を手に取った。紅葉を背景にした遊女の道中、楓の枝に手を伸ばす二人の美人、どれも見飽きた絵組みだと溜息を吐き、文机の下から読本や錦絵を引っ張り出す。

いくつかを見た後、手が止まった。月見の宴を楽しむ、三人の娘の姿だ。『四季風俗図巻』という絵の写しであるらしく、上方の浮世絵師、西川祐信の作だと記してある。

座敷の縁側には香炉と七草を活けた瓶子、月に捧げる酒肴が三宝に並んでいる。娘らは座敷にいて、左端の娘は琴を弾き、右端の娘は三味線、そして真ん中に坐る娘は団扇を片手に外に目をやっているので、月を仰いでいるのだろう。

お栄は少し気持ちが動いて、それを写してみた。悪くはないが、良くもない。他の錦絵をまた繰っていく。

座敷の中で琴、三味線、胡弓を弾く三美人の図がまた目についた。絵師は鳥居清満だ。これも写そうとしたが、筆を置いた。せっかく三種の楽器を組み合わせて描いているのに、合奏の音が聞こえない。なぜなんだろうと頬杖をつく。じっと絵を見る。

ああ、きっと描き込み過ぎなのだ。

座敷の襖に衝立、障子や柱までが隈なく描かれていて、そこに目が移ってしまう。

ゆえに音が響いてこない。

そういえば、親父どのもこの三種の楽器を持たせた美人図を描いたことがあったはずだと、思い出した。火事で失ってしまったが三人とも立ち姿の絵暦(えごよみ)で、手には三味線、胡弓、そして真ん中の娘は琴を立てていて、誰も弾いている図ではなかった。たぶん音曲(おんぎょく)の道具を美人に取り合わせただけの趣向で、合奏を画題にはしていなかったのだろうと、お栄は窓障子の桟を睨(にら)む。

よくよく考えれば、三人の美しい女に楽器を取り合わせる絵組みは珍しくない。琴は、胡弓はこんな形をしている物なのだと知らせることが、まず目当てなのだ。それも絵が催す感興の一つである。

お栄は唸(うな)り声を洩(も)らした。

絵師は、何をもって画題を決めるべきなのだろう。見る人が喜んでくれそうなものを探るべきか、それとも己が描きたいものを描きゃあいいのか。

お栄、考え過ぎだと己を戒めて背を立て直す。ともかく手を動かすことだと筆を持つが、また腕組みをした。苛立(いらだ)って舌を打つ。

駄目だ、どうにもなりゃしない。

後ろを振り向くと、親父どのが右手を投げ出すようにうつ伏せになっていた。はっとして声を掛けども、返事がない。

お栄はおっかなびっくりで立ち上がった。回り込んで、頭の前に片膝をつく。

「親父どの、生きてるか」

肩に手を置いてみるが、それでも返答がない。恐々と、顔に耳を近づけた。と、急に寝返りを打った。仰(あおむ)向けになって口を開く。八十九の年寄りとも思えない大きな鼾(いびき)だ。

「んもう。ややっこしい寝方、しないどくれよ」

総身から力が抜けた。

近頃、こんなことを繰り返している。そのたびに想が途切れ、ますます捗(はかど)らないのだ。

また一服つけたくなって、お栄は外に出た。皆、もう夕餉(ゆうげ)の支度に入っているのか、菜を刻む音や醤油(しょうゆ)の匂(にお)いがする。

井戸端で何かが揺れているのに気づいた。近づいてみると、向かい合った軒と軒に紐(ひも)を渡してあり、細長く薄い物が幾重にも掛けてある。

濃緑と透き通るような白に、お栄は見惚(みと)れた。

漬物にするのだろう、剝(む)いた西瓜の皮が干してあるのだった。

七月も二十日をいくつか過ぎ、お栄は日本橋の須原屋に打合せに出向いた。

帰り道で、西村屋の暖簾の前を通りかかる。

主の与八には随分と無沙汰をしている。一言なりとも挨拶をしておこうかと歩みを緩めたが、前触れなしに立ち寄って時を奪うのも気の毒だと思い直した。帰りに煮売り屋でお菜を買わないと、西空を見上げる。どこまでも澄んで抜けるような空色だが、秋は暮れるのが早い。

踵を返した時、背後から声を掛けられた。

「お栄さん、黙って通り過ぎちまうとは、あんまりじゃありませんか」

見れば、当の与八である。外出をしていたのか、後ろに番頭や手代を従えていて、皆、深々とお栄に辞儀をした。

「ご無沙汰ばかりで、相済みません」

「何をおっしゃる、こちらこそ」

与八は少し肥って、なお貫禄が増している。声も若々しい。

「お急ぎでなけりゃあ、お上がりください」

暖簾の前で「どうぞ」と掌で示されたが、「有難うございます」とお栄は小さく頭を下げた。

「改めて出直させていただきます。今日はこんな形ですんで」

今さら悪衣悪食を恥とも思わないが、手土産一つ携えていない。

与八はその昔、甥の時太郎がたちの悪い女を孕ませた際に、親父どのではなく、お栄の絵と引き換えに五十両もの大金を出し、事を収めてくれた。そのうえ、根岸の隠居家にかくまってさえくれたのである。

あれほど、他人様の情を有難いと思ったことはない。毎年、除夜の鐘を耳にするたび、日本橋の方角に向かって手を合わせてきた。が、気がつけば日々の仕事に明け暮れて、もはや十四年になる。恩をまるで返せていないと己でわかっているからつい気が引けて、逃げ腰になるのだ。

時太郎はもう何年も前から行方知れずのままで、おかげで借金は随分と返すことができた。といっても、貧乏暮らしはとっぷりと身についている。

「お栄さん、往来で借金取りに出くわしたみたいな顔、してますよ」

与八は眉を下げて笑い、「お前たち、先に入ってなさい」と番頭らに命じた。皆、もう一度お栄に頭を下げて、中に入って行く。

「あたし、そんな顔、してますかえ」

とぼけて己の顎に指を置きながら、かなわない、すっかり見抜かれていると思った。

「方々に不義理を重ねております。ごめんなすって」

詫びると、「また。そういうのは、よしてもらいましょう」と、与八はお栄の前に立った。

「お栄さんとあたしの間には、何の貸し借りもありゃあしませんよ。不義理といやあ、あたしこそだ。家移りをしなすったと耳にしたまま、なかなかお訪ねもできないでおります」

西村屋もあの改革の出板統制では、生き死にがかかった苦労をしたはずだった。派手に見える板元稼業はただでさえ、浮き沈みが激しい。

「そうそう、ついそこにね、なかなかの餅屋ができたんですよ。一度、先生にお届けしたいと思ってたんだ。出会ったついでにお栄さんにお預けするなんぞ無礼千万ですがね、古い誼に免じてちょいと頼まれてください」

こちらに気を遣わせぬように、与八はうまいことを言って先に歩き始めた。仕方なく後をついていく。言の通り、ほどなく小さな店先で足を止め、毛氈を敷いた床几に腰を下ろした。

「どうぞ」と、隣に坐るように勧める。

「ここは注文してから仕上げるんでね、餅の皮がそりゃあ柔らかいんだ」

与八は店の者にあれこれと親父どのへの土産を注文し、さらに「お茶をお願いしますよ。二人分ね」と気を配る。

床几に坐って茶碗を持ち上げると、いい香りがする。

「久しぶりですよ、こんないいお茶、いただくの」

しみじみと味わうと、与八は「そういや、先生は安茶でないと駄目でしたね」と言った。お栄は去年、茶葉屋の『煎茶手引の種』という絵本も手掛けたので随分と上等な茶葉をもらったのだが、それも皆、近所に分けてしまった。

「近頃、如何ですか」

「相変わらずです。目につくまま思いつくまま、矢鱈と描いてますよ。うつ伏せになって筆を持つなんぞ、あたしには考えられませんけどね。よくも腕が痺れないもんだ」

「お栄さんは」

「あたし、ですか」

「さいです」

「ご覧の通り、むさい女ですよ。そういや、三年ほど前になりますか、信州で可笑しいことがありましてね」

「ほう。信州ですか」

「はい。親父どのが懇意にしてもらっている文人が、小布施村ってとこの出で。招きを受けて、あたしも生まれて初めて江戸を出て旅をしたんですよ」

「さようでしたか。先生がちょくちょく信州にお出掛けだってことは耳にしていましたが」

与八は音を立てて茶を啜(すす)って、面白がるような口ぶりになった。

「お栄さんも行かれたとはねえ」

「向こうで絵の注文もいただいたもんですから。お寺の天井の鳳凰図(ほうおうず)などをね。それであたしもとうとう手伝いに行くことになっちまいましたのさ。土地の人らはあたしの到着を、それは心待ちにしていなすったらしいんですよ。親父どのが描く絵から楽しみにしていたんでしょうね、どんな美人の娘がやって来るかって。あの時の、皆のがっかりした顔つきといったら、なかったですよ。このおばさん、誰だって、目をぱちくりさせてんですから」

お栄が笑うと、与八は「そうかなあ」と少し半身を反らしてお栄を眺める。

「お栄さんは昔っから、変わらないけどなあ」

物は言いようだ。

「ですが、先生も寺の天井絵とは、さすがですね。大きい物は膂力が要るでしょう」

「ええ。ですから親父どのは鳳凰の顔を描いて、ご承知の通り、獅子でも鳳凰でも顔が、ことに目が肝玉になりますからね。あとの躰と羽は、あたしが手伝いましたのさ」

「手伝った」

「はい。彩色も親父どのの指図を受けて手伝いました」

「それは、手伝ったとは言わないでしょう」

与八が頭を横に振ったので、お栄は黙って見返した。

「絵は、とくに肉筆画は、最初の墨線だけを描いたら出来上がりですか。違うでしょう。色を挿している間に想が変わることもあると聞きます。つまり、彩色の最後の一筆まで描いているってことだ。お栄さんは手伝ってるんじゃなくて、やはり描いてるんですよ、己自身の腕で」

お栄は「はあ」と曖昧に答えて、茶碗の縁に口をつけた。もう空だった。

「さっき、あたしが近頃の様子をお訊ねしたのは、お栄さんの画業についてですよ」

「あたしの、ですか」

「絵本で腕を揮っておいでなのはもちろん存じてますが、肉筆画も相当、やっておいでmost でしょう。あの関羽割臂図ですか、あたしも拝見しましたがね。いや、参りました」

肉筆画はこの世に一点しかない絵であるのに、不思議とそれなりの評判が立つ。客商売の料理屋では表装されて床の間の壁に掛けられるので当たり前かもしれないが、そういう商いではない好事家に納めた物でも意外と人の目に触れるのだ。

お栄は「そうですか、ご覧になりましたか」と、少しほっとした。注文した絵を友人知人に披露するのは、出来栄えに満足してくれている証である。

与八が見た「関羽割臂図」は注文主から画題の指定があって描いた物で、毒矢に刺された関羽が瀉血をしながら碁を打つという有名な場面である。

瀉血は毒が総身に回らぬよう躰に傷をつけて悪血を外に出す療治法で、豪傑たる関羽は医者に命じて刃物で一尺ほども右腕を切らせながら、平気で碁を打っているのだ。どくどくと流れ出る血を大皿で受ける家臣は目をそむけ、お栄はさらに頭をおおってその場から逃げ出しそうになっている家臣も配した。

「あたしは気が小さい男ですからね、腕の肉を切り割かれる痛さを思うだけで震え上がりましたですよ。こう申しては何ですが、よくもおなごの身で流血を描きおおせなすったものだ。お栄さんはいかほど豪気なのかと、皆も感心しきりでしたよ。ほら、したたり落ちる血の色も、黒みを帯びた赤を使っておいででしたでしょう。目の前で写し取っているような色でね。ああ、今、思い返しても痛くなる」

与八は羽織の上から腕をさすっているが、お栄は、何だ、そんなことかと拍子抜けをした。

「あたしが豪気だなんて、とんでもない。西村屋さん、おなごは血に慣れてんです。女の絵師なら、皆、あのくらいは難なく描けますさ」

「はあ」

今度は、与八が曖昧な笑みを泛べる番だった。

「で。今は、何を手掛けておいでです」

「今のは、画題もまかされてるんですが、これがどうにも。あれこれ考えれば考えるほど、己でこじらせちまってるような按配(あんばい)で」

店の者が土産包みを運んできたので、それを頃合いにして立ち上がった。ずっしりと手に重い。随分とたくさん注文してくれたようだ。

「餡餅(あんもち)に豆餅、それから醬油がらめもありますからね」

「有難うございます」

これで今夜、そして明日も親父どのは機嫌よく喰いつなげられる。

「御礼には及びません。これ、袖の下ですから。先生に、またうちの仕事にもおつき合いくださいって、そうお伝えください。本当はお栄さんにもお願いしたいけど、今は手一杯でいなさるのは察しがついています。またいつか一枚絵をなさるつもりができたら、ぜひうちを思い出してください。気長にお待ちしてますんで」

餅屋の前で与八と別れ、急ぎ足になった。

陽が傾いて、空の色が変わりつつある。前のめりに歩を進めながら、お栄は「うん」と一人で合点した。

帰ったら親父どのに餅を出して、それからすぐに手を動かしてみよう。与八に背を押してもらったような気がして、早く筆を持ちたくてうずうずする。

琴、三味線、胡弓。

やはり三種の合奏を絵にしようと、心を決める。歩くうち、いつか吉原で聞いた姉妹の合奏を思い出した。善次郎の三人の妹、いちとゆき、なみが弾いたのだ。あれが何年前になるのか、もう思い出せない。

あの時、こんな音のつらなり、響き合いは絵のかなうところではないと思った。だが、今は無性に描いてみたい。

琴は花魁、三味線は女芸者、胡弓は町娘に弾かせてみるのはどうだろう。実際には、住む世界の異なる女らが集まって共に合奏するなどあり得ない。でも、絵ならできる。女たちを出逢わせて気を集め、奏でさせることができる。

お栄はそうだと思いながら、いくつもの橋を渡る。

絵なら、己がかつて一度も持ち合わせたことのなかった人生だって描けるのだ。花魁の豪奢な美しさや女芸者の婀娜、町娘の可憐さ、どれもあたしには縁のない代物だけれど、筆でなら描ける。

これを描いた絵師はいかほど美しいのだろうと勘違いしてくれたら、それも面白いじゃないか。

久しぶりに気が昂ぶって、息せき切って長屋に戻った。

「ただいま。親父どの、帰ったよ」

夕間暮れのことで、親父どのの姿がよく見えない。

「寝てるのかえ」

少し声を落とした。お栄がいないと行灯に灯をともすこともせず、手許が暗くなれば手を止めてそのまま炬燵の中で寝てしまうのだ。

「まあ、寝てる最中の人が、はい、あたしは寝てますよって返事をするわけ、ないか」

また独り言を洩らしながら下駄(げた)を脱ぎ、中に上がった。

「お栄」

親父どのの声がして、目を凝らせば文机にもたれるように坐り、胡坐(あぐら)を組んでいる。

「珍しいこともあるもんだね。どうしたの。待ちくたびれたかい、それとも雪隠(せっちん)かい」

「まあ、坐んな」

やけに神妙な声である。西村屋が餅をくれたのだと口にしそうになったが、ひとまずは真向かいに腰を下ろした。

「坐ったよ、親父どの」

「善次郎が死んだ」

一瞬、気を呑(の)まれ、「やだ」と親父どのを睨んだ。

「寝惚(ねぼ)けてんのかえ。縁起でもない夢を見ておくれでないよ」

「さっき、女房から遣いが来た。今夜、通夜(つや)だそうだ」

夕闇(ゆうやみ)の中に埋もれるように、動けなくなった。

三

背景は余計だ。どんな家でこの三人が弾いているのか、そんなことはどうでもいい。

お栄はひたすら手を動かし続けていた。描いているうちに想が想を呼んで、絵組みが変わってくる。

花魁、女芸者、町娘、この三人をどう配したら音を奏でさせられるのか。ただそれだけを一心に思い、何枚も何枚も描き続ける。三人を順に横に並べたら、歌舞伎芝居の顔見世みたいになる。そんな絵なら他の、数多の絵師がすでに手掛けてきた。

あたしがやれることは、何だ。

それを摑むには、ただこうして下絵に挑み続けるしかない。だが、琴を弾く花魁の位置がどうにも決まらない。琴は三種の道具のうち最も大きく、目立ってしまう。それは音の大きさとはかかわりのないことであるのに、絵にすると目を惹いてしまうのだ。

そうか、もっと遠近をつけてみようと、真中にいる花魁を少し後ろに配してみた。左右に長い琴が芸者と町娘の躰に隠れ、花魁の襠の見え方も半端になる。まして琴を弾く際は前屈みになるので、顔も伏せぎみに描かねばならない。

三人の中で最も華やかであるべき花魁が、これじゃあ形無しだ。

お栄は溜息を吐いて腕組みをし、下絵をもう一度見直す。

いっそ、顔を描かないってのはどうだろう。

そうだ、後ろ姿だ。

いや、いやいや。絵の真ん中に後ろ姿を持ってくるなどあり得ないと、お栄は爪で頰をかく。

後ろ姿は絵の中でも、脇役を描くのに用いる手法である。大抵は画面の端に置いて、見る者の目はあくまでも主役に集めるものだ。

そう迷いながらも、手を動かしてみた。画面の真ん中に花魁の後ろ姿をまず描くと、襠の裾模様が左右に波打つように広がった。近頃の小袖は絵柄の美しさが下に、つまり裾模様に重きが置かれている。

これはいいかもしれないと、画面の右手に三味線を弾く女芸者を配した。左手には胡弓を弾く町娘だ。少しずつ躰の向きをずらしてもう一度描く。

と、何かが変わった。

これだと、まだ墨も乾ききっていない下絵を見返した。

三人の女が輪になって、琴を、そして三味線と胡弓を弾いている。三曲合奏図だ。

うんと、お栄は目を瞠いた。初めは琴の調べがゆったりと響き、やがて三味線が小気味いい音を合わせ、そこに胡弓が広やかな音を合わせる。

善さん。

お栄は胸の中で呼びかけた。

こういう絵、どうだろうね。お前はどう思う。

お前ぇは近頃、何を描いてた。戯作はやってたのかえ。

「お栄、行かねぇのか」

振り向くと、炬燵の中に身を入れた親父どのが皺深い瞼を持ち上げている。

「行くって、どこにさ」

「弔いに決まってるじゃねぇか」

「弔い……」

ふっと、身の奥で何かが動いた。

今日はいつだろう。今、何刻だろう。

「しっかりしねぇか。昨夜からぶっ通しで描き続けて、どういう料簡だ」

「ごめんよ。つい、下絵に掛かりきりになっちまってた。腹、空いてるだろう。何か買ってくる」

膝を立てたが躰が斜めに傾ぐ。腕が泳いで、ようよう畳の上に手をついた。

「馬鹿野郎、飯の頓着をしてるんじゃねえ。お前ぇ、善次郎の通夜に行かなかったろう。野辺送りにも顔を出さねぇつもりなのか、その料簡を俺は訊いてる」

黙っていると、皺だらけの口許がまたゆるりと動いた。

「今からなら、まだ間に合うかもしれねえ。日本橋の坂本町二丁目、長屋は植木店だ」

「やだよ。あたしは行かない」

懸命に平静な声を出した。すると親父どのの二つの目玉が光を帯びる。何もかもを見透かされているような気がして、お栄は俯いた。己の肩幅が狭くなっているのがわかる。

「ちゃんと見送らねぇと、尾を引くぞ」

ああ、やっぱり知っているのだと思った。

親父どのは、あたしの気持ちを知っている。

「あの図々しい野郎が風邪なんぞで逝っちまうとは、思いも寄らねえ。俺も手ぇ合わせて送ってやりたいが、この足じゃあ間に合わねぇだろう。お前ぇ、俺の分まで拝んでこい。あいつには、いろいろ世話ぁ掛けた」

何でだよ、何でそんな親身な声を出す。

「もう間に合うはずがないのに、そんな言い方されたら行きたくなっちまうじゃないか」

「つべこべ吐かしてる暇があったら、さっさと行かねぇか」

親父どのがこんなに気色ばんだのは、何年ぶりかだ。

お栄は立ち上がった。たたらを踏みそうになりながら土間に下り、下駄に足を入れる。

秋陽の満ちた路地が眩しくて、眩暈がする。井戸端では、女房らがまた立ち話をしていた。

「姐さん、どうしたの。顔が真っ蒼だよ」

「そういや、大声が聞こえたけど、何かあったのかい」

口々に声を掛けられたが、答えるのももどかしい。

「うん、ちょいと野暮用」

長屋の外に飛び出して、闇雲に走り出した。

日本橋坂本町二丁目、植木店と繰り返す。だが坂本町がどこにあるのかを、お栄は知らない。ともかく日本橋通りを目指した。

ああ、何てこった。顔を出さないつもりだったのに、親父どのがあんなこと言うから。

お栄は恨めしいような気持ちになって、足を早めた。

ちゃんと見送らないと尾を引くなんて、そんなの困る。野辺送りに間に合わなかったら、じゃあ、どうすりゃいいのさ。

こんなことなら、素直に通夜に行っとけば良かったのだと悔いながら、胸の中で善次郎に呼びかける。

善さん、最後の頼みだ。

お願いだから、ちっとばかり待っててておくれでないか。

やだよ、逝かないで。

さんざん迷って、高札場(こうさつば)の近くで人に訊(たず)ね、ようやく楓川(もみじがわ)に架かる海賊橋(かいぞくばし)を渡った。南に折れたら二丁目だと教えられたが、もう走ることができない。足は一歩ずつ前に出しているつもりなのに、膝がもう言うことをきかない。咽喉(のど)からは「ぜい」と妙な音が出る。

川沿いの道に植わっている木の根方に身を移し、とうとう屈み込んだ。汗が止まらず、何度も額を拭う。苦しくてそのまま木の幹にもたれ、足を投げ出した。下駄も脱いでしまうと、急に鋭い痛みが来た。走っているうちに鼻緒が指の股に喰い込んで、膚がめくれたらしい。血を噴いている。

何とか間に合いたいと走っている間は感じなかったのに、いざ諦めてしまうと躰ゆうが軋む。

川風が渡り、首筋が冷たくなった。身を動かして、お栄は川面に向かって坐り直す。まだ青みを帯びた秋草をむしり、口に咥えて吹いてみた。鳴らない。

思い返せば、よくよく騒々しい男だった。口数が多く、草笛だの口笛だの、しじゅう何かを鳴らしていた。頼みもしないのに、お栄を励まし続けた。

嘉永元年（一八四八）七月二十二日、渓斎英泉こと池田善次郎、死んじまう。

そう呟いてみた。

けれどまだ信じられない。何年、間が空いたって、いつだって「よッ」と訪ねてきてくれる。勝手にそう思い込んでいた。

あたしはほんに、無様な女だ。何もかも間に合わない。

と、風に紛れて何かが聞こえた。顔を右に、そして左へと動かす。声が洩れそうになって、口をおおった。おりんの澄んだ音と僧侶の低い読経が聞こえ、白い着物の一列が近づいてくる。

野辺送りだ。

木の幹に縋るようにして立ち上がり、息を詰めた。何人かの男らに担がれた棺桶が見えて、お栄は頭を横に振る。

嘘だ。そんな中に、善さんが入ってるわけがない。

裸足のまま、足許の草を踏みしめた。

ちゃんと見ておかないとならないんだ。今、受け止めないと引きずっちまう。そんなの、ごめんだ。

やがて棺桶が目の前を行き過ぎる。お栄は素木の白さを見つめた。ふと、その後ろで誰かが顔を上げた。目が合う。お滝だ。

髷に白い物が増えているが、気丈にもお栄に懐かしそうな微笑さえ湛えている。少し足を止めて辞儀をしたので、お栄は慌てて両の手を合わせて頭を下げた。

お滝の背後に続いた何人かがまた、お栄に気づいたように顔を向けた。すぐに善次郎の妹らだとわかった。

長妹のいちはお滝同様、毅然と背を伸ばして辞儀をする。真ん中のゆき、そして末妹のなみは泣き腫らしたような目をしていて、頭を下げた。お栄だとわかってそうしているのか、それとも義姉と長姉に倣っているだけかもしれない。後でいちに聞いて、「あの人、お栄さんだったの」と驚くような気がする。

列の後ろには絵師や戯作者仲間と思しき羽織袴の者が続き、見知りの板元の顔も何人かあった。藍や茶色の着物であるのは善次郎の遊び仲間か、近所の者だろうか。長屋の女房らにしては襟を抜き過ぎている女も、何人か混じっている。

弔いまで、女たらしだ。

お栄はいつしか、嗚咽しながら笑っていた。列の尻が橋を渡り終え、やがて角を曲がって見えなくなった。

裸足のまま空を見上げると、鰯雲が風に流れてゆく。

右手の指先を二本揃えて咥え、半身を屈めて思い切り吹いてみた。

もう、これっきりだ。

善さん、あばえ。

女だてらに鳴らした口笛は川縁の秋草を揺らし、そして空へと吸い込まれていった。

第十一章　冨士越龍図

一

裏庭の草叢の緑を、朝の秋陽が照らしている。

お栄は縁側に出て、軒下の日蔭に屈んだ。木枠に張った絵絹に礬水を引いて、木枠ごと干してあったのである。

指で絵絹の裏を弾くと、ビンといい音がした。按配良く礬水を引けた証だ。よしとうなずいて、両手で捧げ持つようにして中に入れた。絵絹は幅二尺三寸の物を選び、長さは一尺六寸で裁ってある。

横長の木枠は、絵絹よりもさらに一回り大きく組んである。狩野派などに伝わる方法はこの逆で、絵絹は木枠よりも大きく裁ち、糊を刷いた枠に直に張るものだ。しかし親父どのは木枠を大きく組み、絵絹の四方に一寸ずつ紙を継いで木枠に張る。ひと手間余分にかかるものの、この方法であれば生地の伸び縮みや糸目の斜みが少なく、しかも絵を仕上げて木枠から絵絹を剝がす際に生地を傷めない。ゆえにお栄もずっとこのやり方を通している。

むろん礬水の引き方も、絵の仕上がりを左右する。紙であれ絵絹であれ、生地の粗密や季節によって水と膠、明礬の配分を変えなければならない。でなければ筆の動きや墨、絵具の発色にかかわる。

こうした下拵えを、お栄は面倒だと思ったことはない。何をどのように描くかの絵組み、色の思案はすでに大下絵で済ませてある。遊里の振袖新造、女芸者、町娘の三人にそれぞれ、琴と三味線、胡弓を弾かせる「三曲合奏図」だ。

画面の中で最も目を惹く中央には、振袖新造の後ろ姿を置く。この心積もりにもう迷いはなかった。振袖新造は花魁の後見付きで客を取り始めたばかりの、若い遊女である。肩から腕にかけての線、背中から腰に下ろす線も柔らかく優雅に、けれどうなじはすっきりと清く白く描こう。

色里の女らしい艶やかさは、小袖と帯の色柄で匂わせる。これも大下絵を描いている折に決めた思案だ。遊女は前で帯を結ぶので本来は後ろ姿では帯を描けないのだが、琴に向かって半身を前に倒すのであるから、脇にふんだんにはみ出させれば良いと考えた。

左腕の下から幾重にも結んだ帯を見せてやろう。鳥の子色と濃鼠の太い縞文様がいい。小袖の裾模様は赤と青の蝶を群舞させるので、可愛くなり過ぎずに後ろ姿を引き締められる。

お栄の胸には、この振袖新造のまだ蕾のような美しさ、そして一人前になる前の気持ちの揺らぎが泛んでいる。

きっとまだ閨のことは好きでないし、遣手婆から教えられた作法も間違えてばかりだ。後見の花魁のようにいつか己も大店の主や旗本、文人らと互角に渡り合える遊女になれるかどうか、不安でもある。相手の気を惹きながら勿体をつけ、けれど怒らせたり気持ちが離れてしまわぬように手綱を引いて、身代を傾けるほど入れ揚げさせねばならない。

幼い頃からの遊里育ちで、姐さんらの駆け引きや手練手管はずっと間近で見てきたけれど、どうやったらあんなふうに振る舞えるのか見当がつかない。あれもこれも、身につけねばならぬことばかりだ。格下の女郎が昼寝を貪っている間も歌や俳諧、花や茶の稽古が続く。眠い。

けれど花魁は「そもじは琴が巧いのだから、精進しなさんせ」と、お言いなさる。

——よくわからないけれど、わちきも琴は好きだ。お客が喜んでくれるし、その時ばかりは遣手婆も機嫌がいい。でも本当は精進なんぞ面倒だ。花魁のように、ただ笑うだけで誰もが酔うたように夢中になる、早うそんな身になりたい。

そんなことを思いながら、新米の振袖新造は指を弦に滑らせる。弾くうちに我を忘れ、不安や焦りや小さな野心も透き通って、やがて奏でる音だけが澄んでいく。

画面の右手には、婀娜な女芸者を配する。歳は二十五、六で、心底惚れた男がこれまでに一人はいるだろう。けれど、その恋はかなわなかった。誰に阻まれたわけでもない。互いに気持ちが行き違い、男の浮気性も手伝って、会えば喧嘩になったのだ。ほとほと嫌気が差して、いや、己の悋気にぞっとする夜があって別れた。

今は親子ほど歳の離れた旦那がいて、酒問屋の主だ。穏やかで温柔な人だけれど、それはそれで物足りない気がするのはなぜなんだろう。

でもこの女芸者には三味線の腕がある。

――もう若くも綺麗でもないけれど、三味線さえあれば身を立てていける。

女芸者は座敷の脇役として座を盛り上げる役回りであるので、小袖は柄を伴わない白茶色にしようとお栄は決めている。傍からは媚のない、きりりと粋な江戸前の女だと評判の芸者だ。ただし袖からのぞく襦袢は鮮やかな群青色で、白の絞り文様を入れる。

五十を過ぎたお栄から見れば、まだまだこれから。金も力もない男と出会って、駄目だとわかっていながらのめり込んで。そうやって、一花も二花も仇花をお咲かせよと、合いの手を入れる気持ちで描く。

画面の左で胡弓を弾く娘は、町娘らしく藍の格子柄の着物に黒繻子の襟を掛けようと心組んでいる。素人らしく控えめな色合いだが、袖口や胸許からは吹き零れるほど若々しい赤地の襦袢を見せる。花文様の絞り染めだ。裾のふきには松緑を挿し、八掛は赤地の格子柄、髷に掛ける手絡も赤を効かせるつもりだ。赤色はやはり明るいのである。

この娘は商家の一人娘で、いずれは遠縁から婿を迎えることが幼い頃から決まっている。許嫁はちょくちょくと顔を見せ、おっ母さんや婆やの隙を見ては話しかけてくる。やけに髷が細くて羽織も縮緬で、洒落者を気取っているのが厭だ。芝居を観に行こう、菊人形見物はどうだとしじゅう誘ってくるのも、わずらわしい。

本当は、若い手代の一人が気になってしかたがない。一度だけ、供の姉やが腹をこわして臥せった時、番頭に命じられて外出の供をしてくれたことがある。ろくろく言葉を交わすことができなかったけれど、ふとした拍子に目が合って、あんなに胸がどきつくことなんてなかった。

あの日を思い出すだけで、胸の中に光が差す。

——姉や、またお腹（なか）をこわしてくれないかしらん。

娘はそんな埒（らち）もないことを願いながら、右手をゆるりと動かす。時々、音をはずし、つっかえることもあるが、本人は頓着（とんじゃく）していない。

この娘は親の決めた許嫁と一緒になるのだろうか、それとも手代と一緒になりたいと親に強談判（こわだんぱん）して悶着（もんちゃく）を起こすのだろうか。手に手を取って江戸を出奔して、さてどこに行く。

お栄は信州の小布施にしか旅をしたことがないので、すぐにあの山々や栗林（くりばやし）を従えた村の景色を思い泛べてしまうが、よくよく考えれば行先はいくらだってあるのだ。親父どのの描いた『冨嶽三十六景（ふがくさんじゅうろっけい）』や『諸国瀧廻り（しょこくたきめぐり）』、そして『東海道名所一覧（とうかいどうめいしょいちらん）』の様々が目の中で広がる。どんな土地にも人の暮らしがあって、山には道があり、川には橋が架かって舟が行き交っている。

三人の女は奏でる楽器が異なるように、生まれ育ちが違う。髷や簪（かんざし）、着物を見れば、それは誰もが一目でわかることだ。武家には武家の、町人には町人の生きようがあるように、振袖新造と女芸者、町娘も今、何がしかの運命（さだめ）やしがらみ、縁の中で生きている。

それでもまだ、ありとあらゆることができるような気がするのだ。

お栄はまだ一筆も下ろしていない絵絹を見渡した。

画面ではなく、彼女らの人生の束の間、その場面を描こう。そうしたら三人は琴や三味線、胡弓を弾きながら溜息を吐き、泣き、笑うことができるだろう。

生きてさえいれば、何とかなる。

そういえば、善次郎の野辺送りからどのくらい日が経つのだろうと、縁側の向こうに目をやった。

八月も半ばをとうに過ぎている。そうか、月が変われば四十九日を迎えるのだと、気がついた。こうして手を動かしたり絵の想を練っていると、善次郎がもうこの世にいないことさえ忘れている。

そう、朝な夕なに思い出して胸に手を当てたりするなんぞ、あたしの柄じゃない。湿っぽいのは嫌いだ。

でも、時々、夢は見る。肩を並べて口笛や草笛を一緒に吹いているだけの、つまらない夢だ。朝、目覚めたら、善次郎の胸の匂いだけがやけに色濃く残っている。なぜなんだろう、お栄はもう少し夢の中に留まっていたいと懸命に目を閉じる。けれど必ず目が覚めて、薄暗い天井を見つめているのだ。その時ばかりは名残り惜しいような気になる。そして今朝もそんなふうにして、明け方に起きてしまったのである。

古畳の上に、陽射しが柔らかに光を広げている。

親父どのが気になって振り向くと、炬燵の中で右腕を大きく投げ出しているのが見えた。年寄りは寝が浅くなるものらしいのに、まだ寝息を立てている。

目を覚ませば厠へ連れて行き、井戸端で顔を洗ったり房楊枝を使う手助けをしなければならない。今のうちに骨描きを始めようかと、文机の上に置いた大下絵を畳の上に置き直した。

骨描きは絵の骨格を成す、大切な線描である。

絵組みと色配りは大下絵で決めてあるので、骨描きはその下絵を絵絹の下に重ね、生地から透けて見える線を上からなぞりながら行なうのが尋常な方法だ。

けれどお栄はあえて下絵を重ねることをせず、左の脇に置いてそれを見つつ墨を磨った。

下絵に沿って描こうとすれば息遣いが狭まり、手の動きが小さくなる。線が死ぬ。ゆえにいざ骨描きとなれば、新たな絵を描くつもりで筆を持つ。

線の性質は筆の持ち方でも変わる。穂先に近く短く持つと、己の癖や自身の気持ちが出やすい。長く持つと筆自体の癖が露わになる。お栄はそのどちらも巧妙に抑え、かつ引き出すつもりで、軽く柔らかく持つ。そうしてこそ線は真に強く、確かなものになると思っている。

硯の海に筆先を軽く浸し、丘で穂先を整えてから絵絹の上に下ろした。すっと、気を籠める。

三人の女が合奏する、その始まりの一筆である。

二

嘉永二年（一八四九）の正月が訪れて、親父どのは齢九十となった。

節分も間近になった今朝は、同じ長屋の女房が分けてくれた粥を啜り、また炬燵の中でうつ伏せになって筆を持っている。

もう滅多に月代に剃刀を当てぬので銀白の髪は蓬草のようにもしゃもしゃと伸び、寝癖がついたままだ。彫りが深かった顔貌も目が幾回りか小さくなり、鼻ばかりが目立つ。老猿のようだ。けれど目は至って達者で、眼鏡も使わない。

頭や肩の周りには紙がもう何枚も散らばって、腕の下敷きになっている絵もある。いつもの風景だ。掃溜めのごときこの裏長屋で、親父どのの描いた蝶や蜻蛉、蟋蟀が羽音を立てて飛び交う。枝先の花が綻び、散り、やがて実を結んで鳥がついばむ。緑が滴るような葉が色づき、風に舞う。そしてまたこうして春が巡ってくる。

お栄は時々、家の中にいろんな者がいるような気さえする。雲上の仙女が戸口に佇んで微笑んでいたり、龍がかっと目を剥いてこっちを見下ろしていることもあるのだ。親父どのの絵のおかげで、二人暮らしも随分と賑やかだ。

この数年というもの、親父どのはこうして描きたいものだけを気持ちのままに描く。注文を受けたまま、一向に手をつけないことも増えた。皆、それでも気長に待っていてくれるのだが、痺れを切らした注文主がとうとう長屋に訪ねてきて、お栄は身の縮む思いをしたことがある。もう二年前になるだろうか。確か宮本という名の武家で、そうだ、信州松代藩の家中だった。

親父どのは炬燵の中で、とぼけた言い訳をしていた。

「あいにく、何年も前の注文が捌き切れねぇんでね」

昔からつきあう者の身分や名に頓着しない性分ではあったが、相手は二十代も半ば、孫よりもまだ若い年頃だ。約束を反故にしても平気の平左である。

お栄は代わりに頭を下げた。

「こんな調子ですので、お待ちいただいても、いつお約束を果たせますことやら」

「さようですか。まだ、時が掛かりそうですか」

侍はしごく残念そうに、肩を落とした。聞けば親父どのの絵が大の贔屓であるらしく、信州の小布施で世話になった文人、高井鴻山とかかわりがあるらしい。鴻山は松代藩で有名な佐久間象山という御仁と交誼があり、親父どのも面識がある。そういった縁で親父どのは絵の注文を受けたようだ。ところが二年近くも放ったままで、もしかしたら注文そのものを忘れていたのかもしれない。

ところが侍は責めるわけでなし、ただ消沈している。その姿が気の毒になって、お栄は思いついた。文机の上に積み溜めてあった紙束をまとめて、膝前に差し出したのだ。

「こんなものでよろしければ、お持ち帰りください」

「これは」と尻上がりに訊きつつ、一枚、二枚と手に取って見ている。

「獅子の図ですか。ほう、唐獅子に獅子舞。絶妙でありますね、この動き。足を前に踏み出した途端、笛や小太鼓の音が湧いてきそうだ」

身を乗り出して、声を弾ませた。

「月日を記してあるのは、何の符牒です」

「それを描いた日付にございますよ」

侍は紙束の下方に指を入れ、また一枚を抜き出す。

「もしや、一年分はありますか」

「あるかもしれません。日課獅子と親父どのは呼んでるんですが、毎日、ともかく獅子を描いてるんですよ。長寿祈願と、まあ、いろいろな厄除け(やくよ)ってぇ気持ちもあるみたいです」

当人にとっては描くことそのものが目的であるので、後は丸めて屑(くず)のごとく辺りに放り投げる。お栄はそれを拾って取って置いただけなのだが、それは言わぬが花だ。厄除けの「厄」が放蕩(ほうとう)を尽くす孫の時太郎を指していることもむろん、黙っていた。

とにもかくにもその侍は「珍しいものだ」と白い頬を紅潮させ、獅子図の束をそれは大切そうに抱えて帰った。

ほっとしながら木戸の外まで見送って家に帰ると、親父どのは炬燵から抜け出して胡坐(あぐら)を組んでいた。侍が持ってきた土産の包みを脚の間に置いて、開いている。

「親父どの、できない約束はしないどくれよ。気の毒じゃないか」

だが親父どのは素知らぬ顔をして包みを抱え込み、焼餅(やきもち)らしき物を一心に咀嚼(そしゃく)している。少し腹が立った。

お栄は朝から胡粉の空擂りを続けている。

雪の富士を描くための白であるので、鉢から微かな煙が立つほど細かくするつもりだ。指で摘まんでみてチリッと指の腹に粉が当たるようでは、まだ擂りが足りない。乳鉢を左の掌の上に置いてゆっくりと回しながら、右手で握った乳棒は円を描くように回す。首から上が熱くなり、腋の下がじっとりと汗ばんでくる。

戸口で声がして、返事をする暇もなく油障子が動いた。乳棒を持つ手を止めて膝を回すと、懐かしい顔が小腰を屈めている。

「親爺どの、姐さん、ご無沙汰してます」

「五助じゃないか」

親父どのの弟子であった五助は歌川国芳の門下に入って修業を積んでいたが、今は浮世絵師として一本立ちをして、すでに女房、子もある。歳は三十も半ばに入ったはずだ。

「今、お邪魔じゃありませんか」

「水臭いことをお言いでないよ。さ、そんなとこに突っ立ってないで、お上がり」

促すと、遠慮がちに身を屈めながら中に入ってきた。大きな風呂敷包みを背負っている。胸の前で結んだ風呂敷を解いて脇に置いてから、五助は膝を改めた。

「新年明けまして、おめでとうございます。旧年中はお世話に相成りまして、有難う存じました。本年もどうぞよろしく、お引き立てのほどをお願い申します」

年始の口上を述べている。正月は板元や門人、友人の客が立て込むのを承知している五助は、毎年、こうして時季をずらして訪れる。

親父どのは炬燵の中で鷹揚にうなずいて返し、お栄も「おめでとう」と居ずまいを正した。

「こちらこそ、よろしく。そういえば晦日には餅や煮〆をすまなかったね。助かったよ」

五助の女房は口数が少なく随分とおとなしいが、時折、そうやって心を配り、五助に届けさせてくれる。

「親父どのもあの煮〆、随分と頂戴したよ。親父どの、あれ、旨かったね」

「ん。五助、今年もしっかり、やんな」

「親爺どのもしっかり長生きしてくださいよ」

「知れたことを」

親父どのは笑いながら、起き上がろうとする。五助はすぐに気を利かせ、左の肘や腰を支えてくれる。お栄も右側から介添えをして、親父どのを坐らせた。このところ躰に力が入りにくなってか、日によっては背筋がしゃんと立たない。こうして身を起こすだけで息を切らし、白い無精髭でおおわれた顎が上がる。

五助はその老い方に驚いてか、心配げな眼差しを寄越した。この正月も年始客に幾度となく案じられ、お栄はそのつどきっぱりと返したものだ。

「九十でござんすからね。いよいよ絵の奥意を極めんと、毎日、精進しておりますよ」

本当が半分、嘘が半分である。親父どのが毎日、筆を持つのは変わらないし、画想は今も滾々と湧いて溢れるのは傍にいればわかる。箸を持つ手は震えても、ひとたび筆に持ち替えれば線は微塵も乱れないのだ。ただしさすがに大きな絵を描くのは難儀になっていた。幅一尺、長さが三尺ほどの掛物絵など親父どのには手の内も内、いとも容易い大きさであったはずなのに、腕が動きにくくなっている。

「大丈夫だよ。起き伏しにちっとばかし手間がかかるだけだ」

己に言い聞かせるようにお栄が言うのを汲んでか、五助は「ええ、そうですとも」と盆の窪あたりに手をやった。と、思い出したように包みの脇に戻り、親父どのに向かって中を差し出す。

「心ばかりでお恥ずかしいんですが、卒寿の御祝を持って参じました。お納めください」

「そいつぁ、痛み入る」

親父どのは「持つべきものは、いい娘と弟子だな」と、機嫌の良い声で応(こた)えた。

「で、こいつぁ、何だ」

お栄が膝を進めて手に取ってみると、ふわりと柔らかい。

「これ、綿入れかえ」

「そうです。もう二月だからってあたしは止めたんですが、うちの女房、朝晩はまだ冷えるからって、綿を薄く入れて縫っちまったんです。お気に召さなかったら突き返しておくんなさい。持って帰って仕立て直させますんで」

五助は小鼻を膨らませ、強気な亭主ぶりを見せる。お栄にはそれが少し可笑(おか)しかったりする。

「何をお言いだ。もちろん有難くいただくよ。この頃、陽の入る昼間でも寒がるもんでね。親父どの、これ、五助の女房が縫ってくれたんだって」

肩に掛けてやると、親父どのは自ら腕を動かして袖(そで)を通した。

「こいつぁ軽い。上物だ」

ふだんは着る物に頓着しないのに前を合わせ、手で袖先を持ってしげしげと眺めている。

「藍群青に子持ち縞たぁ、乙粋だ」

「卒寿の祝だから紫群青にしようって言ったのに、うちの女房、青が多い方が顔映りがいいってきかねぇんですよ」

実際、よく似合っていて、若返って見えるほどだ。お栄がそう言ってやると、親父どのはますます機嫌を良くして歯を見せる。お栄は徳利と猪口を五助に出してやり、親父どのには茶を淹れた。

「五助、何でも女房の言う通りにしとくもんだ。それが結句、間違いねぇぞ」

「そういや、親父どのもおっ母さんの尻に敷かれてたねえ」

「おうよ。男はしょせん女の出涸らしだぁな」

懐かしい戯言を肴に呑んでいると、もう一度、正月が来たような気がする。しみじみと暖かい、身内だけの迎春だ。

五助も酒は好きなようだがあまり強くはないらしく、何杯か重ねただけで首から上の色が変わっている。と、お栄の文机の横に目をやった。縦長に組んだ木枠に絵絹を張ってあり、線描と裏彩色までは済んでいる。

五助は猪口を膝脇に置いて、木枠の前に移った。両膝に拳を置き、しばらく黙って見ている。

「この水墨画、姐さんですか」

「親父どのが正月に、久しぶりに富士の図をやりたいって言い出してね」

親父どのは下絵も描かず、言葉だけで絵組みをお栄に伝えた。中央のやや左寄りに稜線の雄々しい富士山を置き、裾野には松林、さらに手前にも山々を描いて遠近をつけるという着想である。

五助は乳鉢の中を一瞥して、すぐにお栄の思案を悟った。

「富士だけに胡粉を施すんですか」

「そう。内光りするような白で彩ろうと思って。ただ、富士に着彩しても、今のままでは絵組みが少し物足りないような気もしてんだけど」

富士の背後に何かを描くのか描かぬのか、親父どのはとんと口にしない。ということは、まだ思案中であるということなので、お栄も訊ねない。

今のまま仕上げるとすれば、画面の半分ほどが大きな空になる。絵は、何も描いていない空白も含めて絵なのだ。人の目はそこに奥行きや距離を感じ、風や水飛沫さえ感じることができる。ゆえに空白をどこにどう作り、地塗りを施すのか生地色を生かすのかを決めるのも、描くということだ。

と、「お栄」と呼ばれた。近頃、肩が凝り過ぎてか、それとも歳のせいなのか、すぐに首が回らないことがある。ゆっくり振り向くと、青い綿入れを着込んだ親父どのが腕組みをしている。

「富士を仕上げる」

「今かえ」

「そうだ」

何かを思いついたようで、目瞬き一つしない。

五助も察してか、気負うように腕捲り(うでまくり)をした。

「まずは、胡粉ですね」

何も言わずとも五助は手早く膠液(にかわえき)を作り、お栄はそれを乳鉢の胡粉に少しずつ加えて混ぜた。やがてねっとりとまとまってきて、掌の上で団子にする。乳鉢に叩き(たたき)つけては紐(ひも)のように伸ばし、膠と胡粉をよく馴染(なじ)ませる。また団子に丸めると、五助がもう傍で湯を用意していた。指を入れ、「ちょうどいいと思います」と差し出す。指先が熱いと感じるくらいの湯が適していることを五助はわかっている。

お栄は自ら確かめるまでもなく乳鉢に注いだ。団子にした胡粉をしばらく湯に浸し、灰汁(あく)を抜くのである。湯を丼鉢(どんぶりばち)に捨てると今度は水を少しずつ加え、乳棒で溶き下ろす。絵皿に移し、濃さを見ながら筆先を浸した。

　富士山の稜線はごく細い墨線で描いてある。お栄は木枠ごと裏返し、絵絹の裏側から富士に白を施した。こうして裏彩色を行なっておくだけで、色が深くなる。

　乾くのを待つ間、また五助と酒を呑む。

「悪いね。年始の挨拶に来てくれてんのに」

「いいえ。こんな嬉しいことは他にありません」

　親父どのはいつのまにか硯箱を膝前に出しており、墨を磨っている。いつもはお栄が墨を用意するので、こんな姿を目にするのは何年ぶりだろうと思いながら猪口の中を干す。五助は親父どのの手許を静かに眺めながら、「いつになったら」と肩を落とした。赤い顔をして深々と溜息を吐くので、「いつになったらって、何だえ」と訊いた。

「あたしはいつになったら、親爺どのや姐さんみたいな本物の絵師になれるんでしょう」

「何を言い出すやら。お前は一人前になって、もう長いじゃないか」

「あたしなんぞ一人前じゃありません」

「けど板元から注文が来て、それで女房、子を養ってるんだろうに」

しです」

「どうにかこうにか、やっとです。女房はずっと縫物の賃仕事をして、苦労の掛け通しです」

「おなごも甲斐性があった方がいいさ。それとも五助、画料で無茶をされてんのかえ。今、どこの板元から注文を受けてる」

「違うんです。画料に不足があるわけじゃありません。まあ、あたしの腕じゃ女房の助けがなけりゃ喰ってはいけませんし、あたしに来る注文といったら商いの図録に引札ですから文句を言える筋合いでもありません。けどどんな仕事だって、あたしは精一杯、やってるつもりなんです」

「それでいいじゃないか」

お栄は話をしながら胡粉の乾き具合を確かめ、木枠に手をかけた。五助も手伝いながら、一緒に引っ繰り返す。筆を持ち、今度は表側に胡粉を刷く。筆につける量はわずかだ。どんな色でも一度に多量の絵具を使うのは愚の骨頂というものだと、お栄は思っている。濃くしたい場合はそのぶん、何度も筆を重ねればいい。そうしてこそ初めて、美しい濃淡が生まれる。

「まだ一筆も下ろしていない束の間は、今度こそいい絵にできるような気がするのに、いざ仕上げてみたらいつもがっかりしちまうんです。己の腕のほどを、己の絵に思い知らされます」

お栄は絵絹の上に屈み込んで筆を使いながら、「何だ、そういうことか」と応えた。

「それは、皆、同じだよ。その鬱屈は、描いている者なら皆、等しく抱えてる」

「姐さんもですか」

「当たり前だろう。描く前は絵の向こう側に途方もない世界が広がっているような気がして、それこそ気韻生動たる絵が描ける、今度こそって、いつだってそう思ってやってるさ。でも、己の目指すものにはいつも及ばない。親父どのもそれは同じだろう。だから、しきりと言うのさ。あと十年、いや、あと五年生きられたら真の絵師になってみせるって」

お栄が身を起こすと、親父どのは墨を磨り終えていた。

「なあ、親父どの」

すると親父どのは五助に「茶を足してくれ」と湯呑みを差し出した。五助は慌てて急須に湯を注いでいる。

「俺ぁな、五助。もう充分に巧い絵師だ」

「はい」

「だが、巧いことと絵の奥意を極めることとは別物だ。どうだ、巧いだろうってぇ絵には品がねぇし、わざと無心を装ったような絵も見られたもんじゃねえ。俺ぁな、描けば描くほど、絵がよくわからなくなる。ただ、それが苦しいからといって目指すところを低うしたら、己の目論見よりさらにひどいことにならあ。……つまり、描き続けるしかねぇんだ」

五助は真意を摑みかねてか、両の眉を下げたままだ。お栄は言葉を添えてやった。

「描き終わってみたら不足しか目につかなくて、まだまだだと思うんだよ、親父どのもあたしも。そうやって己が及ばぬことを知っているから、いい絵を描こう、巧い絵を描こうってぇ自らの欲を振り捨てて、また挑む。その時がきっと道に上達する時なんだろうけれど、それも本人にはわからない。後で振り返ってみて、ああ、あの絵で何か一つ乗り越えることができたのかと思うだけで」

五助は神妙な面持ちで、黙って聞いていた。酔いがすっかりと醒めたのか、顔から赤みが退いている。

親父どのが「お栄、筆だ」と言った。

「彩色筆と、面相筆を二本。胡粉も」

やはり描くつもりなのだと思い、お栄は筆架から三本を下ろして渡す。五助もすぐに動き、木枠を持ち上げて親父どのの前に移した。

親父どのは太い彩色筆をむんずと摑むように持ち、腕を大きく動かした。命毛が富士の山麓で横に寝て、そのまま上に、左へと動く。軌跡は太いが墨色は浅く、ぼかしながら進んでいく。いったん画面の左端まで突っ切って、今度は富士の背後に回り込むように左の上の奥、そして右の稜線の向こう側からまた左右にたなびきながら画面の右上へと描かれていく。

黒雲だと気づいて、お栄の背筋がぞくりと動いた。

親父どのは筆に墨を含ませ直し、硯の丘でしごいてから、今度は手前の山々に軽く陰影をつけた。硯箱に筆を置き、今度は二本の面相筆の軸を横にして口に咥える。木枠の左側に手をつき、両膝を畳について尻を浮かせた。五助が躰を支えようと思ってか背後に回ったが、手出しができないでいる。お栄は目で制した。五助も察して、傍に腰を下ろし直す。

炬燵から抜け出させるのに二人がかりであったのに、今、親父どのは藍群青の綿入れを着て筆を揮っているのだ。上方の黒雲の乾き具合を睨みつつ、絵皿の胡粉をも一瞥する。

「水」

命じられて、お栄は水滴を絵皿に向けて傾けた。一滴を落とすだけで、胡粉の白が動く。

親父どのはそれを薬指で混ぜ、咥えていた面相筆の一本を手にして細い穂先を浸した。右の肘が上がり、筆は絵絹に真(ま)っ直(す)ぐ下ろされた。軸の握り方は優しいが、黒雲の上に描かれている白は微細である。それも乾くのを待ち、残りの一本でまた墨を使った。

親父どのがようやく右肘を下ろす。五助は背後から腋の下に手を入れ、腰を下ろさせる。お栄も今度は止めず、傍に寄って手を添えた。親父どのは尻を落ち着けてから上を向き、大きく息を吐いた。そしてゆっくりと顔を下ろし、たった今、仕上げたばかりの景色を眺める。

お栄も五助と共に親父どのの背中を支えながら、それを見た。

竜巻のごとき黒雲を起こし、龍が身をうねらせながら天に昇らんとしている。

雪の富士越しの昇龍(しょうりゅう)だ。

誰も何も言わない。三人で身を寄せ合うようにして、絵の前で坐っていた。

節分が過ぎた頃、親父どのの総身から目に見えて生気が失われた。板元が医者を連れてきてくれたが、脈を取っただけで頭(かぶり)を振った。

「これは老いゆえの衰えにて。医の為す術はござりませぬ」

お栄は仕事をこなしながら介抱をし、何とか春を乗り切った。桜が散って杜鵑の初音を聞くようになると、見舞い客が頻繁になった。少しずつその日を迎える覚悟を固め、弟の崎十郎にも文で報せた。御家人である加瀬家に養子に入っている崎十郎はそれからほぼ毎日、勤めの帰りに顔を見せた。五助は女房をつれてきて、汚れ物まで洗ってくれた。

一度だけ、時太郎はどうしようかと思ったが、行方知れずのままである。得体の知れぬ女との祝言以来、十五年ほども顔を合わせていない。

誰かに頼んで居どころを探し当ててもらおうか。

少し迷って、止すことにした。江戸にいれば、そして時太郎が親父どのを少しでも気に懸けていれば噂は耳に入るはずだと思い定めた。

四月に入ってからはすべての仕事を止めた。他の絵師に回せる仕事は引き取ってもらい、片時も親父どのの傍を離れないようにした。

そして十八日、朝七ツ時である。親父どのは大きく口を開けたまま、硬く冷たくなっていった。

翌日の葬儀には百人を優に超える弔問があって、崎十郎の妻女が驚いていた。葬列を見送る人波はどこまでも続き、中には槍持や挟箱持を従えた武家の姿まであった。明け暮れ頼りにしてきた父親を、そして師を喪ったのだと身に沁みたのは、梅雨が明けてからのことである。

草木や虫、鳥、天女であんなに賑やかだった家の中が、しんと静まり返っていた。皆、龍と共に昇天してしまったんだろうと思った。

三

山吹を活けた春座敷で、お栄は静かに筆を置いた。

描いたばかりの絵を差し出す。

「この手本は置いてきますから、来月まで習練しておいてください。では、今日はここまで」

「お師匠さん、有難うございました」

娘らは揃って辞儀をした。

女中に付き添われて広縁を進み、外の通りに出た。日増しに陽射しが春めいて、花見や野遊びから帰ってきたらしい一行と何度もすれ違う。たった一人で歩いていても、我知らず気分が明るんでくる。

お栄がこうして出稽古をするようになって、三年になる。きっかけは長年、交誼のある紙屋の主の口利きだった。親父どのと暮らしていた長屋を出て、すぐ近くの聖天横町に越した年であるから、嘉永三年（一八五〇）のことだ。

紙屋の主は、「さるお旗本が、お嬢様に絵を習わせたいとお望みだそうで」と言った。

「で、折り入ってお栄さんにお出まし願えないかと、ご用人があたしの所に相談に見えたんです」

聞けば風流に富む文人殿様で、親父どのの一枚絵や肉筆画も所有しているらしかった。

「そんな。あたしが他人様にご教授するなど、とても無理ですよ」

本来、絵を描くなど誰にでもできる、たやすいことだ。けれど画道を教えるとなれば、これほどの難事もないと思う。線と色、絵肌や描き方は修練を重ね、己で会得していくものだ。

が、また日を改めて「どうしても」と請われた。

「男の師匠を招くわけには参りませんからねえ。ですが絵の女師匠となれば、なかなか他におられませんのですよ。何とかお願いできませんか。この通りです」

その紙屋には昔、何度も払いを待ってもらった義理があった。結句、断り切れずに渋々と出掛けたのである。旗本屋敷の奥など気詰まりこの上なく、静まり返った座敷に通された時はやはり今日限りで放免してもらおうと、膝をさすった。

ところが、その娘は筋が良かったのである。十三歳というのに物言いもしっかりとしていて、お栄の言葉にじっと耳を傾けてから手を動かす。書は幼い頃からの母親仕込みであるらしく、筆捌きも堂に入っていた。

それよりも何よりも、描くことが心から好きであることがすぐにわかった。自ずとこちらも熱心になって、いくつかの手本を描いてやった。辛夷の枝に留まる文鳥、牡丹の花に蝶、南瓜の花にきりぎりすなどである。すると娘は頬を染めて言ったのだ。

「ほんに愉しいものにございますね、絵は」

そう言われて己の絵を見返し、はっとした。何の企みもない、うぶな絵がそこにあった。

そして思い出したのである。親父どのの大きな胡坐の中で筆を持つことが愉しくて嬉しくて仕方がなかった、幼い日々を。

他人に教える道は、己が教えられ、導かれる道でもあった。

ただ、その娘がお栄の弟子であったのは、わずか一年ほどである。何年も前から決まっていた縁組によって、娘は大名家に輿入れした。

お栄は祝として、袱紗に直絵を描いた。岩石が材の絵具は重くなるので、草木生まれの材で薄く、ほとんど透けるように塗り重ねた。袱紗絹は経糸が滲みやすいため墨に少し生姜汁を混ぜたりするのだが、婚礼の祝にはふさわしくないような気がして墨はあえて用いなかった。図柄は松竹梅で、真っ直ぐな竹を二本、下から上まで通し、松や竹の葉、梅の花を大きく配した。

娘とその両親は袱紗絵を大層、歓んで、婚礼の後、用人が一間きりの長屋を訪ねてきて、立派な引出物の数々と、さらに水引を掛けた細長い箱を届けてくれた。蓋を開けてみれば筆が入っていた。お栄がこれまで手にしたことのない上物で、京の名工の手になるらしいことが添え書きにあった。

筆の軸には、お栄の画号である「應爲」の二字が刻まれていた。

それからまもなく、日本橋の大店からも声が掛かるようになり、今は月に二度、五軒を回って教えている。

いつもの煮売り屋でお菜を買い、川沿いを北に帰った。対岸の隅田堤の桜は今が満開で、花の下で唄い、踊る者らの陽気が川面を照らす。

一人住まいの長屋に帰ると、中は薄寒い。

戸口と窓を開け放ち、春の陽射しを入れた。まだ八ツ半だが徳利と猪口を水屋簞笥から出し、一杯を引っ掛ける。思わず「ふう」と大息を吐く。

「やれやれ、お疲れさん」

己をねぎらいながら、もう一杯を注いだ。

「お栄さん、あんまし呑んだら仕事をするのが厭になっちまうんじゃないのかえ。ふん、何言ってんだ。こちとら一升酒を喰らったって、正気を失うもんか。大丈夫、呑め呑め。……そうだよ、今日はひと仕事してきたんだから、気を養わないと」

独り言がまた増えているような気がする。

「五十六の婆さんが昼間から酒呑んでぶつぶつ言ってる図なんて、ぞっとしないね。……何だよ、別にいいじゃないか。誰が見てるわけでなし。……ちょいとお栄、あんた、気を大きくしちまってんだろう。懐が潤ってるから。……何さ。そりゃあ、素寒貧よりはましってもんだろ」

胸を張った。

昨日、飛脚便が小布施から届いて、画料が入ったばかりなのだ。小布施村の高井鴻山は親父どのが亡くなってからも頻繁に文を寄越し、何くれとなく気遣ってくれる。

秋には名物の栗を、しかもお栄が台所を嫌いなのをどこで知ってか、ちゃんと茹でた栗を送ってくれたりする。枝ごと切り取った葉つきの毬栗も厚紙で仕切って入っていて、それは写し描きをするための心配りであるらしい。

そのうえ、鴻山は肉筆画の注文もくれた。昨日、届いたのは二月の末に送った「菊図」の画料である。絹本で双幅描いたので、去年、大暑の頃に注文を受けてから九ヵ月も掛かった。本当は年内に納めるつもりであったのに、花弁から茎、葉に至るまで細密に描いているうちに思った以上の日数を費やしていたのだ。

菊花の品種はことの他多く、枝垂れ咲きや縮れた糸咲き、こんもりと丸い宝珠や花弁が渦を巻いている物もある。しかもこの頃は色も多様で、白、赤、浅黄に紫、青、そして花弁の表と裏で色が異なる品種まである。赤い花弁の裏が黄色、青い花弁の裏が白といった具合で、少し開きかけの時は二色を見せてそれは艶やかだ。

お栄はそれらの花弁の一枚一枚を描き分け、花弁に極細の筋を薄く描き込み、さらには裏彩色を施して透き通るような陰影を出した。茎葉も同様で、表に草緑を使う所は裏に石緑を挿し、表に緑青を用いる所は裏面にも必ず緑青を施した。

毎日、夢中になって手を動かした。この描き方でいいんだろうかと迷う暇もなく、出稽古のない日は一日じゅう筆を持ち続けた。筆の気と墨の気、色の気が合わさって、何かが透けて蠢(うごめ)くのを感じた。

そして届いたのが、二両三分という画料だったのだ。絵絹代は先に受け取っていたし、何かの間違いじゃないかと文を読み返したが、額面もそう記されていた。

お栄は度を失って、金子を包み直した。指先が震える。親父どのでさえ滅多に受け取ったことのない画料だった。

また酒を注いで、猪口の縁に吸いつく。舌が音を立てる。

金子は文机(ふづくえ)の抽斗(ひきだし)に仕舞ってある。今は少し落ち着いて、親父どのが作ってくれた縁を有難いと思う。

「そうだよ、有難いよ。これでいい絵絹と絵具を買えるじゃないか。筆も新しくできる」と、己に呟(つぶや)いた。

高値な物がいい材だとは限らない。ただ、親父どのは己の目利きを信じ、いかほど借金に追われていても、こうと決めた絵具や筆は変えなかった。けれどお栄は安い物も平気で使ってきて、それはそれで失敗を重ねながら己なりの工夫を続けている。安い紙の真新しいのは趣に欠けるので、わざと古色(こしょく)をつけたりもする。

「けど、仕上げた絵を不出来だと悟った時、内心のどこかで材のせいにしたこともあっただろう。存分に材を吟味して下拵(したごしら)えをしたら、もうどこにも逃げ場はないよ。一切の言い訳はなしだ」

わかってるさ。うん、わかってる。

「それでも進むしかない。後戻りなんぞ、できないんだから」

猪口を持って、「よっこいしょ」と窓際に移った。

「蒸すと思ったら、降ってんだね。いつのまにか」

壁にもたれ、右手を窓外に差し出す。春雨で掌が濡れる。その冷たさがやけに心地が良くて、お栄は半身を乗り出した。空を見上げると、青く晴れている。

目を閉じて、顔を濡らした。

酔いが醒めたら、また描こう。

葛飾應為。その名にふさわしい絵をいつか、ものするために。

描こう。

どこかで蛙が鳴き始めた。

第十二章　吉原格子先之図

一

出稽古を終えたお栄は、通りを右に折れて日本橋を渡った。

十月に入ったばかりの晴れた昼下がりのこと、川沿いの土蔵は漆喰の白を眩いばかりに光らせている。河岸で荷を下ろす人足の渋辛声は威勢良く、川を行き交う渡し舟や荷舟も賑々しい。岸に近い浅瀬の色は水白群だが、中央の川面は深い群青をたたえて流れている。

欄干から目を上げて西へ、一石橋の遥か上方を眺めれば、そこには市中で最も高台の景色が広がっている。松の濃緑が鬱蒼と連なり、その合間で垣間見えるのは公方様のおわす城だ。今の公方様は第十三代将軍、家定公というお方であるらしい。

そして城の彼方では、富士の山が今日も悠然と構えている。雪白をいただいた稜線は冴え冴えとして、その線を裾野まで細く長く、すっと引き切る時の手応えを想いながら、お栄はまた歩を進める。

初冬の澄んだ空で、無垢な白が大きく翼を広げた。

今年も、江戸の空に舞い戻ってきなすったのだね。

鶴の群れに目を細め、その景を味わいながら歩く。といっても橋の上も大層な人出で、うかとすれば誰かの肩に当たってしまいそうだ。橋の北詰から日本橋通りに入れば、なお沸き立つような賑わいだ。二階建の商家が荘々と軒を連ね、道の端では青物売りや土物売りが手を打ち鳴らして青菜や牛蒡を商っている。

お栄の背後から子供が飛び出して、母親らしい女が慌てて追った。子供は水飴売りの前で足を止め、「おっ母ちゃん」とねだっている。口の中に一杯、唾を溜めたような声で、もう唇が濡れているのが愛らしい。

お栄は誰も彼もに目をやりながら、その景の中をゆるりと進む。

今日は浮世小路にある百川楼という料理屋に招きを受けている。もともと名代の店であったが、長屋暮らしの者にも一躍、知られるようになったのは去年、嘉永七年（一八五四）のことだ。亜米利加国のぺるりという異人が軍艦七隻を率いて再び姿を現し、百川楼はその際に公儀から命じられて饗応を受け持ったのである。

異国が何を求めてこうも度々、やってくるのか、市中で売られている讀賣を読んでみてもお栄にはよくわからない。ただ、いつか親父どのの絵を買った阿蘭陀商館の者らの参府とは明らかに異なる、妙なきな臭さを感じる。

他の江戸者も同様なのだろう。ゆえに百川楼が異人の饗応を見事にしてのけたことに、胸が晴れるような心地がするのである。賓客だけでなく乗組員すべてに本膳二汁五菜を振舞い、しかも他の店の料理人には一切、助けを求めず、器もすべて自前で用意したという。その費えは千両、いや二千両だとも噂され、大変な評判を呼んだ。

中に入ると、女中に奥へと案内された。廊下から濡縁に出て、やがて広い庭を巡るように歩く。紅葉狩にはまだ早い時分であるのにいかに丹精したものか、築山の桜や楓はすっかりと色づき、葉の真紅が盛りを誇っている。

かなわないねえ、ほんとに。

陽射しを受けて透き通る赤に見惚れて、お栄は濡縁を進みながら苦笑する。いかほど絵具を按配しても塗りを重ねても、自然の赤が持つこの純に辿り着けたことがない。

精進するしかないと思い、胸の中で小さく唱える。

──南無弁財天女尊、おん、そらそば、ていえいそわか
お栄は近頃、仕事にかかる前に目を閉じ、こう唱えてから筆を持つのを慣いとしている。弁財天は七福神の中でも唯一人の女神で、諸芸の技を磨く者へのご加護がある

らしい。

突き当りの障子が開け放たれていて、笑い声が響く。女中はその前で足を止め、「どうぞ」と小腰を屈めた。十畳二間続きの座敷だ。畳には緞通が何枚も敷かれているが、その上にはごく当たり前の膳が並んでいる。お栄が漢画でよく描いてきた脚付の卓と椅子があるものと思い込んでいたが、羽織をつけた男らは膳の前で正坐している。五人もいる。

いち早くお栄の姿を認めたのは長川鎌太郎で、この店に招いた当人だ。

長川は親父どのが亡くなる前の年から出入りするようになった男で、つきあいはかれこれ七年になるだろうか。元は本所林町の瀬戸物商の倅で、本所生まれの親父どのと先代とは顔見知りの間柄であった。初めはその縁で聖天町の長屋に顔を見せ、短冊や扇面への揮毫を頼んできたのである。親父どのも快く応じていた。

そしてお栄が長屋を越してからも時折、訪ねてくる。

「当節の浮世絵師の人気は、何といっても豊国。あとは広重、国芳あたりですか。けど私にとっちゃあ、何と言っても北斎先生だ。葛飾親爺の絵は忘れられませんよ」

長川は五十半ばで、糸瓜のように下が膨れた福相である。物腰も柔らかく、その折もしみじみとした面持ちで言ったものだ。

かつて浮世絵の板元として名を馳せた西村屋は主の与八が亡くなってから没落し、今はもう跡形も無い。親父どのが親しくつきあって金主でもあった小布施の十八屋も火事に遭い、江戸から退いた。お栄の見知りである彫師や摺師も隠居したり、一人、二人とあの世に旅立っていく。

だが親父どのの浮世絵は異なる板元に板木が売り渡され、重板を続けているのだ。『北斎漫画』などは板元が遺稿を求めて訪れ、洗い浚い掻き集めるようにして新編までが出板された。文化十一年（一八一四）に初編が出てから生前に十二編まで出板されたが、没後にも新しい十三編が出たのである。

それがお栄には嬉しかった。

人々は親父どのの絵を忘れていない。求められている。

それこそが、絵師冥利に尽きるというものだ。

そして長川は親父どのが最期に龍を描き入れた「冨士越龍図」をぜひ売ってほしいと望んだので、これも冥利と思って譲った。長川はそれを小布施の高井鴻山に転売したらしい。鴻山や小布施の門人からは今も絵の注文を受けたり、請われれば絵の手本を描いて送ったりしているので、そのやりとりの中で知ったことである。

転売はべつだん、珍しいことではない。大量に摺る浮世絵は大判錦絵でも一枚が蕎麦二杯分ほどの銭で手に入るが、肉筆画となれば一点ものだ。注文主は床に飾ってしばらく楽しんだ後、望む者があればそれを譲ったり、他の絵と交換し合うのである。その間で金子がいかほど動くのかは知らないし、お栄にとってはかかわりのないことだ。己の手を離れた絵の値打ちを決めるのは、あくまでも客である。

長川はいつからかその仲立ちをして売買を助けるのを専らの稼業にしたようで、いわば画の商いだ。

「お栄さん、わざわざお運びいただきまして恐れ入ります。楽しみにお待ち申しておりましたよ」

上座を勧められて何となく気が差したが、とやこう辞するのも面倒なので座敷の右手に進んだ。床の壺には珍しい蘭花がたっぷりと活けてある。腰を下ろして座を見渡し、お栄は皆に形ばかりの会釈を返した。長川は他の者らを「社中なんですよ」と紹介していく。商い仲間であるらしく、繁華に手広くやっていることが知れた。

「今日は新入りもおりましてね。時兵衛さん、お栄さんにご挨拶を」

長川は取って置きを披露するように声を高めた。真正面に坐る男が顔を上げる。妙な気がして、もう一度見返す。「え」と口から零れた。

嘘だろ。

お栄が気づいたことに応じてか、向こうもぼそりと口の中で言った。「久しぶり」なのか「無沙汰しました」なのか、判然としない。それとも「姉ちゃん」と呼んだのか。

「何で、お前。生きてたのかえ」

「この通り、幽霊じゃねぇぜ」

二十一年ぶりに会った甥、時太郎は尻を動かしてから片膝を立て、己の足を指し示した。貧相な顔の中で、目だけをふてぶてしく剥いていた。

「皆、黒船がどうのと騒いでますが、ここは料理の腕で異人どもをあっと言わせましたからね。次にやって来たらば、今度は絵で度胆を抜いてやりたいと、あたしはこう考えてるんですよ。絵師の中には西画に憧れて画法を学ぶ者も増えておりますが、あたしに言わせりゃ、日本の絵師の腕は異国に決して引けを取っちゃあいません。目に物、見せてやりましょう」

長川が熱心な口振りで座を見回すと、男らは「いよッ」と調子を合わせる。猿芝居を見せられているようで、お栄は白々とする。

何日か前、長川が「二日に百川楼の席が取れたんで、いかがです。たまには気散じをなさい」と誘うので、ちょうど出稽古の帰り道でもあるし、ごく気楽に申し出を受けたのだ。人気の料理屋の普請や庭をこの目で見ておきたいという気持ちもあった。今も親父どのの遺した種本や摺物を見て絵組みを考えることが多いが、己が直に見聞したものは画の想になる。

けど、何で時太郎がここにいるんだえ。

お栄はさっきからそれを訊ねようとしているのだが、長川はお栄に酌をしては皆に向かって盛んに喋るので、まるで口を挟めない。時太郎も周囲の男らの酌を受け続けている。脚付の盃は大ぶりのぎやまんで、膳の中でそれだけが取って付けたように異国風だ。

「見事な呑みっぷりだ。葛飾親爺は下戸で有名だったが、時兵衛さんは叔母さんの血を引いてなさる」

男らは手を叩いて笑い声を上げるが、お栄にはちっとも可笑しくない。

今は時兵衛と名乗っているらしい時太郎は、もう三十八ほどになるはずだ。だがいまだにうだつの上がっていないことは、一目で知れる。瘦せた顎には無精髭が点々と鼠色に散って、借り物らしい羽織は縫い目が歪んで衣紋が抜けている。目だけが大きくて、束の間、親父どのの目に似ているような気がした。が、すぐに胸の中で頭を横に振る。

とんでもない。何一つ、似てるところなんぞ、あってたまるものか。

いや、昔は彫りの深さをどことなく受け継いでいたのだが、人の顔というのは恐ろしいものだ。お栄より遥かに整っていたはずのそれは、胡散臭(うさんくさ)さをそのまま物語っていた。大した悪事を働けず泥水を啜(すす)る覚悟も持てず、たぶんその時々、力のある者にくっついて、いいように遣われてきたのだろう。その鬱憤は己より弱い者を痛めつけることで晴らす。

昔からそういう甥であったが、今も変わらない。二十年以上も会っていなかった間に時太郎がどう生きてきたか、お栄はその顔貌(がんぼう)から見て取った。

長川が取り成し顔で言った。

「こうして対面がかないなすって、ようござんしたねえ。あたしも嬉しゅうございますよ」

もしかしたら叔母と甥の間を取り持つ料簡(りょうけん)でも起こしているのだろうかと察すると、ますます厭(いや)な気になった。長川はお栄に酌をしながら、言葉を継ぐ。

「時兵衛さんはさるお武家の中間(ちゅうげん)部屋で働いてなすったんですが、まあ、ひょんなことでうちの仲間が知り合いになりましてね」

中間部屋と言えば、公儀の目を盗んで賭場が立つことで有名だ。時太郎がまっとうな勤めを持っていたとは、到底、考えられない。

「聞けば葛飾親爺のお孫さんだ。遣い走りなんぞおさせ申すのは気の毒じゃないかと思いまして、今は仲間に加わっていただいているんですよ」

「仲間、ですかえ」

　思わず訊き返していた。

「さいですとも。このところ、妙なのが増えてきましたから気が抜けませんでねえ。ほら、北斎先生の絵にひどく似せて描く絵師なんぞがおりましょう。ええ、あの葛飾為斎ですよ」

　その絵師の名は五助からも聞いていた。親父どのに酷似した画風で、錦絵や板本の挿絵、肉筆画も手掛けているようだ。しかも師匠気取りで随分と横柄であるらしく、門人にろくすっぽ教えてやらずに謝礼ばかりせびり取るようだと五助は憤慨していた。が、お栄は取り合わなかった。

　五助に言ったのと同じ言葉を、長川にも投げた。

「本人はちゃんと為斎だと、北斎とは異なる号を名乗って描いてんでしょう。いいじゃありませんか、そんなの、放っておけば。誰が似た絵を描こうが、どうだっていいことですよ」

いかほど似せて描いたって、それは似ているだけのこと。やがて虚しくなって煩悶するかもしれないし、他人の絵をなぞる腕を徹底して磨くのであれば、それも一つの稼業だ。

が、長川は微塵も顔色を変えない。

「ただ、為斎本人がかかわってるかどうかは不明ですが、為斎の絵を北斎先生の遺作だと偽って持ち込んでくる者がいるんですよ。ええ、贋作師なんぞ昔から掃いて捨てるほどおりますが、あたしらは目利きが命の商いですからね、万一、真作だと思い込んで売ったりしたらお客に申し訳が立ちません。恥をかくばかりか、後々、相手にされなくなります。あたしらは、信用ってものだけが鎹なんです」

すると、それまで黙って呑んでいた時太郎が顎を上げた。

「甘いんだよ、姉ちゃんは」

「何だって」

「葛飾北斎の絵にそっくり似せて描いて、まんまと荒稼ぎしてる奴らがいるんだぜ。それを放っといていいわけがねぇだろう」

胸が悪くなってきた。

「お前、いったい何が言いたい」

「だから、本家本元でやらなきゃ損じゃねぇかって言ってるんだよ。姉ちゃんが描いて祖父ちゃんの落款を入れたら、そいつあ、れっきとした本物だ」

「あたしに、親父どのの贋作をやれって言ってるのか」

「祖父ちゃんと姉ちゃんが昔っから一つの絵を作ってたの、俺ぁ、知ってる」

時太郎が卑しい笑みを泛べた。密かな悪事を暴くような言いように、肚の中が引っ繰り返る。

「それが、どうした。お前につべこべ言われる筋合いじゃない」

錦絵の下絵では工房の何人もが一枚の絵にかかわるので、肉筆画一枚を父娘で手分けするのはごく当たり前のことだった。親父どのの名があるだけで画料が跳ね上がるし、だいいち、元はと言えば、時太郎が作った借金の返済に追われて始めたことだ。

そう、きっかけはお前じゃないか。

「親父どのは、いや、あたしだって、いつでも本気だったさ。一枚の絵にかかわる限りはいつだって本気で、画想と絵組みは必ず親父どのが出したし、あたしの仕上げた物をとっぷりと眺めて、時には直しも命じてから、親父どのは己の名を記したんだ」

怒りのあまり声が掠れて、息が切れる。けれどもう抑えられない。

「今、あたしが描いた物に親父どのの名を記して印形を押すのとでは、わけが違うんだよ。いまさら北斎の孫だと見栄を張るんなら、そのくらい、わかってからにしなっ」

　すると長川が「まあまあ」とたしなめに入った。

「時兵衛さんの気持ちも汲んであげてくださいよ。偽物がのうのうと出回るのは孫として胸が痛む、こうおっしゃってるんです。ええ、そうでしょうとも。それに大切な叔母さんの行末を案じてもなさっててね。今、北斎先生の絵は売り時ですから、ここで何枚か大作を描いていただいたら、あたしも悪いようにはいたしません。仕舞家を買って二人でのんびりお暮らしになれるほどの儲けは、必ずお出ししますよ。お約束します。いえね、すでにお話があるんです。北斎翁のいい掛物があったら是非とも欲しい、金子は惜しまないとおっしゃる方がいましてね」

　長川がいつからこんな欲を出したのか、それともこれが商いなるものの性であるのか、お栄にはわからない。請われるままに絵を譲ってきた己が増長させたのかと思うと、ぞっとした。

「あたしにそんなことをさせたくて、このろくでなしを引っ張ってきなすったとは、ご苦労なことで。たしかに、あたしほど北斎の絵を描ける者は、この世に二人といやしませんからね。ええ、いませんとも」

お栄は膝脇に手をつきながら、立ち上がった。座敷の面々をゆっくりと睨め回す。

「で、時太郎をあたしの傍に置いて、精々、描かせようってぇ寸法だ」

「そんな、身も蓋もない言い方をされちゃあ困りますよ。お栄さん、坐ってください な。時兵衛さんは今、借金で切羽詰まってるんですよ。北斎翁の孫がどうなってもい いんですか。あんた、見過ごせるのか」

座敷の中に、時太郎と同じ顔が並んでいる。欲得ずくで、さもしいばかりの目鼻だ。どんな墨色を使えばこの卑しさが出せるだろう。

お栄が座敷を出ると、長川が蠅のように追ってきた。うるさい。

「待ってください。お話はこれから」

凄んで見せたかと思えば、また宥めにかかる。そんな手口であたしを籠絡できると考えてるんなら、よほどおめでたい。

「あんたらのお先棒を担ぐのは真平だね。つきあいは、今日を限りにしてもらうよ」

吐き捨てて、濡縁を引き返した。

二

あたしも、安く見られたもんだ。

長屋に帰り着いてからも、肚の中は煮え返っていた。

気がつけば外はもうとっぷりと暮れていて、やけに肌寒い。お栄は洟を啜りながら火を熾した。長火鉢に小さな炭を入れ、手をかざす。まだ寒くて、搔巻をひっかぶりながら酒を探した。文机の前に置いたままになっていた徳利を引き寄せ、絵皿を選んで猪口の代わりにする。

「燗にしたいが、それも面倒だからね」

独り言を言うと、少し気が落ち着く。立て続けに三杯を干した。さらに何杯か呑むと、ようやく寒気が引いてきた。人心地がついて行灯に灯をともし、煙草盆を引き寄せる。一服くゆらせると、いつも通り旨い。ほっとした。

あたしは大丈夫だ。傷ついてなどいない。

「回りくどい連中だったねえ。何も時太郎なんぞを巻き込まずとも、正面から言えばいいじゃないか。贋作を描いてくださいって。そしたら、あたしは己の絵を描くのに精一杯だ、あんたらの商いにつきあう時間なんぞ半刻たりともありゃしないって言ってやったのに。その方がよほど安上がりだ」

が、長川がこのまますんなりと諦めるとは思えない。きっとまたここにやってきて、しつこく口説きにかかるだろう。

どうして、そっとしておいてくれないのだろうと、お栄は長火鉢の猫板の上に腕を置いた。肘をついたまま酒を呑み、煙管を遣う。と、腹が妙に大きな音を立てた。そう言えば名代の店であるのに、ろくすっぽ食べなかったのだ。何か買い置きは無かったかと辺りを見回したが、団子の包み一枚、落ちていない。今朝、掃除をしたばかりだった。

この長屋を初めて訪ねてくる者は、少し驚いたような顔をする。どうやら塵芥に埋もれて暮らしていると思い込まれているようで、実際、親父どのの生前はそうだったが、そもそもは当の親父どのが掃除や片づけをひどく嫌ったからだ。その意に従っているうち、お栄も仕事に取り紛れて埃の降り積もるままに暮らしてきた。

親父どのはたとえ虱が湧こうが平気で、天井に蜘蛛の巣が張ればそれを喜んで描いたものだ。食べ残した塩鮭の頭に鼠が二匹、三匹と集まれば、それもまた「そのままにしときねえ」と笑って描く。

家の内も外も、親父どのには境が無かったのかもしれない。ただ、自然の為すままに描いた。

あたしもそうしたいだけなのに。

この裏長屋で独りで暮らしてもう丸五年になるけれど、滅法、忙しないのだ。日々の暮らしのためには師匠稼業をし、今日みたいな輩も追っ払わねばならない。

「親父どのにはあたしがいたけど、あたしには、あたししかいないからね。……ふん、それが何だって言うのさ。そんなの、わかりきったことじゃないか。あんた、まだ五十八だろ。これからだ」

お栄は煙管の火皿の中を火鉢に落とし、文机の筆架から筆を一本、手に取った。紙を畳の上に置き、絵具を入れたままにしてある絵皿に水滴を傾ける。

親父どのが大画描きに臨んだのも、今のお栄とちょうど同じ歳だったのではないかと思い出して、「そうだ」と膝を打った。

ちょうど今時分の、十月の掛かりだった。名古屋の西別院の境内で、親父どのは大達磨絵を描いたのである。貼り継いだ紙は百二十畳大、長さだけで畳十枚分もある。筆は箒ほどの大きさの物を特別に誂え、それに桶の墨を含ませるのであるから重さも並大抵ではなかったはずだ。

けれど親父どのは己の身丈を越す筆を持ち、たっ、ぐいと紙の上を走り回った。一気呵成に描いた達磨大師の大画はたちまち江戸でも評判になって、お栄は無性に誇らしかった。そして地団駄を踏みそうにもなった。本当は他の弟子らのように供をしてこの目で見たかったのに、母の小兎が「とんでもない」と血相を変えたのだった。

「ただでさえ、筆しか持たない、変わり者の娘だと陰口を叩かれてんのに。旅になんぞ出たら、ほんに嫁き遅れちまう」

娘が台所や縫物に見向きもせず男ばかりの工房に入り浸っているのが、心配でたまらなかったのだろう。

親父どのはあの数年前に「北斎」の画号を吉原の妓楼の主に売り渡してしまい、「戴斗」を名乗っていた。まだまだ喰えなかったし、親父どのには喰えるかどうかなど、どうでも良かったりした。本物の絵師になりたい、その一念で描いていたのだ。小兎は、娘も父親と同じように画業に取り憑かれてしまうのではないかと、案じていたのだろう。

紙の上に屈み込み、お栄は思うままに手を動かしてみた。気がつくとおなごの顔の輪郭を描いていた。襟を大きく広げ、乳房の半分を見せる。

考えれば、さんざん裸を描いてきた。嫁ぐ前の、まだおぼこであった時分でも枕絵を平気で手伝っていた。照れて恥じるなんぞ、それこそ恥ずかしい、絵師の名折れだと粋がっていた。

そうだ、親父どのが名古屋で大達磨を描いた年、あたしはまだ二十歳で、あの日も枕絵の下絵を描いていたのだ。

すると善次郎が顔を見せた。渓斎英泉を名乗り始めて間もない頃で、よく訪ねてきていた。善次郎はひょいとお栄の絵をのぞいては、すぐに腐しにかかる。

「お前ぇの描くおなごは色気がねぇな。もっと情を籠めねぇか」

「籠めてるじゃないか。これ以上よがらせたら、かえって興を殺ぐよ」

「違う、違う、下唇はもっと突き出させねぇと。ちょっと貸してみな」

善次郎はお栄から筆を奪い、勝手に手を加え始める。

「んもう、台無しじゃないか。下手なくせに、妙な手出しをするな」

お栄はその頃の己のわめき声が可笑しくて、ふと噴き出す。

からっ下手だ、善さんは。

もう一度言い、また紙の上に屈み込んだ。と、戸口で音がした。

「姉ちゃん、俺だ。開けておくんな」

せっかく収めた怒りがまた噴き上がる。長屋の木戸はもう閉まっている時分であるはずなのにどうやって入り込んだものやら、油障子をしつこく叩いている。

「帰りな。お前の顔なんぞ、二度と見たくない」

「違うんだよ。姉ちゃん、道具包みを忘れたろう、百川楼に。それを届けに来ただけなんだ、ちっとだけ入れておくんなよ。後生だ」

身を硬くして黙っていると、油障子が建て付けの悪い音を立てて動く。舌打ちをした途端、夜風が吹き込んだ。

「そろそろ五ツ半だぜ。不用心だなあ」

お栄はどこをどう歩いてここに帰ってきたのかも、よく憶えていない。どうやら、戸口に心張棒をあてがうのを忘れたままだったようだ。

追い払おうと腰を上げたが、するりと中に上がり込まれていた。

時太郎は百川楼で口にしたことを、延々と言い募る。

「姉ちゃん、これからは俺がついてるから安堵しな。姉ちゃんは絵だけ描いてればいい」

「大きなお世話だ。あたしに構わないどくれ」

すると時太郎は巧みに笑い濁す。

「なあ、長川さんらの言う通りにしなよ。悪いようにはしねぇって。俺だって、もう四十前だぜ。このまま三下では終わらねえ。なあ、最後の勝負を賭けさせてくれよ。姉ちゃんが何枚か描いてくれりゃあ、それで済む話じゃねぇか」

「親父どのはもうこの世にいないんだ。なのに、絵の数が増えたらおかしい」

「素人にはわかりゃしねぇって。だいいち、祖父ちゃんの印章はまだ残ってるんだろう。姉ちゃんが描きゃあそれは贋作じゃねぇんだから、真っ当な商売だ」

時太郎は昼間と同じ言葉を継いで、文机の辺りに目を這わせた。行灯の明かりだけでも、探るような目つきであることがわかる。

「俺も北斎の孫として、これからは真っ当に世間を渡ってくから」

また頭に血が昇った。

「親父どのの通夜にも葬儀にも顔を見せないままで、どの面下げて北斎の孫だって言うんだえ」

すると、時太郎の顔がくにゃりと歪んだ。

「ほっとしてたくせによお」

「何だって」

「出来損ないの時坊が寄りつかなくなって、あんたら、ほっとしてたんだろう。え、違うのか」

お栄は目を見開いたまま、息を呑んだ。

「図星だ。ま、いいさ。そんなこと、昔っからわかってたからよ。祖父ちゃんも姉ちゃんも仕事、仕事、それがいっち大事だ」

「あたしらのせいだって言うのか。お前がこうも出来損なったのは、あたしらのせいか」

お栄は膝の上に置いた拳を握り締めた。

お前はいったい、どれだけ親父どのを苦しめた。おっ母さんだって手を焼いて難儀して、せびられるままに小遣い銭を渡して。あたしも後始末に汲々とした。それがいけなかったのは、わかっている。けどこの期に及んでまだ責められるのか。それほどのことを、あたしらがしたと言うのか。

すると時太郎はやにわに身を動かし、文机に飛びついた。文箱の蓋を開け、中の物を手荒にぶちまけている。

「何をする」

お栄は叫びながら時太郎の背中を撲ち、背後から腕を引っ摑んだ。すると恐ろしい力で振り払われ、畳の上につんのめる。

「祖父ちゃんの印章は俺が預かっとく。どれだ、祖父ちゃんのは」

譫言(うわごと)のように呟(つぶや)きながら、時太郎は手当り次第に袂(たもと)に放り込んでいく。お栄が使っている小筆や墨が、汚い羽織の中で音を立てる。

「お前って奴(やつ)は、親父どのの道具まで質草(しちぐさ)にするってのか」

「長川さんに買ってもらうのさ。いろいろ借りが混んでるから、これだけでも渡さねぇと。でないと俺、もう二度とやり直せねえ。姉ちゃん、これか。祖父ちゃんのはこれか」

時太郎はまた文箱を開け、中の物をお栄の目前に次々と突きつけてくる。

「一つくれぇ俺に分けてくれたって、罰は当たらねぇじゃねえか。姉ちゃんだけ独り占めするって法はねえ」

親父どのの印章はふだん使いの文箱ではなく、五助の女房が綿入れの端布(はぎれ)で作ってくれた小箱に仕舞ってあった。藍群青(あいぐんじょう)に子持ち縞(じま)のそれは掌(てのひら)に収まるほどの大きさで、文机の抽斗(ひきだし)の奥にある。

そこだけは触れさせまいと、お栄は何度も背後から阻(はば)むが、そのたび胸や腕を突かれる。だんだん息が荒くなって、たたらを踏んだ。膝がよろけて後ろざまに手をつくと、長火鉢の中に手を突っ込んでいた。

「熱っ」

炭の上に右の掌を置いたか、灰が舞い上がった。時太郎がちらと振り返ったが、また文机の上を荒らしている。何もかも下に落としてしまうと、とうとう抽斗に手を掛けた。

「いい加減におしっ」

お栄はひりつく掌で、時太郎の腕に組みついた。

その時、どんと地鳴りが聞こえたような気がした。茶簞笥が小刻みに揺れ、長火鉢が動く。何かと思う間もなく、今度は畳が持ち上がった。

下から突き上げられるように、何もかもが揺れている。枕屛風が倒れ、長火鉢が土間に向かって滑っていく。文机が紙や絵皿を撒き散らしながら転がり、お栄は手を伸ばしてしがみつく物を懸命に探す。

行灯の灯が消えて、暗闇になった。

「時太郎」

「姉ちゃんっ」

這いつくばったまま、互いの名を呼んだ。

半月前、十月二日の夜に江戸を襲った地揺れは方々を附木の山にした。路地に七輪を出して煮炊きをする女房らが、ひそひそと話しているのが聞こえる。

「前の日に大川でさ、大鯰が何匹も暴れてるのを見たって人がいるんだって」

揺れの源は大川の河口であったようで、ここ浅草と本所、深川の下町がことにひどかった。町方の一万六千棟が潰れ、火も出たので、死人は五千人を超えたと噂されているのだ。大名屋敷も二百六十六家のうち百十六家の屋敷が何らかの害を被ったと、これはお栄が讀賣で知ったことである。

「ほんとは鯰じゃなくて、黒船の仕業だってよ」

「どういうこと」

「さあ、亭主がそう言ってただけだから。それよりあんたが奉公してた水茶屋、どうなったのさ」

「駄目。御亭さんが梁の下敷きになって亡くなっちまったから、女将さん、もう在所に引っ込むって。いい奉公先だったのに。またどこか探すしかないわ」

この長屋は古いわりに普請がしっかりしていたのか何とか持ちこたえて、死人も出さなかった。周りの長屋はほとんどが倒れたので、この一棟だけが斜めに傾ぎながらも踏ん張った格好だ。木屑と土埃の中で意地を見せている、そんな老木のごとき姿に見える。

住む場を失った近所の者らは御救小屋が一杯であったらしく、ここを目指して集まってきた。お栄の住む一間も、多い時で六人ほどを引き受けたのである。横になるのがやっとだったが雨露はしのげるし、長屋の女房らは炊き出しをして薄い粥を配った。

お栄は亭主らに入り混じり、長屋じゅうの片づけを手伝った。どこも土壁が落ちて竹小舞が露わになり、戸口の油障子も歪んでいた。だが最も無残だったのはお栄の家だ。皆はさして所帯道具を持っていないが、お栄の家には絵皿や硯が山とある。それらが長火鉢と共に土間で割れ、畳の上には岩絵具の粉が一面にぶち撒かれた。

亭主らは奇妙な目をして、呆れたものだ。

「何でぇ、この色とりどりは」

「絵師なんだよ、ここの姐さん」

「女絵師か。へえ」

皆、ふだんは外に働きに出ているので、それまではほとんど口をきいたことがなかった。誰かが隅に焦げ跡を見つけて、「命拾いした」と呟いた。行灯の火皿が畳を焦がしていたが、その上に何かが落ちてか、火にならずに消えたらしかった。紙の多い家であるから、一寸違うだけで大事になったはずだ。

「そういや、ゆうべ、えらくやり合ってなすったじゃないか。大丈夫だったんですかい」

声を潜めて訊いてきた顔は確か、隣家の亭主だ。

「姉ちゃんて呼んでるから姉弟喧嘩だ、余計な差し出口はするんじゃないって女房に止められたんですがね。ちと、心配しやしたよ」

薄い壁一枚で隔たった棟割長屋だ。筒抜けだったらしい。「お騒がせしました」とだけ詫びると、向こうもそれ以上は言わなかった。

地揺れが収まってから、お栄は夢中で路地に飛び出したのだ。長屋の者らも同様で口々に何かを言ったが、やがて方々で火の手が上がり、半鐘の音が鳴り響いた。

夜更けの江戸の空が焔で染まるのを、お栄は声もなく見上げていた。

若い時分から火を見るのが好きで、若衆らに負けじと火事場に駆けつけたものだ。お栄自身、善次郎と舟の上で火に遭ったことがあるし、長屋を焼け出されたこともある。江戸者は多かれ少なかれ、火に慣れて一人前だ。

けれど誰もがしんと押し黙って、刻々と色を変える空を見ていた。噴くような緋色は、命拾いをした者だけが目にする色だった。

その時、時太郎はお栄の隣に立っていた。それは憶えている。が、いつのまにか姿を消していたのである。なぜかお栄の袂に藍群青の小箱が入っていて、それに気がついたのは夜が明けてからだった。

長屋の女房らの声がまた響いて、煮芋の匂いが漂ってくる。

お栄は土間に屈み込み、欠けた絵皿を取り出した。目を凝らし、独り言を洩らす。

「これは有難いね、随分といい按配に残ってるじゃないか」

乾いた絵具が付いたままであるので、水を加えればまた使える。

家の中の片づけをした時、ともかく何も捨てずに土間に掃き寄せたのだ。手伝ってくれた長屋の亭主らにもそう頼んだ。その後しばらく近所の者がここで暮らしたが、誰も不思議そうにはしなかった。畳の色に気を取られてか、いや、住む家が倒れた者らにとってはどれも些末な景だったのだろう。

お栄がこうして塵芥の中から使えそうな物を取り出し始めたのは、ようやく昨日からである。欠けた墨や土に塗れた帳面を見つけては汚れを払い、筆も洗えばまだ充分使えそうだと見当をつける。

今度は細長い板が出てきた。それを持ったまま、お栄は腰を上げた。上がり框に尻を下ろし、手の中の物をじっと見る。

「これ、文机の抽斗の扉じゃないか。そうだ、間違いない」

己の声がやけに間近に聞こえる。

藍群青の小箱はあれからずっと袂に入れている。横になる時は懐に入れ、起きればまた袂に戻した。

お栄は扉板を脇に置き、袂を膝の上にのせて小箱を取り出した。

この家で唯一つ、微塵も壊れず汚れてもいない物だ。ただ、その中にあったはずの印章は無い。おそらく時太郎が中の物を取り、そしてなぜか箱だけをお栄の袂に入れたのだ。背後から近づいて財布だけを戻して寄越す、掏摸みたいに。

「あの馬鹿、何を考えてんだか。箱だけ返してもらったって、どうにもなりゃしない」

こうまでされちゃあと、いっそ可笑しくなる。親父どのが嘆き続けた「我が孫なる悪魔」は、お栄には「我が甥なる疫病神」だった。

そしてまた、あの束の間のことを思い返す。

あれ、本当はどうだったんだろう。

互いの名を呼び合った土壇場で、時太郎がお栄の身におおいかぶさってくれたような気がしてならないのだ。

日が経つうちになぜかその思いは濃くなって、今ではその図が目に泛ぶほどだ。

借り物の羽織をつけたろくでなしが望みの物を見つけた途端、世界が揺れ、引っ繰り返った。咄嗟に身を返し、気がつけば叔母を庇っていた。

痩せ鼠みたいな時太郎が懸命に背を丸め、胸の下のお栄を抱きしめている。

「違うよ。それはあんたがそう思いたいだけ。しがみつかれたんじゃないか、まったく」

そうだねと、己を笑った。

もう風が冷たくなっているのに火鉢が無いので、洟が出る。鼻の下を指で擦っていると、本当のことなどもうどうでもいいような気がしてくる。

「今度こそ勝負を賭けるんだろう、時坊。姉ちゃんはもうお前のことは忘れるから。好きなようにおし」

親父どのとお栄がひたすら絵を描き続けたように、時太郎はしょぼくれた悪行に人生を費やしてきた。

だったら、生き抜いてごらんよ。お前なりに。

小箱を袂に戻し、筆を洗いに井戸端に出た。もう女房らはおらず、男の子が一人で路地に屈んで絵を描いていた。手にしているのは小石だ。見れば、しばらくお栄の家で過ごした夫婦者の子だった。

「おばちゃんのこと、憶えてるかえ」

が、子供は素直に「さあ」と小首を傾げる。ここではいろんな大人と一緒に過ごしたのだ、無理もない。

「ま、いいさ。これ、あげるよ」

袂からそれを取り出して渡すと、子供は屈んだまま、おずおずと掌(て)を差し出した。

「これは、藍群青に子持ち縞って言うんだよ。乙粋(おついき)だろ」

今度はうなずいて、頬にぱっと赤みを散らした。「有難う」と礼を言い、小石を放り出して木戸の向こうに駆けてゆく。その入れ替わりに、路地に入ってくる人影がある。

お栄に数歩近づき、頭を下げた。大小を差した武家だ。

「姉上、よくぞご無事で」

その声があんまり親身で、柄にもなく目の端が潤(うる)みそうになった。弟の崎十郎が立っていた。

三

庭に面した縁側で煙管(きせる)を遣っていると、下男が鋏(はさみ)を持って木々の手入れを始めた。

よくよく見れば、枇杷(びわ)の木の枝が混じっている。

「それ、もらっていいかえ」

下男は「へえ」と首だけで見返りながら、「こんな物、どうなさるんです」と訊(き)いた。

「枇杷の木で炭を作ったら、綺麗(きれい)な黒が出せるんだよ」

「炭って、庭でお焼きになるんですか」

「そうだよ。今日は風もないから火の粉も飛ばない。炭焼き日和(びより)だ」

すると下男は、眉根(まゆね)を曇らせた。

「奥様にお許しを得てきます」

鋏を持ったまま下男が言い、つと、口を噤(つぐ)んだ。いつのまにか崎十郎の妻、弥生が座敷から出てきていて、下男に「如何(いかが)しました」と問う。

「ご隠居さんが炭をお作りになりたいとおっしゃるんですが、よろしゅうございますか」

隠居呼ばわりは止(や)めてくれと頼んであるのに、この家の者は下男も下女もいっかな、お栄の言葉に耳を傾けようとしない。

「剪定枝は後で松屋が引き取りに来ますゆえ、お前はそのまま手入れを続けなさい」

弥生は裾を曳きながらすっと近寄ってきて、お栄の部屋に入った。「義姉上」と呼ぶので仕方なく立ち上がり、中に入る。すると弥生は障子を閉め、お栄に向き直った。

「絵具が足りないのでしたら私にお申しつけくださいと、先だってもお願い申したはずです」

いきなり切り口上だ。

「不足はないよ。けど、枇杷の木は」

「ですからそれはご遠慮くださいと、何度お願いしたらわかってくださるのでしょう。夏はあんなに貝殻をお集めになって、屋敷が魚屋のごとき臭いで難儀したのをお忘れですか」

貝殻でないと作れない色がある。けれど弥生にその理屈は通じないので、お栄はもう黙っていることにした。

「石や草、木の実まで家の中に持ち込んで」と弥生は袂で口許をおおいながら、お栄の暮らす六畳を見回している。

「ただでさえ、膠とやらを煮られる臭いをこらえておりますのに炭を焼かれるなど、とんでもないことです。ここは御役宅にございますよ。家の者にも示しがつきませぬ」

お栄は俯いて、畳の目を見る。

だから一緒に住むのは御免だと何度も断ったのに、崎十郎が「どうしても」と引かなかったのだ。あの地揺れが起きてから、そろそろ一年が経とうとしている。崎十郎は何度も長屋を訪れ、本郷弓町に越してくるようにと言った。

「姉上、当家でお暮らしください。誰に遠慮も要りませぬ。気を安んじて移っておいでなさい。多分に漏れず、町人には及びもつかぬ御家人暮らしです。慎ましくはありますが、下女や下男も先代からの者らがおりますゆえ、身仕舞いや御膳の用意なりともお扶けできましょう」

謙遜しているが、崎十郎は御小人目付からその頭に累進し、今では勘定奉行の下役である支配勘定とやらの御役目を賜っているらしい。家格からみればそうざらにはない、出世組の一人なのである。

「けど。あたしには、曲がりなりにも生業がある」

「それは承知しておりますが、達者な間は良いとして、万一、怪我や病を得られては何となさる。それが案じられてなりませぬ。……まして此度の地震では姉上の身を案じながらも、某にはまず勤めがあり、すぐには駆けつけられませなんだ。もっと早う当家に移っていただいておればと、いかほど悔いたことか」

崎十郎は同腹の弟であるが幼い頃に加瀬家に養子に入ったので、多吉郎という名であった頃もお栄はほとんど遊んでやったことがない。しかし生来の性分なのか、それとも養父母がよほど仁心の篤い人らであったのか、血を分けた唯一人の姉を大事に思ってくれていることがわかった。

「有難き御心、まことに痛み入りまする」

わざと物言いを真似て、お栄は茶を濁しにかかったものだ。

「なれど姉についての儀は一切、ご放念くだされ。鮓を咽喉に詰まらせて死んだらば大往生、川に落ちて流されりゃあ、三途の川までいっそ早道にござろうて」

お栄は弟に遠慮を立てているわけではない、心から望んで今の暮らしを続けたいと思っていたのである。だが年が明けても崎十郎は長屋を訪ねてきて、なお熱心に勧めた。

「そうまで言ってくれるなら、お世話になろうか」

お栄はついに根負けをして、二月のかかりに加瀬家に移ったのである。

もったいをつけたが、お栄が決意したのは崎十郎の来訪を己がいつしか心待ちにしていることに気づいたからだった。

互いに五十代になってからの姉弟づきあいで、初めは話題もすぐに尽きてしまったが、崎十郎が意外にも風流人で、俳諧を嗜むことを知ってからは話が弾むようになった。今や葛飾蕉門の宗匠で、俳号は椿岳庵木峨とかいうらしい。何を目指してそんな号にしたのか、俳諧に馴染みのないお栄にはとんと見当がつかない。

ただ、何となく嬉しかった。

「親父どのは川柳が好きだったね。四角四面な挨拶や所作が嫌いで、画業を教えるのもそれは面倒がったが、ひとたび気が合えばしじゅう互いの家を行き来して遊んでたさ。とくに川柳仲間とはおどけて開けっ広げな軽口を叩いてね、そりゃあ朗らかだったよ」

崎十郎は神妙な面持ちで、実父の人柄に耳を傾けている。崎十郎にとっては親しく口をきかぬままであった父親なのだ。親父どのも他家に養子に出した倅には、至って無愛想だった。何か考えがあってか、もしかしたら照れ隠しであったような気もする。崎十郎はあの大きな目を見るたび恐ろしく、射すくめられるような心持ちになったらしい。

親父どののだけでなく、小兎の話にも崎十郎は神妙に耳を傾けた。

「おっ母さんは、面倒見のいい人だったね。親父どのをしっかりと尻の下に敷いて、けど中気の症で親父どのが倒れた時は、そりゃあ懸命に介抱して。おっ母さんの介抱がなけりゃ、親父どのはあれから二度と筆を持てなかったと思うよ。親父どのが七十の峠を越してもあれほどの絵を残せたのは、おっ母さんのおかげだ」

口に出してから、あたしはこんなふうに思っていたのだと気がついた。そして、崎十郎の家に住まわせてもらうことを決めた。

崎十郎は今も帰宅をすればまずお栄の部屋に顔を見せ、着替えてからまた膳をここに運ばせて、共に酒を酌み交わす夜もある。

ただ、弥生とは一向に馴染めぬままで、向こうもお栄に手を焼いているのが露わだ。倅夫婦もお栄にはあまり口をきかず、とくに倅の嫁は滅多に姿を見せない。たまに雪隠の前で行き遭ったりすると、慌てて目を逸らして足早に立ち去るのだ。すでに嫁いでいる娘だけは里帰りの際に挨拶に来て、お栄の描いた絵を熱心に見ていた。

「義姉上、よろしゅうございますか。絵の注文もありましょうが、あまり風体の良くない者を出入りさせるのも少しお控えいただきませぬと、ご近所の目がございます。武家にとってあらぬ噂を立てられることがいかほど不面目か、そろそろお察しくださいませ。嗤われるのは、旦那様と私にございます」

弥生の説教から放免してもらいたい一心で、「相済みません」と詫びを口にした。叱言大明神がやっと去って、お栄は庭に下り立った。もう下男の姿はなく、枝一つ落ちていない。そのまま裏木戸から外に出て、本郷の坂を下った。

ちりんちりんと鈴の音が鳴って、蟹股の町飛脚がお栄の脇を走り抜けた。瞬く間に人波をかき分けて行く。ほんの少し、そぞろ歩きをするだけのつもりであったのに、気がつけば日本橋の通りを歩いていた。

そういや、足の達者なおなごだとよく囃されたものだと、飛脚の後ろ姿を見送る。こっちもいい気になって、裾をからげた。

へへん。あたしがいっち速ぇよ。
俠な振舞いをしては、得意がっていたのだ。周囲は随分と呆れていただろうにと思いながら、他愛のなかった若さが懐かしくもある。近頃、己の歩幅が狭くなったような気がするのだ。歩くたびに膝小僧が外れそうになって、ぽくぽくと出来の悪い木魚のような音を立てる。膝も腰も痛いし、何より気ぶっせいだ。

弥生につい詫びてしまった己がみっともなくて、胸の裡が重くなる。

「何だい、お栄。だらしがないね。……しかたないだろ、こっちは居候だ。だいいち、崎十郎が弥生さんにとやこう言われたら可哀想じゃないか。あたしが理由で夫婦が諍いになるなんぞ、かたじけない」

空が暮れてきて、西の雲が茜に色づき始めた。けれど引き返す気になれなくて、隅田川沿いに北へと上る。

雁の群れが一斉に飛び立ち、薄の銀色の穂先をそよがせる。

その向こうに、無数の灯がともっている一角が見えた。

あくる日、また弥生から叱言を受けた。

「黙ってお出掛けになっては困りますと、幾度、お願いしたらよろしいのです。供もつれずに一人で出歩いて、しかも夜更けまで帰ってこられぬとは、正気の沙汰ではございませぬ。旦那様がいかほど案じておられたことか」

それは今朝、崎十郎が登城前に部屋を訪れたので知っている。

「新吉原に行ってたんだよ」

昨夜の昂奮のままに話すと、崎十郎は「そういえば吉原はあの地震で火が出たので、今は浅草の山之宿町でしたか」と言った。

「仮宅だから登楼代も安いし、見物がてらの素見も多くてさ、そりゃあ大変な賑わいだった」

「さようですか」と崎十郎は苦笑いを泛べただけで、「行って参ります」と腰を上げた。

お栄は「行っといで」と応えるのももどかしく、すぐに硯を出して墨を磨った。絵絹は切らしているし、つきあいのあった店は地揺れで潰れてしまった。絵具屋も同様で、手許には色数が揃っていない。

それでも描きたくてたまらなくて、文机の上をかき回した。大判の錦絵ほどの紙を見つけ、横向きに畳の上に据えた。その最中に弥生が入ってきたのだ。お栄は顔も上げぬまま腕を組み、弥生に言った。

「心配をかけて、そいつぁ、申し訳のないことだったね」

「またそうやって、口先だけで詫びられる。ですが一度や二度じゃございませんでしょう。いつでしたか、そう、お盆の頃も……」

また以前のことを持ち出そうとしたので、間を置かずに声を低くした。

「もうわかったから、くどくど言うんじゃない」

「今、何とおっしゃいました」

剣呑な声が聞こえたが、お栄が絵組みを考えているうちに、いなくなっていた。

目を閉じ、もう一度、吉原の夜景を思い返す。あの束の間の美しさをいかに写すか、それだけに気を集めた。

もう何十年前になるだろうか、光が物の形を作っていることに気づいた瞬間があった。西画ではその見たままの景色を写し取ることこそが目標であり、濃淡をもって陰陽、凸凹、深浅を語る。

けれど、実が過ぎては絵が賤しくなりはすまいかと、今のお栄は思うのだ。そう、目前にある景色、その表面に囚われたら絵の真情を損なってしまう。

あたしが見たのは確かに、夜の張見世だ。惣半籬の格子越しにずらりと遊女が居並んでいて、眩いほどの光が通りにまで溢れていた。そのままを写すなら真正面に格子の線を縦に何本も引き、客らは手前に描かねばならない。その目線で描いた方が、遊女らの顔もしっかりと表わせる。昔から吉原の図は遊女の姿を、とくに顔や衣装をいかほど見せるかが本目であり、親父どのも他の絵師らも皆、そうして描いてきた。それが絵を見る者の楽しみでもあったからだ。

目を開いて、腕組みを解いた。

西画じゃなく、かといって昔ながらの吉原図にもしたくないんだ、あたしは。

「また何で、そんな難しいことに挑みたがる」

己に問うてみた。

「挑む方が、面白いじゃないか」

そうだ。難なく描ける物をいかほど描いたって、己がつまらない。

お栄は下絵も描かずに、いきなり筆を持った。見世の入口を紙の右手に置き、柱の線を縦に引く。紺暖簾の下には、ちょうど茶屋から戻った花魁が通っている。先導の禿は影だけで描き、花魁の襠の文様は後ろに従う男衆の提灯が照らしている。岩紅と岩紺、岩黄の絵具しか量が足りそうにないので、墨の他にはいっそこの三つだけで彩色しようと決める。

色数を矢鱈と使わずとも、濃淡を作ればいくらでも華麗さは出せる。むしろ怖いのは色を用い過ぎることだ。不用意に一色足すだけで、すべてが駄目になることさえある。

入口の左手に、格子を縦に何本も引いていく。店の奥行きの線と通りに並んだ格子の影の線、この角度をきっちりと揃えた。

うん、これでいい。この平行に並んだ線があの場の、弾むような賑わいを呼び起こしてくれる。画面の上方には軒先の影しか描くつもりはないが、二階から太鼓や三味線の音、笑い声が降ってくる。

黒船が来ようが地揺れが起きようが、人々はまた家を建て直し、束の間の夢を求めて集まる。美しい遊女を垣間見るだけで何か途方もない倖せを得たような気になって、明日からの稼業に励む。お大尽はお大尽なりに、貧乏もまたそれなりに。あの悪魔、ろくでなしの時太郎はどうしているだろうとふと思ったが、そこで考えるのは止しにした。本郷に移ってからは他の絵師らとの交誼も一段と薄くなったので、長川が無事に地揺れの害を逃れられたのかどうかも知らない。

ただ、それでも遠方から文が届くのだ。江戸の惨状は諸国に知れ渡っているらしく、お栄が無事であることを報せた門人らからは丁重な見舞いの文が来た。落ち着いたらまた手本を描いて欲しい、中には養生がてらこっちに滞在しないかと招いてくれる者もある。膝が痛むのでとてもじゃないが旅などできないが、こうして吉原の格子先の絵を描いていることを文に記したら、江戸の立ち直り方に安堵してくれるだろう。いや、江戸者はほんに気楽だ、後先を考えないと呆れられるかもしれないと、お栄は一人で笑う。

けど、それで上出来じゃないか。しおたれていたって、それが何になる。

見世の内部はあまり巧妙に描き過ぎると、俗っぽくなる。遊女は二十人ほどが坐っている、その心積もりで描くが、お栄はあえて顔のすべてを見せている遊女を唯一人に絞った。

そして手前の通りには大きな影を作る。実際の陰影を写し取ろうとしたら、ちまちまとした点描にせざるを得ないだろう。

けれどあたしは今、その逆をしようとしている。

命が見せる束の間の賑わいをこそ、光と影に託すのだ。

そう、眩々(くらくら)するほどの息吹(いぶき)を描く。


安政(あんせい)四年（一八五七）の四月である。

いずこからか卯(う)の花の匂(にお)いが漂ってきて、杜鵑(ほととぎす)が鳴いている。起き抜けに縁側に出て庭を眺めると、青葉の色がやけに冴(さ)えている。

お栄は、今、何刻(なんどき)だろうと首を傾(かし)げた。陽射(ひざ)しを見れば、思ったより遅い時刻かもしれない。昨夜は行灯(あんどん)をともして遅くまで門人への指南を書いていた。日のあるうちは絵だけを描いていたいので、文はどうしても夜になる。しかも何年やっても、絵具の作り方や絵の意(こころ)を言葉で伝えるのは難しい。それで文字の間にところどころ図を加えたりするのだが、果たしてちゃんと伝わっているのかどうか、心許(こころもと)ない。

「ご隠居様が起きられました」

女中が弥生に告げている声が聞こえた。相変わらず膝も腰も悪いが、六十にしては目と耳は利(き)くのである。

「ようやくですか。……御膳を運んで差し上げて。いえ、後はご自分でなさるから、お前は洗い張りを続けなさい」

しばらくあって、弥生の声がまた洩れる。

「ほんに、うちの義姉上ほど気随気儘な方を、私は他に知りませぬよ」

「義父上から一度、ちゃんと言っていただいたら如何です、義母上」

倅の嫁の声だ。子ができたことが春にわかって、産み月は八月であるらしい。赤子の声がこの家で響くのを、お栄は密かな楽しみにしている。

「何度もお願いしましたよ。ですが旦那様は、肝心なことは何もおっしゃれないお人ですから。義姉上にお優しいばかりで、私の苦労などまるでわかろうとしてくださらない。……そうねえ、まあ、子供のお七夜祝にはさすがにご遠慮いただくように、私から旦那様にお願いしておきますよ。あんなお方が赤子の大伯母だなんてお里の皆様も驚かれるでしょうし、私も義姉上の着物や作法にまで気を配る暇はないでしょうからね。今からそれとなく、旦那様に申し入れておきましょう」

お栄は何度か目瞬きをしてから、大きく両の腕を開いた。空を仰ぎ、「ふわあ」と声に出して欠伸をする。弥生の声が途切れ、膳を持った女中が縁側を小走りにやってきた。

「お早うございます」

「すまないね、妙な時間に」

女中は頭を下げながらお栄の部屋に入り、また足早に戻っていく。お栄は部屋に上がって膳の前に坐り、「いただきます」と手を合わせてから箸を持った。味噌汁を啜り、香の物を齧っては飯を喰う。朝餉を綺麗に平らげ、茶の一滴まで呑み干した。

「ご馳走さま」

再び手を合わせてから、「よいしょ」と腰を上げた。文机の上に置いた文と小銭を手にし、ふと筆架にも手を伸ばす。一本を懐に入れた。

庭に下り立ち、裏木戸から外に出る。と、背後から「義姉上」と呼び止められた。

「またお一人で。いずこに参られます」

お栄はゆっくりと振り返り、弥生に告げる。

「飛脚屋に文を預けにね」

「さようなこと、下男にさせますのに」

「ご親切に。有難うよ」

礼を言ったのがよほど珍しかったのか、弥生は眉を上げている。

お栄は静かな武家屋敷界隈を抜け、浅草を目指した。馴染みの飛脚屋に寄って文を預け、昔、親父どのと暮らしていた聖天町に向かう。この辺りで住まう長屋を探そうと、本郷の家を出る前に何となく決めていた。

聖天町の中を歩き回るうち、小さな丘に出た。待乳山のすぐ西で、高さはわずか三丈ほどだが大層、見晴らしがいい。親父どのが生きていた頃にこの丘に登ったかどうか、もう憶えていない。お栄は露草を摘みながら、頂で腰を下ろした。

西側は芝居町で、中村座や市村座、河原崎座といった芝居小屋の幟が風で翻っているのが見える。北の山谷堀には、もう歓楽の舟が集まっていた。

去年描いた「吉原格子先之図」を崎十郎に見せたのは、つい先だってのことだった。描いたまま誰に譲るでもなく、落款も記さずにそのまま紙棚に仕舞ってあったのだが、崎十郎が俳諧仲間で絵が好きな者がいて西画に凝っていると話したので、つい取り出した。

崎十郎はしばらく黙したままだった。

「姉上」

「何だい、お前には駄目かい、この絵は」

褒められたいと願って描くほど若くはないが、やはり少し淋しくはある。

「違います。かような絵を見るのは初めてで、何と申してよいやら」

崎十郎はまたも口ごもってから、目を合わせてきた。

「姉上は、凄い絵師だったんですね」

武士のくせに声を湿らせていたのを思い出して、お栄は膝の脇の草をまた摘んだ。

「そういう世辞は要らないんだよ」と茶を濁したものの、その日は一日じゅう力が湧いて仕方がなかった。

そして落款を入れぬままであった絵に、やっと己の名を書き入れた。尋常であれば画面の四隅のどこかに入れるのだが、絵の中の人物が持つ三つの提灯に「隠し落款」を入れようと思いついたのである。

右端の大提灯には「應」の字、真ん中の提灯には「爲」、そしてその左の提灯には「栄」の字を書き入れた。葛飾應爲、そしてお栄を知っている者にしか通じぬ符牒なので、描き手がわかるのは崎十郎を含めてもこの江戸にはさしていないだろう。昔の仲間も注文主もまた一段と減っている。

さてあたしは、いくつまで生きるのか。

あと十年、いや五年あればと願った親父どのの気持ちが今、心底わかるような気がした。

一筆二筆のうちに、思いも寄らぬ意が現れる。それはある時、ふいに得られるものだ。でもすぐに逃げて見失う。その繰り返しこそが画業だ。

丘の上の風に吹かれながら、ならばいっそ、このままあの家を出ちまおうと思った。そうだ、長屋を探してからなんて悠長なことを考えていたら、出そびれる。独りで暮らしているよりよほど淋しいと思った日もあったけれど、あたしは結句、居心地が良かったのだ。好きなだけ絵を描き、飯を食べさせてもらってはまた描いて、好きな時に寝ていた。

かほどに結構な日々を手放すなど、たぶん馬鹿なんだろう。

でももう潮時だ。安穏な日々から出立するなら、今しかない。もう六十かもしれないが、先々のあたしから見たら、今日のあたしがいっち若いじゃないか。

うん、短冊にでも扇にでも絵を描きさえすれば、きっと食べていける。日本橋の人通りの多い場で、水飴売りのかたわらに立ってみようか。そうだ、いっそ日本橋から旅に出てもいい。

そういえば今日、文を返したばかりの相手は相模である。何度も滞在を勧めてくれたし、居どころも頭の中に入っている。また信州に向かうのもいいし、名古屋や上方の町も見てみたい。

あたしは、どこにだって行けるのだ。どこで生きても、あたしは絵師だ。

ふと、懐に仕舞ってあった筆を取り出す。

この一本はわかっていたのだろうかと、手の中を見た。まるで、おいらもつれてっとくれと言わぬばかりにお栄を呼んだのだ。

さあ行くよと、光る草の中を踏み出した。

また、夏が始まる。

参考文献

『浮世絵ギャラリー1　北斎の花』河野元昭　小学館
『浮世絵ギャラリー2　北斎の美人』小林忠　小学館
『江戸の色里　遊女と廓の図誌』小野武雄　展望社
『芥子園画伝　─東洋画の描き方─』草薙奈津子（現代語訳）　芸艸堂
『葛飾北斎伝』飯島虚心（著）・瀬木慎一（校訂）　造形社
『画狂人北斎　～生誕250年記念～』（緑青 ROKUSHO vol.2／日本浮世絵博物館コレクション2）日本浮世絵博物館／日本浮世絵学会（監修）・酒井雁高（主幹）・島田賢太郎・久保田一洋・渡辺航（編集）　マリア書房
『日本画　画材と技法の秘伝集　─狩野派絵師から現代画家までに学ぶ─』小川幸治（編著）　日貿出版社
『新資料発見　女浮世絵師伝説』プリンツ21（31号）　悠思社
『新潮古典文学アルバム23　滝沢馬琴』徳田武・森田誠吾（編著）　新潮社
『新潮日本美術文庫17　葛飾北斎』日本アート・センター（編著）　新潮社

『随筆滝沢馬琴』真山青果　岩波文庫
『馬琴一家の江戸暮らし』高牧實　中公新書
『林美一　江戸艶本集成・第十巻　溪斎英泉・葛飾応為（お栄）』林美一　河出書房新社
『ヘンな日本美術史』山口晃　祥伝社
『北斎漫画　第1巻　江戸百態』永田生慈（解説）　青幻舎
『北斎漫画　第2巻　森羅万象』永田生慈（解説）　青幻舎
『北斎漫画　第3巻　奇想天外』永田生慈（解説）　青幻舎
『北斎娘・応為栄女集』久保田一洋（編著）　藝華書院
『北斎娘・応為栄女論　―北斎肉筆画の代作に関する一考察―』久保田一洋

解説　──もの作る者は闇を駆ける

葉室　麟

くらっときた。

なぜか、と言えば、人生の疾走感があるからだ。

女がひた走る。『冨嶽三十六景』で世間をうならせた絵師、葛飾北斎の娘、

──お栄

である。父親が絵師なら、娘も絵筆をとる。物の道理なのかもしれない。絵師としての名は、

葛飾応為

これまでも応為を描いた作品はある。だが、女絵師と言えば、静かな佇まいで筆をとり、胸の裡に情念の焔がゆらめく、となりがちだ。しかし、本作のお栄は違う。まわりの勧めで南沢等明という絵師に嫁いだが、口うるさくされると、

――ああ……面倒くせえ

　と本音が口をつく。

(そうさ、あたしは北斎の娘さ。なのにその才を寸分も受け継がず、のたうち回っている)

北斎になりたいのか。そうかもしれない。いや、違う。もっと違う北斎だ。つまりはわたしになりたいんだ。そのわたしに、まだ手が届かない。じれったい。

だから、お栄は亭主に愛想尽かしをする。

「あたしはね、区々たる事に構ってる暇はないんだよ」

ここまで、きっぱり、区々たる事と言われたら、男は成仏するしかないだろう。ちなみに実際の応為も、

――妾は筆一枝あらば衣食を得ること難からず何ぞ区々たる家計を事とせんや

(飯島虚心『葛飾北斎伝』)

と喝破した。そんなお栄が、ちょいと惹かれるのが、善次郎こと絵師の渓斎英泉だ。

元は武士で浮世絵を描くようになった男だ。無頼の趣があり、淫靡で退廃的な美人画では他の追随を許さない。お栄にしても美人画を描けば、北斎から認められた腕前だ。英泉も、お栄のことを、

――画ヲ善ス　父ニ随テ今専画師ヲナス　名手ナリ

（渓斎英泉『无名翁随筆』）

としている。だが、ふたりとも飽き足りないものがある。いつか越えてやる、と口にはしないが、見つめているのは、〈おやじどの〉北斎の大きな背中なのか。

お栄にとって口うるさい母親の小兎、北斎の晩年を悩ます孫の時太郎、絵師の一家は倒けつ転びつ、すり傷だらけになりながら、時代の坂を駆けていく。

描かれるのは絵師に限らない、物を作り出す人間の生きる覚悟だ。不出来な作品を世に出せないという弟子たちに北斎は言う。

――たとえ三流の玄人でも、一流の素人に勝る。なぜだかわかるか。こうして恥をしのぶからだ。己が満足できねぇもんでも、歯ぁ喰いしばって世間の目に晒す。

それが玄人なのだ。『南総里見八犬伝』の著者、滝沢馬琴は、病に倒れた喧嘩相手の北斎を見舞って「無様よのう」と悪態をつく。自分なら死ぬまで書くぞ、と。

――たとえ右腕が動かずとも、いやこの目が見えぬ仕儀に至りても、儂は必ずや戯作を続ける。まだ何も書いてはおらぬのだ。己の思うままに書けたことなど、ただの一度もござらぬ。その方もさようではなかったのか。

悪罵は才能を認めた相手が起たぬことへの憤りであり、奮起をうながす激励でもあった。お栄もおのれの道をひた走り、やがて『吉原格子先之図』を描いた。夜の吉原、灯りの光が格子戸を漏れて、往来の影と交差する。人生の闇は深く、それでもひとの営みのけなげさは美しい。お栄のたどりついた世界を垣間見れば、読者もまた、

くらっ

とするに違いない。

作者の朝井まかてさんとは二度ほど、会食したことがある。本作を読みながら、まかてさんの地声を聞く気がした。お栄の懸命さ、歯切れのいい爽快さは、まかてさん

のものだ。

ところで、言い忘れたことがひとつだけある。

傑作です。

（「波」二〇一六年四月号より転載、作家）

謝辞

本作『眩』の解説は、二〇一六年に単行本が刊行された際、葉室麟さんが雑誌「波」に寄せてくださった書評です。

私にとって、恐縮しつつも口許が綻んでしまうような、そして胸の裡からしみじみと湧き立つものがある評でした。

その後、しばしば作家仲間の酒席や取材先でご一緒するようになりましたが、いつもそれは賑やかで、愉しいお酒です。本質を突く鋭い言葉にも心地よい律動があり、歴史や人生に対する眼差しには揺るぎない誠実さが脈打っていました。

帰り道の私は、いつも笑んでいました。文筆でもって走り続けることについての勇気を、葉室さんから分けていただいていたのだと思います。

やがて葉室さんは病を得られ、それでも生き尽くして、二〇一七年十二月にご逝去されました。

このたび、本作の文庫化に際しまして、葉室さんの書評の再録を私は願いました。
ご家族はその申し出を、それは快く承諾してくださいました。
ご理解を賜りましたこと、衷心より御礼申し上げます。

そして葉室麟さんに感謝と敬愛の念を籠(こ)めて、盃(さかずき)を捧(ささ)げます。

朝井まかて

この作品は二〇一六年三月新潮社より刊行された。

池波正太郎著
忍者丹波大介
関ケ原の合戦で徳川方が勝利し時代の波の中で失われていく忍者の世界の信義……一匹狼となり暗躍する丹波大介の凄絶な死闘を描く。

池波正太郎著
男（おとこぶり）振
主君の嗣子に奇病を侮蔑された源太郎は乱暴を働くが、別人の小太郎として生きることを許される。数奇な運命をユーモラスに描く。

池波正太郎著
闇の狩人（上・下）
記憶喪失の若侍が、仕掛人となって江戸の闇夜に暗躍する。魑魅魍魎とび交う江戸暗黒街に名もない人々の生きざまを描く時代長編。

池波正太郎著
上意討ち
殿様の尻拭いのため敵討ちを命じられ、何度も相手に出会いながら斬ることができない武士の姿を描いた表題作など、十一人の人生。

池波正太郎著
雲霧仁左衛門（前・後）
神出鬼没、変幻自在の怪盗・雲霧。政争渦巻く八代将軍・吉宗の時代、狙いをつけた金蔵をめざして、西へ東へ盗賊一味の影が走る。

池波正太郎著
真田騒動
―恩田木工―
信州松代藩の財政改革に尽力した恩田木工の生き方を描く表題作など、大河小説『真田太平記』の先駆を成す〝真田もの〟5編。

山本周五郎著

さぶ

職人仲間のさぶと栄二。濡れ衣を着せられ捨鉢になる栄二を、さぶは忍耐強く支える。友情を通じて人間のあるべき姿を描く時代長編。

山本周五郎著

赤ひげ診療譚

貧しい者への深き愛情から〝赤ひげ〟と慕われる、小石川養生所の新出去定。見習医師との魂のふれあいを描く医療小説の最高傑作。

山本周五郎著

ながい坂（上・下）

人生は、長い坂。重い荷を背負い、一歩一歩、確かめながら上るのみ――。一人の男の孤独で厳しい半生を描く、周五郎文学の到達点。

山本周五郎著

雨の山吹

子供のある家来と出奔し小さな幸福にすがって生きる妹と、それを斬りに遠国まで追った兄との静かな出会い――。表題作など10編。

山本周五郎著

月の松山

あと百日の命と宣告された武士が、己れを醜く装って師の家の安泰と愛人の幸福をはかろうとする苦渋の心情を描いた表題作など10編。

山本周五郎著

つゆのひぬま

娼家に働く女の一途なまごころに、虐げられた不信の心が打負かされる姿を感動的に描いた人間讃歌「つゆのひぬま」等9編を収める。

和田竜著　忍びの国

時は戦国。伊賀攻略を狙う織田信雄軍。迎え撃つ伊賀忍び団。知略と武力の激突。圧倒的スリルと迫力の歴史エンターテインメント。

和田竜著　村上海賊の娘（一〜四）
吉川英治文学新人賞受賞
本屋大賞・親鸞賞・

信長vs.本願寺、睨み合いが続く難波海に敢然と向かう娘がいた。壮絶な陸海の戦いが幕を開ける。木津川合戦の史実に基づく歴史巨編。

畠中恵著　しゃばけ
日本ファンタジーノベル大賞優秀賞受賞

大店の若だんな一太郎は、めっぽう体が弱い。なのに猟奇事件に巻き込まれ、仲間の妖怪と解決に乗り出すことに。大江戸人情捕物帖。

畠中恵著　ぬしさまへ

毒饅頭に泣く布団。おまけに手代の仁吉に恋人だって？　病弱若だんな一太郎の周りは妖怪がいっぱい。ついでに難事件もめいっぱい。

畠中恵著　えどさがし

時は江戸から明治へ。仁吉は銀座で若だんなを探していた――表題作ほか、お馴染みのキャラが大活躍する全五編。文庫オリジナル。

畠中恵著　ちょちょら

江戸留守居役、間野新之介の毎日は大忙し。接待や金策、情報戦……藩のために奮闘する若き侍を描く、花のお江戸の痛快お仕事小説。

眩（くらら）

新潮文庫　あ－95－1

平成三十年十月一日発行
令和七年二月五日五刷

著者　朝井（あさい）まかて

発行者　佐藤隆信

発行所　株式会社新潮社

郵便番号　一六二―八七一一
東京都新宿区矢来町七一
電話　編集部(〇三)三二六六―五四四〇
読者係(〇三)三二六六―五一一一
https://www.shinchosha.co.jp

価格はカバーに表示してあります。

乱丁・落丁本は、ご面倒ですが小社読者係宛ご送付ください。送料小社負担にてお取替えいたします。

印刷・大日本印刷株式会社　製本・加藤製本株式会社

ISBN978-4-10-121631-7 C0193